Steena Holmes

Kind meines Herzens

Das Buch

Eigentlich könnten Josh und Claire Turner glücklich sein: Sie führen eine wunderbare Ehe und schreiben zusammen erfolgreiche Kinderbücher. Doch die beiden wünschen sich nichts mehr als eine eigene Familie. Auf einer ausgedehnten Europareise geschieht dann schließlich doch das Wunder, mit dem sie nicht mehr gerechnet hatten: Nach langem Warten ist Claire endlich schwanger.

Die ersten Wochen der Schwangerschaft vergehen für die beiden in reinem Glück. Aber dann leidet Claire plötzlich unter starken Kopfschmerzen und wird kurz darauf mit einer erschütternden Diagnose konfrontiert. Das Paar muss eine unmögliche Entscheidung treffen – zwischen Claires Gesundheit und dem Leben ihres ungeborenen Kindes.

Die Autorin

Steena Holmes wuchs in einer Kleinstadt in Kanada auf und hat einen Bachelorabschluss in Theologie. Sie wurde von einem kurzen Schreckerlebnis inspiriert, ihren internationalen Bestseller »Wo ist Emma« zu schreiben, als sie ihre jüngste Tochter vermisst glaubte. Sie wollte eine Geschichte erzählen, zu der Mütter von kleinen Kindern einen Bezug haben konnten.

Bisher sind von Steena Holmes außerdem in deutscher Übersetzung die Romane »Emmas Rückkehr« und »Kind der Erinnerung« erschienen. Zurzeit lebt die Autorin, die im Jahr 2012 mit dem Indie Excellence Award ausgezeichnet wurde, mit ihrem Mann und drei Töchtern in Calgary.

STEENA HOLMES

KIND MEINES HERZENS

ROMAN

Aus dem Amerikanischen
von Claudia Hahn

Die amerikanische Ausgabe erschien 2016 unter dem Titel »Saving Abby«
bei Lake Union Publishing, Seattle.

Deutsche Erstveröffentlichung bei
AmazonCrossing, Amazon E.U. S.à r.l.
5 Rue Plaetis, L-2338 Luxembourg
August 2017

Umschlaggestaltung: zero-media.net, München
Umschlagmotiv: © Novarc Images / Alamy Stock Foto
Lektorat: Rainer Schöttle
Korrektorat: Manuela Tiller/DRSVS
Printed in Germany
By Amazon Distribution GmbH
Amazonstraße 1
04347 Leipzig, Germany

ISBN: 978-1-542-04679-4

www.amazon.de/amazoncrossing

Dieses Buch ist für alle Mütter, die ihre Kinder mehr lieben als das Leben. Ihr seid fantastisch.

Wunschliste von Claire Turner (13 Jahre)

~~1. Einen Mann heiraten, der mich mehr liebt als sein Leben und mich zum Lachen bringt. Und mich zum Weinen bringt und mich dann festhält, wenn ich weine, und mit mir weint.~~
2. Surfen lernen.
3. Italienisch wie meine Muttersprache sprechen.
4. In den Riffen Australiens tauchen gehen.
~~5. Zeichnen lernen~~.
~~6. Künstlerin werden~~.
7. Nach Hawaii reisen.
8. In einem Film mitspielen – und sei es als Statistin.
9. Jemand Berühmten treffen und so tun, als wäre es keine große Sache.
10. Pinguine in ihrer natürlichen Umgebung sehen. *(Aber das würde bedeuten, ich müsste dahin gehen, wo es kalt ist – ich weiß nicht, ob ich das kann.)*
11. Beim Bau eines Waisenhauses in Afrika helfen.
12. Mit Micky und Minni Maus in Disney World frühstücken und eine Zeichenstunde bei einem Disney-Illustrator nehmen. *(Wäre das nicht cool?)*

13. Mutter werden.

~~14. Reisen~~.

15. Reisen – überallhin. *(Das kann niemals abgehakt werden. Ich bin mir sicher, es wird immer Orte geben, die ich noch sehen will.)*

~~16. Klavierspielen lernen~~.

17. Fallschirmspringen. *(Ich habe zwar Höhenangst, aber wenn mein Lehrer total süß ist, könnte ich vielleicht damit umgehen.)*

18. Einen echten Faustkampf oder eine Rauferei in einer Bar miterleben. Ich höre immer davon oder lese darüber …

19. Die Weihnachtsmärkte in Deutschland besuchen und so viel Lebkuchen essen, wie ich will, ohne deshalb Ärger zu bekommen!

1
CLAIRE

Mittelmeer, erste Maiwoche

»Möchten Sie meine Babys sehen?«

Claire zuckte bei der Frage zusammen, sodass der Wein in ihrem Glas plätscherte.

Ob sie ihre Babys sehen wollte? Wer stellte denn solch eine Frage?

»Sie sind wirklich hinreißend. Meine Angestellten haben dieses Fotoalbum für mich erstellt, bevor ich aufgebrochen bin.« Robyn, eine Frau Ende sechzig, setzte sich neben sie und hielt ihr das Album hin. Sie hatten im Laufe ihrer Mittelmeerkreuzfahrt bereits ein paarmal beim Abendessen mit ihr an einem Tisch gesessen, aber sie nicht näher kennengelernt.

»Sehr gern.« Zögernd griff Claire nach dem Buch und zwang sich zu einem Lächeln. »Echte Fotoalben sieht man heutzutage nur noch selten.«

Der auf dem Kreuzfahrtschiff für Suite-Gäste reservierte Speisesaal war voll, und Claire und Josh saßen im hinteren Bereich in der Nähe von Erkerfenstern, durch die sie aufs Meer blicken konnten. Die Sonne sank gerade über dem Wasser und ließ einen goldenen Schimmer über die Wellen tanzen. Claires Finger schmerzten, nachdem sie den ganzen Tag einen Bleistift gehalten hatten, und doch wünschte sie sich jetzt, sie hätte zum Essen ihre Utensilien mitgenommen. Es war frustrierend, die Gelegenheit zu verpassen, eine Skizze dieser Szene zu Papier zu bringen.

»Robyn, wie viele Kinder haben Sie?«, fragte Claires Mann Josh höflich, während sich Claire innerlich stählte.

Sie konnte das.

»Oh, im Moment ungefähr einunddreißig. Aber diese Zahl wird sich in den nächsten Wochen noch erhöhen. Ein paar meiner Mädels werden bald selbst ihre Babys bekommen.« Robyn seufzte. »Ich sollte wirklich dort sein, aber ich hatte diese Kreuzfahrt schon vor Ewigkeiten gebucht.«

Einunddreißig Babys? Falls diese Frau nicht ihre Eier gespendet hatte, war es unmöglich, dass sie so viele Kinder hatte.

Robyn sah Claires ungläubigen Blick und lachte. »Öffnen Sie das Buch, Herzchen. Sie sind wirklich ziemlich beeindruckend.«

Claire nahm noch einen Schluck Wein und öffnete langsam die erste Seite. Sie schluckte gerade noch rechtzeitig – der Anblick der Bilder vor ihr brachte sie zum Kichern.

»Die sind reizend.« Sie hielt Josh die Seite hin, damit er die Bilder auch sehen konnte, und Erleichterung überkam sie, als sie noch mehr Fotos von Tigern erblickte.

»Tiger?«, fragte Josh. »Ihre Babys sind Tiger?«

Das Grinsen auf Robyns Gesicht hätte nicht breiter werden können. »Aber natürlich. Woran hatten Sie denn gedacht?«

»Auf jeden Fall nicht an Katzen, so viel steht fest«, murmelte Josh, riss ein Stück vom Baguette auf ihrem Tisch ab und schob es sich in den Mund.

Robyn sah zu, wie Claire das Album durchblätterte. »Mein Mann und ich konnten keine eigenen Kinder bekommen, und als wir die Gelegenheit hatten, einen Park in Neuseeland zu kaufen und diese wunderbaren Geschöpfe vor den Kugeln der Jäger zu retten, nun, da war die Sache klar, finden Sie nicht?« Robin blätterte die nächste Seite für Claire um. Sie zeigte eine Löwin und ihr Junges.

Mit einem zärtlichen Blick erklärte Robyn: »Das ist Isabelle. Ihre früheren Besitzer dachten, sie wäre unfruchtbar, und wollten sie töten. Ist das zu glauben? Sie brauchte nur den richtigen Partner. Sie hat mittlerweile zweimal geworfen und insgesamt fünf Babys. Dieser hier« – ihr Finger fuhr sanft über ein Junges – »war der Kümmerling ihres letzten Wurfes und hätte beinahe nicht überlebt. Ich musste ihn selbst mit der Flasche aufziehen.«

»Ist es schwer für Sie, von ihnen getrennt zu sein?« Claire konnte die Leidenschaft für die Tiere in Robyns Gesicht sehen. Sie liebte sie wirklich.

»Oh ja. Sie sind jetzt mein Leben. Aber ich musste meinem Mann versprechen, diese Kreuzfahrt zu machen, ob mit oder ohne ihn.« Sie zuckte mit den Achseln. »Und ich merke, obwohl er nicht mehr da ist, kann ich ihm nichts abschlagen.« Ein wehmütiges Lächeln erhellte ihr Gesicht, während sie mit der Serviette in ihrem Schoß spielte. »Mein Edwin. Seine Stärke war es, die jeden Tag für mich erträglich machte. Jetzt bin ich an der Reihe, stark zu sein.« Sie schluckte schwer.

Instinktiv streckte Claire die Hand aus und berührte die ältere Frau an der Schulter.

»Entschuldigen Sie mich bitte einen Augenblick.« Robyn stand auf. »Schauen Sie sich meine Kleinen noch etwas an. Vielleicht geben sie Ihnen die eine oder andere Inspiration.« Sie zwinkerte und ging dann in Richtung Bad.

Claire biss die Zähne zusammen und das Lächeln auf ihrem Gesicht wurde angespannt.

»Wahrscheinlich hat sie unsere Geschichten gemeint«, sagte Josh und streichelte ihre Hand.

»Sicher.« Und warum hatte Claire dann das Gefühl, dass das absolut nicht das war, was sie gemeint hatte?

Wenn die Leute hörten, dass sie sieben Jahre verheiratet waren und noch immer keine Kinder hatten, neckten sie das Paar meist wegen des verflixten siebten Jahrs und warfen Claire dann einen gewissen Blick zu. *Den* Blick. Um sie daran zu erinnern, dass sie nicht jünger wurde.

Als bräuchte sie einen völlig Fremden, um sich dessen wieder bewusst zu werden.

»Ich meine es ernst«, sagte Josh. »Sie schien gestern Abend ziemlich interessiert an unserem Beruf zu sein. Ich glaube nicht, dass jemals jemand so viele Fragen dazu gestellt hat, wie wir eine unserer Geschichten schreiben.«

Josh schrieb Kinderbücher und Claire illustrierte sie. In den letzten Monaten waren sie quer durch Europa gereist und hatten Recherchen für Buchideen angestellt. Sie hatten mit ihrem Verlag einen Vertrag über sechs neue Bücher abgeschlossen, und dank dieser Reise hatten sie bereits für fünf davon die Handlung erarbeitet – in groben Skizzen lagen auch die Illustrationen vor.

Ihnen fehlte nur noch das sechste Buch. Josh hatte vorgeschlagen, diese Mittelmeerkreuzfahrt als Handlungsort für die Geschichte zu nutzen, aber bisher war ihnen nichts eingefallen, das funktioniert hätte. Stattdessen hatten sie die vergangenen vier Tage auf dem Meer daran gearbeitet, die Szenen der ersten fünf Bücher genauer auszuarbeiten.

Das sechste Buch war allerdings nicht der einzige Grund für diese Kreuzfahrt. Sie sollte ihre Auszeit sein, in der sie sich entspannen und die sie wieder neu als Paar erleben wollten.

»Wäre es nicht toll, wenn unser sechstes Buch in Australien oder Neuseeland spielen würde?«, fragte Claire, während sie die verbleibenden Seiten durchblätterte und das Buch dabei so hielt, dass Josh es auch sehen konnte.

»Es wäre ein guter Schauplatz für ein Abenteuer«, sagte Josh, als könnte er ihre Gedanken lesen. »Und wir haben immer darüber geredet, mal nach Down Under zu reisen.«

Sie öffnete die Notizen-App auf ihrem Handy und begann, ihre Idee zu notieren. »Jack könnte als Parkaufseher arbeiten und dabei helfen, Löwen- und Tigerbabys zu füttern. Vielleicht verirrt sich eins davon und er hilft, es zu finden …«

»Gerade, als es von einer wilden, grausamen Bestie angegriffen wird«, endete Josh für sie.

Claire rollte mit den Augen. »Und mit wilder Bestie meinst du einen Tasmanischen Teufel, oder? Auch wenn die echten kein bisschen der Cartoonfigur ähnlich sehen?«

Josh zuckte mit den Achseln. »Wenn wir in Australien sind, musst du mich meinen Taz haben lassen. Das steht ganz außer Frage.« Seine Augen funkelten freudig und Claire verstand, was Robyn damit gemeint hatte, als sie sagte, dass sie nicht in der Lage gewesen war, ihrem Mann etwas abzuschlagen.

»Wie wär's, wenn wir einen jungen Freund namens Taz einführen? Jack lernt Taz kennen, der vielleicht so eine Art Wirbelwind ist, was sein Temperament angeht, und zusammen erleben sie ein großes Abenteuer im Outback.«

Joshs Augen leuchteten auf. »Wir sollten hinfahren – und ein paar Bücher schreiben, während wir dort sind.«

Claire ergänzte ihre Notizen um die Ideen.

»Wir können diese Reise nicht weiter verlängern«, sagte Josh. »Aber vielleicht können wir um Weihnachten herum hinfliegen?«

Claire seufzte. Sie war noch nicht so weit, dass sie nach Hause zurückwollte, zurück zu ihrem Leben in einer Kleinstadt in Ontario. Ihre Mutter warf ihr vor, vor der Realität zu fliehen, und sie hatte recht. Diese Reise war genau das – eine Zeit für sie und Josh, um wegzulaufen und so zu tun, als hätte es die letzten drei Jahre voller Herzschmerz und Kummer nie gegeben.

»Warum können wir das nicht?«

»Können was nicht?«, fragte Josh, gerade als ihr Kellner ihnen ihr Abendessen brachte, frischen Kabeljau und Steak.

»Warum können wir unsere Reise nicht verlängern? Nein, nicht nach Australien, aber warum können wir nicht noch etwas länger herumreisen? Wie wär's mit Spanien oder Südfrankreich? Wir haben darüber geredet, uns Wohnungen in Positano anzusehen, weißt du noch? Warum tun wir das nicht? Wir müssen doch nicht wirklich zurück, oder? Jedenfalls noch nicht.« Claire hielt den Blick auf ihren Teller gerichtet, ohne den Fisch wirklich zu sehen.

Als Josh nicht antwortete, schaute Claire auf und sah, dass er aus dem Fenster starrte.

»Irgendwann müssen wir nach Hause«, sagte er schließlich leise.

»Ich weiß.«

Ihre Reise hatte vor knapp drei Monaten mit einer Konferenz zu Kinderliteratur begonnen, bei der Josh der Hauptredner war und sie Workshops zu Illustrationen und Bildern gab. Sie hatten ursprünglich nur drei Wochen eingeplant, aber Woche für Woche hatte sie ihren Mann erneut überreden können, noch zu bleiben, einen anderen Ort zu besuchen, noch etwas länger das Touristenleben auszukosten.

Und das war es wert gewesen. Sie hatten ein paar tolle Geschäftsbeziehungen angebahnt, Claire hatte ein paar neue Kunden für ihre freiberufliche Tätigkeit gewonnen und beide waren sie inspiriert worden, Jacks Abenteuern eine leicht andere Richtung zu geben, etwas, womit ihre Redakteurin nach Erläuterung der Änderungen einverstanden gewesen war.

Aber dennoch. Es war noch nicht lange genug. Sie wollte nicht in die reale Welt zurückkehren.

Claire nahm einen Bissen von ihrem Fisch. Seine Beschaffenheit war körnig und trocken und er schmeckte nach fast nichts, aber sie zwang sich, einen weiteren Bissen zu nehmen. Und noch einen. Dann kehrte Robyn an ihren Tisch zurück.

»Mir ist da eine Idee gekommen«, sagte Robyn, als wüsste sie von ihrer privaten Unterhaltung. »Sie müssen mich in Neuseeland besuchen kommen. Sie können in meinem Gästehaus wohnen und eine Geschichte über meinen Park und die Babys schreiben. Kommen Sie doch, wenn bei uns Sommer ist, ja?«

Josh stupste unter dem Tisch sanft ihr Bein an und Claire zwang sich zu einem Lächeln.

»Ich finde, das ist eine wundervolle Idee«, sagte sie.

»Gut.« Robyn holte eine Visitenkarte aus ihrer Tasche und reichte sie ihnen. Das Papier war cremefarben und fühlte sich fast wie Pergament an. In Prägedruck standen darauf Robyns Name und ihre Kontaktdaten. »Ich erwarte einen Anruf von Ihnen. Ansonsten werde ich *Sie* aufspüren. Bringen Sie Ihren kleinen Abenteurer in meinen Park und dann präsentieren wir den Kindern der Welt die Schönheit meiner Babys.«

Sie musste das leichte Zusammenzucken auf Claires Gesicht gesehen haben.

»Ich wollte immer eigene Kinder und mein Edwin wäre ein wundervoller Vater geworden. Das Leben ist manchmal nicht fair und enthält einem grundlos Geschenke vor. Also wurde mir klar, dass ich zwei Möglichkeiten hatte.« Ein sanftes Lächeln erschien auf Robyns Gesicht. »Ich konnte mich geschlagen geben und für den Rest meines Lebens unglücklich sein, oder ich konnte meinen eigenen Weg finden.«

Sie ergriff Claires Hand. »Jeder kann Nein zu Ihnen sagen, es ist aber Ihre Entscheidung, ob Sie ihm weiter zuhören oder nicht.« Sie stand auf, tupfte sich ihren Mundwinkel mit der Serviette ab und zwinkerte. »Weise Worte, die mein Edwin einst zu mir gesagt hat.«

Claire nickte und überlegte, warum sie ihr das erzählte.

»Haben Sie noch einen schönen Abend.«

Claire hob eine Hand zum Abschied, griff dann nach ihrem Weinglas und schwenkte es etwas, bevor sie einen Schluck nahm.

»Hast du es ihr erzählt?«, fragte sie Josh, nachdem Robyn weg war.

Josh schüttelte den Kopf. »Ich dachte, du hättest es.«

Und warum hätte sie das tun sollen? Der ganze Sinn dieser Reise bestand doch darin, vor der Wahrheit wegzulaufen – sie nicht mit irgendwelchen Zufallsbekanntschaften zu teilen, egal, wie sympathisch sie auch sein mochten.

Nicht, wenn sie sich der Wahrheit selbst nicht stellen konnte.

* * *

Claire stand auf dem Balkon ihrer Suite, die sich achtern auf dem Schiff befand, die Arme fest um ihren Körper geschlungen, und schaute in den schwarzen Himmel hinauf. Der Mond schien hell hinter den Wolken, und ab und zu fiel etwas Licht hindurch und beleuchtete das Wasser. Sie stellte sich vor, wie die Fische nach oben in Richtung Licht geschwommen kamen und sich dann wieder in die Tiefen der See stürzten.

Für einen Augenblick dachte sie daran, es ihnen gleichzutun.

Morgen würde ihr Kreuzfahrtschiff an ihrem Hafen in Italien andocken, und sie würden einen Shuttlebus zum Flughafen in Rom nehmen. So sehr sie es auch hasste, sich das einzugestehen, ihre Reise war fast vorbei. Sie würden wieder die reale Welt betreten müssen.

Eine Welt, die Familie, Freunde und ein geschäftiges Leben beinhaltete.

»Willst du runter zur Bar? Ich glaube, diese Jazzgruppe spielt wieder. Ich wette, Oskar würde dir gern noch einen von seinen italienischen Crêpes machen. Der Kerl scheint einen Narren an meiner kanadischen Schönheit gefressen zu haben.« Josh trat näher, schlang seine Arme um sie und küsste sie sanft auf den Nacken. Sie erschauderte, war aber nicht sicher, ob wegen seiner Berührung oder der frischen Abendluft.

»Können wir heute Abend im Zimmer bleiben?«

»Ich habe nichts dagegen.« Joshs Umarmung wurde fester.

Sie lehnte sich zurück und legte ihren Kopf auf seine Schulter. »Ich weiß nicht, ob ich wirklich schon nach Hause zurückkehren will«, flüsterte sie leise. Aus der Tasche ihres Pullovers zog sie die Papierblätter heraus, die sie bei sich trug. »Ich kann das nicht loslassen; noch bin ich nicht so weit.«

Josh griff nach den Blättern, nahm sie ihr aber nicht ab, sondern hielt sie nur mit ihr zusammen fest. »Wenn du noch nicht bereit bist, Lebwohl zu sagen, loszulassen, dann tu es nicht. Wir haben keinen Druck …« Seine Stimme verstummte, ohne die Worte auszusprechen, die er bereits Tausende Male gesagt hatte.

Keinen Druck, Lebwohl zu sagen. Keinen Druck, den Trauerprozess zu beenden. Keinen Druck, einen Traum, eine Hoffnung, eine Zukunft aufzugeben, die sie immer gewollt hatte.

Eine Zukunft, die sie einst gehabt und aufgrund schlechter Entscheidungen losgelassen hatte.

Josh verstand das nicht. So sehr er es auch versuchte, er verstand es einfach nicht.

Seit sie ein kleines Mädchen war, hatte Claire immer nur Mutter sein wollen. Sie wollte ein Haus voller Kinder haben, die sie lieben konnte, ein Haus voller Lachen. Sie wollte nur

Mutter sein. Ihr Kind in den Armen halten, es lieben und geliebt werden.

Sie war es schon einmal gewesen. Für eine Stunde war sie Mutter gewesen, hatte ihr Kind in den Armen gehalten, bevor sie es einer anderen Familie übergab, von der es geliebt werden würde. Sie war ein törichtes Kind gewesen und zu jung, um sich um ein Baby zu kümmern. Ihre Mutter hatte sie festgehalten, als man ihr den kleinen Jungen aus den Armen nahm. Sie hatte ihr versprochen, dass sie eines Tages, wenn sie älter und reifer war, noch ein Baby haben würde.

In den letzten sechs Jahren hatte sie sich an diesen Traum geklammert.

Nach drei Jahren des Versuchens und dann drei weiteren Jahren mit Unfruchtbarkeitsbehandlungen hatten sie nur ein paar Monate vor Beginn ihrer Europareise die Nachricht bekommen, dass auch ihre letzte Behandlung erfolglos geblieben war.

Es gab keinen medizinischen Grund, warum Claire nicht schwanger werden konnte, und doch war es so. Ein Verrat, den sie nie überwinden konnte, denn Verräter und Verratene waren ein und dieselbe Person.

»Die Liste ist länger geworden«, flüsterte Josh, als er die Blätter umdrehte und die Dinge sah, die sie in den letzten Tagen hinzugefügt hatte.

Die Liste in ihren Händen war ihre Wunschliste, die Aufzählung all dessen, was sie sich wünschte für die Zeit, wenn sie erst einmal Eltern sein würden.

Es waren einfach ihre Träume, ihre Ziele, ihre Gebete in geschriebener Form. Sie hatte viele solcher Listen.

Für ihr eigenes Leben – zu reisen, neue Dinge auszuprobieren und sich weiterzuentwickeln.

Für ihr Zuhause – wo sie leben wollten, in welcher Art von Haus, und die Kleinigkeiten, die sie sich erhofften, wie einen weißen Zaun, schöne Rosenbüsche, einen Springbrunnen im

Garten, einen begehbaren Kleiderschrank und eine große Badewanne auf einem Podest in einem großen Bad, komplett mit Fußbodenheizung und einer türkischen Sauna.

Für ihre Karriere – wie viele Bücher sie schreiben wollten, wie viele Bilder sie malen wollte, die Auszeichnungen, die sie gewinnen wollte, das Geld, das sie beide verdienen und für schlechte Tage beiseitelegen wollten.

Aber am wichtigsten war ihre Elternliste.

Den ersten Tritt des Babys in ihrem Bauch spüren.

Das erste Lächeln sehen, das erste Lachen hören, beim ersten Schritt dabei sein.

Ihrem Kind das Malen beibringen.

Geschichten vorlesen, die sie speziell für ihr Kind geschrieben haben würde.

Die Reaktion des Kindes erleben, wenn seine Füße das erste Mal den Sand berühren.

Der erste Schultag. Schulfotos. Zeugnisse.

Das erste Date. Der Hochzeitstag.

Die Welt bereisen und alles durch die Augen ihres Kinds sehen.

Den Zauber des Weihnachtsfests gemeinsam erleben.

Sie hatten sich vorgenommen, auf dieser Reise einen Weg zu finden, sich von ihrem Traum von Kindern zu verabschieden. Sie hatten die vergangenen drei Jahre komplett nur darauf ausgerichtet, ein Kind zu bekommen. Jetzt wurde es Zeit, das zu beenden. Josh hatte die Idee gehabt, die Liste mitzubringen, die Claire vor Jahren für ihr Kind angefangen hatte, und sie unterwegs zurückzulassen. Ob sie sie vergruben, verbrannten oder an irgendeinem besonderen Ort versteckten, spielte keine Rolle, solange sie sie nicht mit nach Hause nahmen und nie wieder an sie herankommen würden.

Claire war nicht sicher, ob sie, wenn sie Europa erst verlassen hätten, jemals würde dorthin zurückkehren können. Und falls doch, könnte sie niemals zurück in die Städte, die sie besucht hatten, denn an jedem Ort hatte sie einen Weg gefunden, sich ein Stückchen von ihrem Traum zu verabschieden.

»Ich wollte mich vergewissern, dass ich nichts ausgelassen habe«, sagte sie, während er die letzten Stichpunkte las, die sie hinzugefügt hatte.

»Zusehen, wie Schildkrötenbabys am Strand geboren werden. Das ist neu.«

Sie nickte.

»Eine Kutschfahrt durch die Straßen Roms machen.« Er hörte auf zu lesen und sah auf sie herunter. »Aber das haben wir gemacht.« Kurz wandte er den Blick ab. »Hast du während unserer Fahrt daran gedacht? Wie es wäre, wenn wir ein Kind dabeihätten?«

Sie schluckte den Kloß in ihrer Kehle herunter.

»Ich dachte, diese Fahrt wäre für uns. Um etwas von unserer Reiseliste abzuhaken.«

Sie hörte den Schmerz in seiner Stimme, fand aber keine Worte, um ihn zu lindern.

»Ist irgendein Teil dieser Reise für uns gewesen?«

Sie sagte nichts. Sie konnte es nicht. Er würde es niemals verstehen, und das erwartete sie auch gar nicht.

Für ihn ging es bei dieser Reise nicht nur darum, loszulassen, sondern auch einen Weg zu finden, weiterzumachen, glückliche Erinnerungen zu schaffen, neue Träume.

Während sie den Verlust ihrer Chance, ein Kind zu haben, betrauerte, träumte er von einer Zukunft, in der sie Dinge tun konnten, die sie sich zuvor nie vorgestellt hatten. Er sprach davon, ihre Karrieren voranzubringen. Von Hoffnungen auf eine Zukunft, die nichts damit zu tun hatte, eine Familie zu haben, und alles damit, das Leben in vollen Zügen zu genießen. Gemeinsam.

»Natürlich ging es bei dieser Reise um uns.« Sie drehte sich in seinen Armen, sodass sie ihn ansah, und blickte in seine warmen grünen Augen. Sie atmete tief ein und dachte an Robyn und die Liebe, die sie noch immer für ihren Mann empfand. Über die Art, wie dieses Paar etwas gefunden hatte, um ihren Wunsch nach Kindern in ihrem Leben zu ersetzen.

Ein starkes Gefühl der Zugehörigkeit und der Liebe überkam sie, und in diesem Augenblick, als sie die Liebe und das Einverständnis im Blick ihres Mannes sah, wusste sie, dass sie es konnte – einem Traum Lebwohl sagen und möglicherweise Platz in ihrem Herzen schaffen für einen neuen.

»Ohne dich könnte ich das nicht.« Sie stellte sich auf Zehenspitzen und drückte ihre Lippen leicht auf seine, während er sie fester an sich zog. »Ohne dich wäre ich verloren in meiner Trauer, verloren angesichts des Todes eines Traumes, den ich hatte, seit ich ein Mädchen war. Ohne dich … wäre meine Welt nicht vollständig.«

Sie sah auf die Liste in ihrer Hand.

»So schwer es auch ist, das zuzugeben, aber diesen Traum loszulassen, den Traum, unser eigenes Kind zu haben, unser Baby in mir zu tragen, uns in unserem Sohn oder unserer Tochter zu sehen … es ist einfacher, dieser Sache Lebwohl zu sagen, als es wäre, mich von dir zu verabschieden.« Tränen sammelten sich in ihren Augen. »Du, Josh Turner, bist mein Leben. Mein Herz. Lass mich niemals los, okay?« Sie lehnte sich an ihn. Als sie ihre Wange an seine Brust legte, horchte sie auf seinen Herzschlag und genoss das Gefühl seiner Arme, die sie festhielten.

Die Tränen liefen ihr über das Gesicht und durchnässten sein Shirt. Sie würde dem Traum, ein eigenes Kind zu haben, Lebwohl sagen, weil sie keine andere Wahl hatte.

»Wir können trotzdem Kinder haben, Claire. Wir können adoptieren, wie wir es vorher schon überlegt haben«, flüsterte Josh.

Sie schüttelte den Kopf. »Aber noch nicht, okay? Ich kann ein Kind nicht so schnell durch ein anderes ersetzen, selbst wenn dieses Kind nur ein Traum war.«

Sie wusste, dass das unvernünftig klang. Während all ihrer Bemühungen innerhalb der letzten sechs Jahre war sie nie schwanger geworden und hatte somit auch nie ein Kind verloren. Es war eher der Gedanke, die Hoffnung auf ein eigenes Kind.

Eins, das wie sie aussah … das vielleicht grüne Augen und ein Grübchen auf dem Kinn hatte wie Josh oder feine blonde Haare und eine zarte Knochenstruktur wie sie. Vielleicht hätte ihr Kind eine Leidenschaft fürs Geschichtenerzählen gehabt wie ihr Vater oder seiner, oder vielleicht würde es ihm in den Fingern jucken zu malen, so wie ihr.

Ihr Kind hätte ein fleißiger, ernster kleiner Junge oder ein warmherziges, kicherndes kleines Mädchen werden können.

Aber das würde sie niemals erfahren. Nicht mehr.

Ein adoptiertes Kind würde seine eigenen Merkmale mitbringen, die es von seinen leiblichen Eltern geerbt hatte. Seine eigene Geschichte, Nationalität, Eigenheiten und Herausforderungen.

»Konzentrieren wir uns fürs Erste auf Jack und seine Abenteuer«, sagte Claire. Ihre Freunde witzelten oft, dass es so schien, als wäre Jack ihr echter Sohn, so wie sie über ihn sprachen und bei allem, was sie taten, an ihn dachten. »Und vielleicht …« Sie sah zu ihm hoch, als ihr eine Idee kam. »Vielleicht wird es Zeit, unsere fiktive Familie zu vergrößern und ein Mädchen dazuzuholen. Warum soll nur Jack den ganzen Spaß haben?«

Josh zog die Augenbrauen hoch. »Ein Mädchen? Ja … das könnte … interessant sein. Wir haben allerdings einen Vertrag über weitere Bücher mit Jack. Darüber müssten wir mit Julia reden.« Ein kleines Lächeln umspielte seine Lippen. »Willst du das auf dich nehmen? Schaffst du das?«

Claire zuckte mit den Achseln. »Es war nur eine Idee.« Sie drehte sich um und stützte sich auf der Balkonbrüstung ab. Der Klang der Wellen beruhigte ihr Herz und ihre Seele.

Sie atmete tief ein und stieß die Luft langsam wieder aus.

Sie konnte das.

»Bist du bereit?«, fragte Josh, als könnte er ihre Gedanken lesen.

Sie griff nach den Blättern und ihre Finger berührten dabei leicht seine.

Sie hatten darüber gesprochen, die Seiten zu verbrennen, zu vergraben oder zu zerreißen, aber letztlich war das, was sie jetzt vorhatten, das Beste.

Diese Kreuzfahrt hatte heilsam für Claire sein sollen. Eine Zeit, in der sie einfach nur entspannen sollte. Ja, ihnen war klar gewesen, dass sie trotzdem planen, schreiben, skizzieren würden … aber in einer ruhigen Umgebung und zu ihren eigenen Bedingungen.

»Ich bin bereit«, sagte sie.

Sie beugten sich so weit wie möglich über das Balkongeländer und ließen dann die Blätter los.

Claire sah zu, wie sich die einzelnen Blätter voneinander lösten und im Wind flatterten, als würden sie in den Luftströmungen tanzen, bevor sie eins nach dem anderen im dunklen Meer versanken. Nur eins von ihnen landete in einem vom Mondlicht beleuchteten Streifen Wasser, und als das Schiff seine Reise fortsetzte, wurde dieses Blatt immer kleiner, bis es für immer verschwunden war.

Josh küsste sie auf die Stirn und zog sie fest an seine Brust.

»Ich liebe dich, Claire Turner. Das ist nicht das Ende. Wir müssen jetzt nur herausfinden, wie wir unseren eigenen Weg gehen, das ist alles.«

Sie blieben noch ein Weilchen schweigend dort stehen.

»So, wie wär's, wenn wir jetzt die Flasche Champagner öffnen, die wir uns aufgespart haben, zusammen kuscheln und einen Film anschauen? Was meinst du? Beenden wir die Kreuzfahrt stilgerecht?« Josh drehte sie in seinen Armen um und küsste sie.

Sein unbeschwertes Lächeln und fröhliches Gemüt waren ansteckend, und Claire wusste, wie schwer jeder Tag auch sein mochte, wie anstrengend ihre Reise auch werden würde, er würde immer da sein, um sie unterstützen und ihr zu helfen, und er liebte sie so, wie sie war.

Sie schlang ihre Arme um seinen Hals und lachte, als er sie hochhob und durch die offene Balkontür trug, wobei er darauf achtete, dass sie sich nicht den Kopf stieß, wie es in ihrer ersten Nacht passiert war.

»Kuscheln, hm?«, fragte sie.

Seine Augen funkelten, als er sie auf dem Bett ablegte.

»Ich bin mir sicher, das werden wir auch noch tun«, sagte er.

Claire zwang sich, sich auf ihren Mann zu konzentrieren und nur in seine Augen zu schauen, die das Versprechen von Liebe und Lachen enthielten. Sie vermied es, aus dem Fenster in die dunkle Nacht zu blicken, in der sie sich in ihrer Trauer verlieren wollte.

2
CLAIRE

Heute

Claire rutschte auf ihrem Sitz hin und her. Heimlich schluckte sie zwei extrastarke Tabletten und rieb sich das Genick, wobei sie versuchte, nicht zu stöhnen, als ihre Finger sich in ihre verkrampften Muskeln bohrten. Vielleicht würde eine Massage gegen die Kopfschmerzen helfen, die sie seit der Rückkehr von ihrer Kreuzfahrt plagten.

»Ist alles okay?«, fragte Josh flüsternd und in seinem Stuhl vorgebeugt.

Claire nickte kurz und zwang sich zu einem Lächeln, bevor sie sich wieder zusammennahm und die nächste Leserin begrüßte, die an ihrem Tisch stand.

Sie sah die Schlange und versuchte, nicht zu seufzen. Noch zwei Stunden mussten sie hier verbringen, bevor sie zurück ins Hotel fahren konnten, wo Claire dann nur noch schlafen wollte.

»Wir kommen jedes Mal, um Sie zu sehen, wenn Sie hier sind«, schwärmte die Frau, die mit ihrem Sohn vor Claire stand. »Nur wegen Jack und seiner Abenteuer hat mein Calvin hier angefangen zu lesen.« Sie strahlte auf ihren Sohn herunter, der mit den Händen hinterm Rücken verschränkt dastand und Josh bewundernd anstarrte.

Josh hatte ein natürliches Talent fürs Geschichtenerzählen. Bei jeder Buchlesung setzte er sich mit den Kindern hin und las mit ihnen Teile der Geschichte, wobei er die Lesung an die vorgegebene Zeit und die Anzahl der Zuhörer anpasste. Claire liebte es, sich ein oder zwei Kinder aus der Menge herauszupicken und sie zu zeichnen, und wenn sie dann kamen, um sich ihr Buch signieren zu lassen, legte sie die Zeichnung heimlich mit ins Buch.

»Möchtest du dir ein Bild aussuchen? Du kannst es mit nach Hause nehmen.« Claire beugte sich vor und zeigte auf einen Stapel Bilder, die sie auf Postkarten gedruckt hatte. Auf einer Seite befanden sich Bilder aus dem Buch, auf der anderen eine Kopie des Umschlagbilds, ein kurzer Informationstext und die Worte *Gehen wir auf Entdeckungsreise!*, etwas, das Jack in jedem Buch sagte.

Die Augen des kleinen Jungen weiteten sich, als er die Bilder genauer ansah. Langsam zeigte er auf eins. Claire zog eine Postkarte aus ihrem Stapel und unterschrieb sie. Sie reichte ihm die Karte mit einem warmen Lächeln, dann gingen die beiden wieder, das neueste Buch der Reihe fest unter den Arm des kleinen Jungen geklemmt.

»Ich glaube, wir sind bald ausverkauft«, sagte Alice, die Besitzerin von *Wonderland Tales*. Sie kniete sich neben Claire hin und reichte ihr eine Tasse Kaffee.

»Du bist ein Engel.« Claire nahm den Kaffee und nippte daran. »Unglaublich, wie viele Leute noch in der Schlange stehen. Das ist vermutlich unsere beste Signierstunde aller Zeiten.«

»Jack scheint mit jedem Buch, das ihr schreibt, beliebter zu werden. Es ist fantastisch, und ich freue mich so, dass ihr eure Lesungen bei mir abhaltet. Ihr wisst, ihr seid jederzeit willkommen.« Alice strahlte, während sie ihren vollen Laden musterte.

Wonderland Tales war ein bekannter Buchladen in Toronto, der hauptsächlich Kinder und Teenager als Zielgruppe hatte. Er war außerdem Claires und Joshs bevorzugter Veranstaltungsort für Signierstunden oder Lesungen.

»Ein neues italienisches Restaurant, das euch gefallen könnte, hat gerade ganz in der Nähe eröffnet. Ich habe dort reserviert, falls ihr euch noch fit genug dafür fühlt.« Alice beugte sich über den Tisch, um eine Kamera entgegenzunehmen, die ein Kunde ihr hinhielt. Sie quetschte sich um den Tisch herum, um ein Foto von Josh und Claire zu machen, wie sie ihr Buch signierten.

»Klar«, sagte Claire nach einer Pause. »Gib mir ein paar Stunden zum Ausruhen, dann bin ich so gut wie neu.« Claire wollte das Abendessen keinesfalls absagen. Es hatte Jahre gedauert, diese Beziehung zu Alice aufzubauen, und Claire betrachtete sie mittlerweile als Freundin.

Alice zog die Augenbrauen hoch. »Ein paar Stunden?«

Claire nickte. »Ich glaube, mein Körper muss sich immer noch daran gewöhnen, wieder zu Hause zu sein. Ich scheine einfach keinen Schlaf aufholen zu können, egal, wie früh ich ins Bett gehe oder wie viele Energydrinks ich hinter Joshs Rücken schlucke.«

»Das habe ich gehört«, flüsterte Josh zu ihr gebeugt.

Claire zuckte zusammen.

Alice stand einen Augenblick stumm da und beugte sich dann zu Claire herunter. »Du bist nicht zufällig schwanger?«, flüsterte sie.

Claire schüttelte den Kopf. »Schön wär's. Das wäre ein wahr gewordener Traum.«

Sie hatte sich damit abgefunden, niemals Mutter zu werden. Vielleicht würden sie eines Tages ein Kind adoptieren, aber nicht sofort.

»Du hast doch eine Freundin, die Ärztin ist. Hast du dich von ihr mal durchchecken lassen? Du bist jetzt schon eine Weile zu Hause. Dein Körper müsste sich eigentlich schon wieder eingewöhnt haben.«

Claire zuckte mit den Achseln. Eine beste Freundin zu haben, die Ärztin war, hatte sowohl Vor- als auch Nachteile.

»Hat jemand was von Italienisch gesagt?« Josh lehnte sich zurück und lächelte. »Ich verhungere.«

»Ich glaube, es sind noch ein paar Kekse von der Lesung übrig. Ich bringe euch einen Teller.« Wie immer die perfekte Gastgeberin, begab sich Alice in den hinteren Teil ihres Buchladens, wo Claire und Josh vor einem großen Kreis aufgeregter Kinder aus ihrem neuesten Buch vorgelesen hatten.

»Ich habe heute Geburtstag.« Eine Stimme erregte Claires Aufmerksamkeit. Vor ihrem Tisch stand ein kleines Mädchen. Sie konnte nicht älter als sieben Jahre alt sein und hatte unglaublich niedliche rote Bäckchen. Aber es war ihr kahler Kopf, der Claire den Atem raubte.

»Wirklich? Na, dann herzlichen Glückwunsch! Hast du vorhin einen Cupcake abbekommen?« Claire beugte sich mit verschränkten Händen vor.

»Einen mit Schokolade. Meine Mom hat sie für Ms Alice gemacht.« Das kleine Mädchen nickte.

»Deine Mom hat sie gemacht?« Claire blickte auf und lächelte die Frau an, die neben dem Mädchen stand. »Wusstest du, dass das Jacks Lieblingscupcakes sind?«

»Das habe ich meiner Mom auch gesagt.« Erfreut sah das kleine Mädchen hoch zu seiner Mom.

Claire griff in die Tasche neben ihr und sah ein paar lose Blätter durch, bis sie fand, was sie gesucht hatte. Sie behielt es auf ihrem Schoß unter dem Tisch, sodass das Mädchen vor ihr es nicht sehen konnte, und nahm schnell ein paar Änderungen vor.

»Wie alt bist du heute geworden?«, fragte sie, als sie aufsah und bemerkte, dass das Mädchen sie durchdringend ansah.

»Ich bin neun.« Sie musste die Überraschung in Claires Schweigen gespürt haben. »Sie haben gedacht, ich wäre sieben, oder? Das liegt an den Haaren.« Sie tätschelte sich den Kopf. »Ich habe Krebs. Ich bin außerdem so gut wie blind, aber das haben Sie bestimmt nicht gemerkt.«

Sie redete so nüchtern darüber, dass Claire völlig überrumpelt war. Sie hatte es zwar aufgrund der fehlenden Haare und der roten Flecken auf ihren Wangen vermutet, aber sie es sagen zu hören, war etwas anderes. Und nein, selbst nachdem sie dem Mädchen in die wunderschönen haselnussbraunen Augen gesehen hatte, hatte sie keine Ahnung gehabt, dass sie blind war.

»Jack sollte ein paar Kinder in einem Krankenhaus besuchen gehen. Wussten Sie, dass wir dort all Ihre Bücher haben? Ms Alice hat sie gespendet und wir alle lieben Jack.«

»Das ist eine tolle Idee.« Sie würde Alice genauer über das Krankenhaus ausfragen. »Vielleicht könntest du uns begleiten, wenn wir gehen?«

Die Augen des Mädchens leuchteten auf. »Das würde ich gern.« Sie streckte ihre Hand aus. »Ich bin Samantha, aber Sie können mich Sami nennen.«

»Sami, schön, dich kennenzulernen. Ich bin Claire.«

Claire ergänzte ihre Zeichnung noch um etwas und hielt sie ihr dann hin. »Happy Birthday, Sami!«

Samis Mutter nahm das Bild entgegen und beugte sich nach unten. »Sie hat etwas für dich gezeichnet«, sagte sie leise.

Sami hielt sich das Blatt dicht vor das Gesicht, und nachdem sie es eine Zeit lang genau studiert hatte, stieß sie einen kleinen Freudenschrei aus.

»Das bin ich.« Sami blieb die Stimme weg. »Stimmt's, Mom? Das bin doch ich?« Sie hielt ihrer Mutter das Bild hin, damit sie es sich ansehen konnte.

»Das sieht auf jeden Fall aus wie du, Sami.«

Claire war das kleine Mädchen mit dem kahlen Kopf schon vorher aufgefallen, und sie hatte es gezeichnet. Das Bild zeigte Sami und Jack auf einer Parkbank sitzend, mit einem Stapel Bücher und Cupcakes zwischen ihnen. In der Ferne jagte ein kleiner Hund seinen Schwanz und am Himmel schwebten viele Ballons. Sie hatte die Cupcakes hinzugefügt, nachdem sie erfahren hatte, dass es Samis Geburtstag war.

»Hast du mich wirklich gezeichnet?«, fragte Sami.

»Das habe ich. Du bist mir vorhin schon aufgefallen, als du direkt vorn neben Josh gesessen hast. Du warst so auf die Geschichte konzentriert.« Sie blickte hoch zu Samis Mutter. »Ich hoffe, das ist okay für Sie?«

»Natürlich«, sagte Samis Mutter. An ihre Tochter gewandt, sagte sie: »Wir sollten das Bild einrahmen und in deinem Zimmer an die Wand hängen, meinst du nicht?«

»Toll! Das ist mein allerbester Geburtstag.« Sami drückte ihre Mom ganz fest, ließ sie dann los und drehte sich zu Claire. »Darf ich Sie auch umarmen?«

»Natürlich.« Claire stand auf und ging um den Tisch herum, wo sie sich für Samanthas Umarmung vorbeugte. Sie wäre beinahe nach hinten gestolpert, so stürmisch wurde sie gedrückt.

»Und Sie versprechen, ins Krankenhaus zu kommen?«, fragte Sami, nachdem sie sie losgelassen hatte.

»Sehen wir mal, ob Ms Alice ihre Magie wirken lassen und uns reinbringen kann. Okay?«

In der Zwischenzeit war Alice mit einem Teller Kekse zurückgekommen, den sie neben Josh abstellte.

»Wo reinbringen?«, fragte sie.

»Jack kommt ins Krankenhaus!«, rief Sami aufgeregt. »Na ja« – sie verzog die Nase – »nicht der echte Jack. Aber sie werden kommen.« Sie zeigte auf Claire und dann Josh. »Und lesen vielleicht allen vor. Das wäre toll. Und meine Mom kann ihre Cupcakes machen. Das wird dann der besteste Tag von allen.«

Alice zog die Augenbrauen hoch. »Der besteste Tag von allen, ja? Ich dachte, der wäre heute, als deine Mom dich hergebracht hat, um deine allerliebsten Lieblingsautoren kennenzulernen.«

»Man kann mehr als einen bestesten Tag haben, wissen Sie?«

Claire lachte. Sie liebte den Schwung dieses Mädchens. Nach einer weiteren Umarmung von Sami setzte sich Claire wieder hin, signierte die nächste Stunde Bücher und verteilte Bilderkarten. Nach und nach verkrampfte sich ihre Hand und ihre Energie schwand, und nachdem der letzte Kunde den Laden verlassen hatte, legte Claire den Kopf auf die Hände und kämpfte darum, wach zu bleiben.

»Na schön, Dornröschen, bringen wir dich für ein Nickerchen zurück ins Hotel.« Josh kam zu ihr, legte seine Arme um sie und drückte sie. »Alice hat uns das beste italienische Essen versprochen, das wir je gegessen haben, und da wir gerade erst aus Italien zurück sind, freue ich mich darauf, sie beim Wort zu nehmen.«

»Ich weiß nicht, ob ich mich bewegen kann«, sagte Claire erschöpft. Noch eine Minute und sie würde fest eingeschlafen sein.

Sie wusste kaum, wie ihr geschah, da hatte Josh sie schon unter Alices Gelächter im Hintergrund auf seine Arme gehoben.

»Unser Taxi wartet auf uns«, sagte Josh, während er sich einen Weg durch die Gänge des Buchladens bahnte. Claire blickte über die Schulter und sah, dass Alice ihnen mit ihren Taschen in den Händen folgte.

»Leute, wir können das Abendessen auch absagen, wenn es Claire nicht gut geht.« Alice hielt die Tür mit ihrem Fuß auf und Josh ging mit Claire in den Armen hindurch.

»Das wird schon.« Claire gähnte. »Ich brauche nur ein Nickerchen, dann bin ich so gut wie neu.« Sie lehnte ihren Kopf an Joshs Brust und lauschte auf seinen Herzschlag.

»Bist du sicher?« Alice klang besorgt.

»Absolut sicher. Hey«, sagte sie und streckte ihre Hand nach Alice aus. »Samantha – sie ist ein liebes Mädchen. Geht es ihr … gut?«

Alice ließ die Schultern sacken. »Sie ist ziemlich krank. Leukämie. Aber sie ist stark und lässt sich davon nicht unterkriegen. Sie durfte heute ausnahmsweise tagsüber raus, weil es ihr Geburtstag ist. Du warst ihr Geschenk – sie wollte nur herkommen und ihre Bücher signieren lassen. Das Bild, das du gemalt hast … es bedeutet ihr mehr, als du dir vorstellen kannst.« Alice sah zur Seite, tief in Gedanken versunken. »Ich versuche, einmal im Monat ins *SickKids* in Toronto zu kommen, und bringe den Kindern Bücher. Ich kann etwas für euch organisieren, wenn ihr wollt – sie wären garantiert begeistert.«

»Lass uns das machen. Ich habe vorhin schon darüber nachgedacht. Wir könnten eine Lesung abhalten und die Kinder dann bitten, uns bei einem neuen Abenteuer für Jack zu helfen. Ich wette, sie haben eine Menge Ideen. Das könnte Spaß machen.« Josh beugte sich herunter und half Claire ins Taxi. Sie rutschte rüber, während er ihr die Taschen gab, die Alice für sie getragen hatte. »Lasst uns heute beim Abendessen weiter darüber reden.«

Claire lehnte ihren Kopf gegen den Sitz und versuchte mit aller Macht, das Gähnen zu tarnen, das sie nicht unterdrücken konnte, und kuschelte sich dann an ihren Mann, als das Taxi sie zurück zum Hotel brachte.

»Wie müde bist du auf einer Skala von eins bis zehn?« Josh rieb sanft ihren Arm.

»Zwölf.«

»Ich glaube, es wird Zeit, Abby in der Klinik einen Besuch abzustatten. Ich habe dich noch nie so erlebt.« Josh legte seinen Kopf an ihren. »Ich habe vorhin dich und Alice reden gehört. Glaubst du, du könntest es sein?«

»Könnte was sein?« Sie konnte ihm nicht folgen.

»Schwanger. Glaubst du, du könntest es sein? War es … war es so bei deiner letzten Schwangerschaft?« Seine Finger schlangen sich in ihre.

Langsam richtete sie sich auf und sah ihm in die Augen.

»Ich war ein Teenager. Ich hatte mehr Angst als alles andere.« Das und Wut. »Und nein, ich bin nicht schwanger, Josh. Ich glaube, ich …« Sie verstummte, während sie in Gedanken rückwärts zählte, wann sie zuletzt ihre Tage gehabt hatte.

»Rede einfach mit Abby, okay? Es gefällt mir nicht, dich so zu sehen.«

Claire nickte, nicht in der Lage zu sprechen. Sie war spät dran. Sehr spät. Aber spät genug, um schwanger zu sein? Konnte das sein?

Sie hatte Angst, die Hoffnung zuzulassen.

* * *

Claire saß zusammengerollt in ihrem großen, bequemen Sessel in ihrem Büro und versuchte, das Konzept zu lesen, das Josh ihr am Morgen gegeben hatte. Die Wörter verschwammen auf der Seite, sosehr sie sich auch zu konzentrieren versuchte.

»Warum legst du dich nicht hin?« Josh stand an den Türrahmen gelehnt da und streckte ihr seine Hand hin.

»Das würde ich ja gern, aber ich glaube nicht, dass ich aufstehen kann.« Sie lächelte schwach.

»Ich sehe da ein Schema … Du lässt mich nur gerne meine rohe Muskelkraft unter Beweis stellen, indem ich dich ins Bett trage, oder?« Seine Augen funkelten, aber Claire sah auch den Ausdruck der Sorge darin.

»Was hältst du davon?« Josh nickte in Richtung der Blätter in ihren Händen, als er sie vom Stuhl hochzog.

»Ich bin nicht weiter als bis zu den Tulpen gekommen. Oder waren es Osterglocken? Tut mir leid.« Sie versuchte, ein Gähnen zu unterdrücken, aber ihr Arm gehorchte nicht und blieb einfach an ihrer Seite hängen.

»Osterglocken. Mit dieser Szene hatte ich große Probleme.«

»Vielleicht sollte das nicht Teil der Geschichte sein. Vielleicht ist das nur eine Erinnerung für uns beide.« Sie lächelte ihn an und dachte an jenen Tag in Brügge zurück. Sie erinnerte sich, wie sie beschlossen hatten, alles für einen Augenblick, eine Stunde, einen Tag zu ignorieren und einfach nur zu leben. Es war perfekt gewesen. Beinahe wie der Himmel auf Erden. Beinahe.

»Wie müde bist du auf einer Skala von eins bis zehn?« Josh legte seinen Arm um sie und führte sie durch den Flur.

»Das fragst du mich dauernd.«

»Und du gibst mir immer Zahlen, die mir nicht gefallen.«

Sie lebten in einem zweistöckigen Haus in einer Kleinstadt namens Heritage, direkt am Huronsee gelegen. Ihr Schlafzimmer mit großem begehbaren Kleiderschrank und angeschlossenem Bad sowie ihr Büro befanden sich oben, Wohnzimmer und Küche unten.

Ihre Beine gaben fast unter ihr nach, als sie die Hälfte des Flurs bewältigt hatten, und Josh hob sie hoch und trug sie den Rest des Weges.

»Wann gehst du doch gleich zu Abby? Falls du nicht schwanger bist, hast du dir vielleicht einen Infekt oder so etwas in der Türkei eingefangen. Und gibt es da nicht so eine Art Virus, den die Leute sich auf Kreuzfahrtschiffen einfangen?« Josh legte sie sanft ins Bett und deckte sie mit einer handgewebten Decke bis zum Kinn zu. »Und sag mir nicht, dass ich überreagiere.«

Claire gähnte erneut. »Du reagierst über. Wirklich.« Sie konnte kaum die Augen offen halten. »Alles ist gut, Josh. Ehrlich. Ich muss nur schlafen.« Ihre Augen schlossen sich und sein Seufzen sagte ihr, dass er aufgegeben hatte.

»Lass uns dieses Jahr zu Weihnachten nach Deutschland reisen, okay?« Sie konnte fast schon die Lebkuchen schmecken.

Josh lachte. »Es ist etwas zu früh, um schon Weihnachten zu planen, meinst du nicht? Und außerdem endet jede Reise, die wir zur Weihnachtszeit planen, immer damit, dass wir sie stornieren, weil du Weihnachten mit deiner Familie verbringen willst.« Er küsste sie sanft auf die Wange. »Wie wär's, wenn wir dieses Jahr einfach eine riesige Party schmeißen, mit Schlittenfahrten und Wettbewerben im Schneemannbauen und vielen Plätzchen?«

»Das machen wir doch jedes Jahr.« Sie konnte nicht aufhören zu gähnen.

»Genau. Ich wecke dich nachher, okay?« Josh zog die Vorhänge im Zimmer zu, sodass sie in süßer, gesegneter Dunkelheit badete.

»Okay, Schatz«, konnte Claire gerade noch flüstern, bevor sie in einen traumlosen Schlaf fiel.

* * *

Der Geruch nach etwas Süßem und Köstlichem empfing sie, als sie aufwachte, und als sie sich herumrollte, sah sie einen wunderhübschen Kokoscupcake auf ihrem Nachttisch.

Sie atmete seinen intensiven Duft ein und strich mit einem Finger über den oberen Rand, bis ihre Fingerspitze mit Glasur bedeckt war.

»Kim ist vorbeigekommen und hat dir den dagelassen. Sie sagt, heute Abend wartet ein ganzer Kuchen auf dich, wenn du dich den Mädels beim monatlichen Treffen anschließen willst.«

Claire stöhnte, während sie ihre Beine übers Bett schwang, und ließ sich von Josh dabei helfen, sich hinzusetzen. »Das habe ich ganz vergessen.«

»Das hat sie sich schon gedacht, da du nicht auf ihre E-Mails oder SMS reagiert hast.« Josh griff nach dem Cupcake, biss hinein und grinste sie schuldbewusst an.

»Ich dachte, das wäre meiner. Und du magst Kokos doch ohnehin nicht.« Sie entriss ihm den Teller und stellte ihn auf ihren Schoß.

Er tauchte seinen Finger in die Glasur und leckte ihn ab. »Es ist nicht so, dass ich Kokos nicht mag. Es ist nur kein Vergleich zu Schokolade, das ist alles.«

Claire dachte darüber nach. Würde sie hingehen? Sie wollte eigentlich schon. Sie liebte die Mädelsabende, bei denen sie jedes Mal etwas anderes unternahmen. Manchmal war es ein Film in einer anderen Stadt, Abendessen bei jemandem zu Hause oder ein Lagerfeuer am Strand oder im Garten von einer von ihnen. Anscheinend war diesmal Kim an der Reihe und sie würden ihren Nachtisch in der *Sweet Bites Bakery* zu sich nehmen.

Das war immer Joshs Lieblingsabend, denn dann brachte sie oft noch Süßes für ihn mit nach Hause.

»Was hast du ihr gesagt?«

»Kim?«, fragte Josh. »Dass ich dich selbst hinfahren werde, weil du solch einen Abend gebrauchen kannst.«

»Mein persönlicher Chauffeur, hm?« Sie rieb seinen Arm und lehnte ihren Kopf an seine Schulter.

»Für dich doch immer.« Er küsste sie auf die Stirn und legte seinen Arm um sie. »Aber ich meine es ernst. Du musst mal ausgehen. Vielleicht hilft es dir, mit deinen Freundinnen zusammen zu sein.«

Sie sah zu ihm hoch und sah die Sorge in seinen Augen.

»Ich bin nicht depressiv, Josh.« Sie wusste, dass er das dachte, auch wenn er nichts zu ihr gesagt hatte. Sie hörte es in seiner Stimme.

»Das habe ich auch nicht gesagt.«

»Nein? Recherchierst du Depressionen dann für ein künftiges Buch?« Als sie den Laptop geöffnet hatte, den sie sich teilten, hatte sie die Webseiten gesehen, die er sich angeschaut hatte.

»Ich mache mir nur … Sorgen.«

Claire setzte sich auf. »Das weiß ich doch. Ich mir auch. Das ist nicht normal, nicht einmal für mich. Aber ich bin nicht depressiv. Ich bin nur wirklich müde.«

Sie würde es doch wissen, wenn sie depressiv wäre, oder nicht?

»Ich sag dir was. Wie wär's, wenn ich ein paar Stunden hingehe und dann machen wir einen Spaziergang? Das haben wir schon eine Weile nicht mehr getan.« Sie zwang sich zu einem Lächeln und hoffte, dass es auch ihre Stimme erreichte. Ihr gefiel der Gedanke nicht, dass er an ihr zweifelte und glaubte, sie wäre depressiv. Das war sie nicht. Sie kam damit klar. Mit dem Leben, das ihnen gegeben worden war. Sie konnte es.

Josh griff nach ihrer Hand und verschränkte seine Finger mit ihren. »Das würde mir gefallen.«

Vielleicht waren diese Erschöpfung und der Appetitmangel die Art ihres Körpers, mit dem Verlust umzugehen. Vielleicht zeigte sich die emotionale Erschöpfung jetzt auch physisch.

Wie auch immer, das konnte so nicht weitergehen und vielleicht … nur vielleicht sollte sie dem nicht mehr nachgeben.

»Weißt du, was toll zu diesem Cupcake passen würde? Eine frische Kanne Kaffee. Ich spüre, dass Kopfschmerzen im Anmarsch sind, und das liegt wahrscheinlich am Koffeinmangel. Ich brauche ihn, vor allem, wenn du willst, dass ich mir die Szene noch mal durchlese.« Der erste Schritt war, wieder an die

Arbeit zu gehen. Sie konnte das. Ja, ihr Körper war erschöpft, aber das war keine Entschuldigung. Sie hatte Fristen einzuhalten, und wenn das hier ein simpler Fall von Geist über Materie war, dann war es Zeit, dass ihr Körper die Nachricht kapierte.

»Der Kaffee ist schon gemacht, und ich habe ein paar Änderungen am Kapitel vorgenommen. Setzen wir uns nach draußen, damit wir es noch mal durchgehen können. Aber wie wär's, wenn du vorher Abigail anrufst und mit ihr einen Termin für einen richtigen Check-up vereinbarst?« Er beugte sich vor und küsste sie. »Ich glaube dir, wenn du sagst, dass du nicht depressiv bist. Aber irgendetwas stimmt nicht, und sag mir nicht, dass es nur der Jetlag ist, okay?«

Sie ließ zu, dass er sie vom Bett zog, und streckte sich gähnend. »Ich bin wirklich nicht mehr in der Stimmung, gepiekt und untersucht zu werden.«

Josh starrte sie ungerührt an, sein Gesichtsausdruck war nicht zu deuten.

»Es geht mir gut, aber wenn es dich beruhigt … dann okay.«

»Danke.« Er lächelte. »Es beruhigt mich. Ich bin hier, um mich um dich zu kümmern, dich zu beschützen … aber das hier … Ich weiß nicht, was ich tun soll, wenn du den ganzen Tag schläfst. Und jetzt« – er beugte sich vor und hob sie auf seine Arme – »bringen wir dich nach unten, damit wir arbeiten können, sonst … bekomme ich noch ganz andere Ideen.« Er wackelte mit den Augenbrauen, wie er es oft tat, und sie lachte.

Sie legte ihren Kopf an seine Brust, hielt den Teller mit dem Cupcake fest, damit er nicht herunterfiel, und ließ sich von ihm die Treppe heruntertragen.

Sie wusste auch nicht, was sie mit ihrer Lethargie anfangen sollte. Dank ihrer Mutter war sie ausreichend mit Vitaminen und Kräutern versorgt, aber nichts schien zu wirken.

»Ich habe die Post geholt, während du geschlafen hast. Eine der Postkarten, die wir verschickt hatten, ist endlich angekommen.« Josh achtete auf seine Füße, während er sie nach unten trug.

»Welche?« Sie hatten es sich zur Gewohnheit gemacht, sich selbst von jedem Ort, den sie besuchten, eine Postkarte zu schicken. Claires Mutter Millie hatte auf Familienurlauben damit angefangen, als sie noch jung gewesen war. Millie schickte während eines Urlaubs eine Postkarte nach Hause und schrieb Claire von den Abenteuern, die sie erlebt hatten. Während ihrer Reise hatten Josh und Claire viele Postkarten von allen Orten besorgt, an denen sie gewesen waren – einige hatten sie dort zurückgelassen, nachdem sie erfahren hatten, dass dies in dem Londoner Bed and Breakfast, in dem sie abgestiegen waren, Tradition hatte; andere hatten sie an Familie und Freunde geschickt.

»Die aus London.« Josh setzte sie am Fuß der Treppe ab.

»Wow. Das hat ziemlich lange gedauert.« Claire lächelte. »Es ist mehr als vier Monate her, seit wir die geschickt haben.«

»Erinnerst du dich noch, was du draufgeschrieben hast?«, fragte Josh.

Claire musste einen Augenblick nachdenken. »War das nicht das Rezept für die Muffins, die Lolly gemacht hat?« Lolly, die Besitzerin des urigen Bed and Breakfast in London, hatte sie während ihres Aufenthalts mit ihren selbst gebackenen Köstlichkeiten verwöhnt.

»Ich habe eine Idee«, sagte Josh.

»Lass mich raten. Wir sollten die Muffins backen und dann Lolly schreiben, wie sehr wir sie vermissen?« Der Gedanke gefiel Claire. »Und mit *wir* meine ich dich«, ergänzte sie.

Er runzelte die Stirn.

»Wie wär's, wenn wir das Rezept stattdessen deiner Mom geben, wenn sie das nächste Mal vorbeikommt? Da sie ja so gern backt und so …« Josh hörte mitten im Satz auf, in der Erwartung, dass Claire ihm zustimmen würde.

»Ich habe versprochen, ihr Rezept niemals weiterzugeben.« Claire schüttelte den Kopf.

»Dann sag's ihr nicht. Im Übrigen hast du es auf die Rückseite einer Postkarte geschrieben. Ich wette, mehr als ein Dutzend Leute haben allein schon aus Neugier gelesen, was da stand.« Sein Blick war hoffnungsfroh.

»Joshua Turner, bring mich nicht dazu, ein Versprechen zu brechen.« Claire funkelte ihn an.

Josh war derjenige von ihnen beiden, der besser backen konnte, und ihre Mutter würde vermutlich versuchen, aus dem Ganzen einen gesunden Snack zu machen, und alles Süße durch ekelhafte Zutaten ersetzen. Nein danke.

»Niemals. Außerdem würde deine Mom Lollys dekadente Köstlichkeiten sowieso in gesunde Muffins verwandeln«, grummelte Josh.

Claire lachte.

3
CLAIRE

Eine Erinnerung an London, März

Claire sank in einen Plüschsessel in der Bibliothek des *Blossom Lane*, einem urigen Bed and Breakfast in South Kensington. Sie stöhnte und rieb sich die wunden Füße.

»Warum lassen Sie sich morgen nicht von meinem lieben Herbert herumfahren, Herzchen? Er hat frei und es macht ihm nichts aus.« Lolly, die Besitzerin des kleinen Hauses, in dem sie sich einquartiert hatten, kam mit einem Tablett voller Scones und heißem Tee ins Zimmer geeilt.

»Das wäre reizend, wenn es nicht zu viel Mühe macht.« Claire legte ihre Füße auf einem Hocker ab und nahm die ihr angebotene Tasse Tee entgegen.

»Sie sind heute wohl ziemlich viel gelaufen.« Lolly setzte sich in den Sessel ihr gegenüber. »Wo ist denn Ihr lieber Mann?«

»Draußen mit Herbert, sie sehen sich wieder seinen Garten an.« Claire lächelte. Seit ihrer Ankunft vor drei Tagen hatten sie herausgefunden, dass Herbert gern über seine Gärten redete und Lolly gern während einer heißen Kanne Tee schwatzte.

»Was haben Sie denn heute gesehen?« Lolly lehnte sich in ihrem Sessel zurück und wirkte tatsächlich daran interessiert, wie Claires Tag ausgesehen hatte.

Es war so erfrischend, hier zu sein, mehr als Claire es sich je hätte vorstellen können. Ihr Aufenthalt war aufgrund einer Konferenz, bei der sie beide Redner waren, ziemlich lang, fast drei Wochen, und ein Hotel wäre sehr teuer gewesen. Als ihre Redakteurin Julia also ein niedliches Bed and Breakfast vorgeschlagen hatte, von dem sie gehört hatte, hatten sie die Gelegenheit sofort ergriffen. Es gab jeden Tag ein einfaches englisches Frühstück und einen traditionellen Nachmittagstee, und Claire brauchte nicht lange, um zu erkennen, wie viel Lolly und Herbert die Teezeit mit ihren Gästen bedeutete und dass sie ihre Enttäuschung kaum verbergen konnten, wenn diese sie verpassten.

»Wir sind heute anhand von Herberts Karte zum Portobello Market in Notting Hill gelaufen. Es war wundervoll. Ich habe sogar die Bäckerei gefunden, die Sie erwähnt haben.« Claire angelte sich ein dreieckiges Gurkensandwich. »Obwohl ich zugeben muss, dass Ihre Erdbeer-Vanille-Muffins gestern noch besser waren als die in der Bäckerei.«

Lolly platzte vor Stolz über das Kompliment. »Das Hummingbird ist eine gute Bäckerei, aber hausgemacht kann man nicht schlagen.«

»Wir haben auch diesen Buchladen gefunden«, fuhr Claire fort. »Ich habe ein paar Bücher gekauft, die wir nach Hause mitnehmen wollen.«

»Tatsächlich!« Lolly klatschte in die Hände. »George ist fantastisch, nicht wahr? Ich wusste, Sie würden ihn mögen. Welche Bücher haben Sie gekauft?«

»Die Alice-im-Wunderland-Reihe. Ich konnte einfach nicht widerstehen. Das waren als Kind meine Lieblingsbücher.«

Lolly nickte zustimmend und so fuhren sie fort, sprachen über die Händler und das Streetfood, das Josh und Claire fotografiert hatten.

»Dann können Sie also wieder etwas auf Ihrer Wunschliste abhaken?«, fragte Lolly, als sich Claire gerade über die Armlehne beugte, um ihr Buch hochzuholen.

Jeden Nachmittag zur Teezeit zog Claire ihr Notizbuch heraus, das in zwei Abschnitte aufgeteilt war. Der vordere Abschnitt enthielt ihre Liste, der hintere Notizen zu den Orten, die sie besucht, und den Dingen, die sie gesehen hatten.

»Den Markt wollte ich schon sehen, seit ich in meinen Paddington-Büchern darüber gelesen habe.« Sie liebte es, Dinge von ihrer Wunschliste abzuhaken, liebte das Gefühl von Spannung und Erfüllung.

»Und haben Sie eine Postkarte gekauft, wie ich vorgeschlagen habe?« Lolly stand auf und trat zu einem Schrank.

»Habe ich. Wir hätten den kleinen Laden mit den alten Fotos und Postkarten beinahe übersehen. Ich bin so froh, dass Sie uns gesagt haben, wo wir suchen müssen. Und Sie hatten recht – es war schwer, sich nur für eine oder zwei zu entscheiden. Letztendlich haben wir mehr gekauft, als wir vorgehabt hatten.«

»Gut.« Lolly hielt eine Box in der Hand und stellte sie auf dem Tisch zwischen ihnen ab. »Wir haben eine Tradition hier, die meine Eltern begonnen haben, als sie ihr Haus das erste Mal für Gäste öffneten. In dieser Box finden Sie Postkarten aus den letzten siebzig Jahren.« Sie nahm ein paar heraus und sah sie durch, während sich ein Lächeln auf ihrem Gesicht ausbreitete. »Ich habe diese Box immer gern abends mit in mein Schlafzimmer genommen und bin die Postkarten durchgegangen. Ein paar habe ich sogar auswendig gelernt.« Sie reichte sie Claire.

Einige Postkarten waren handgezeichnet, manche waren Schwarz-Weiß-Fotos, wieder andere in Farbe, und viele von ihnen zeigten bekannte Sehenswürdigkeiten Londons. Als sie begann, die durchzulesen, die Lolly ihr gereicht hatte, verstand sie, warum sie ihr so viel bedeuteten. Sie waren wie Schnappschüsse aus der Vergangenheit, voller schöner Erinnerungen und Wünsche für künftige Besuche.

»Ich würde mich freuen, wenn Sie und Josh auch eine hierlassen, falls Sie möchten«, sagte Lolly. »Ich erinnere mich, wie meine Mutter diese Idee einst einem Gast erklärt hat. Sie sagte, man solle es sich als einen Brief vom Herzen an die Seele vorstellen.«

Claire hielt die Postkarten in ihren Händen und dachte darüber nach, was es bedeuten würde, eine zu schreiben. Sie nahm die Karte, die sie sich gerade ansah, und las die Rückseite.

Hier in den Gärten gibt es eine Art Frieden, den ich anderswo schon lange nicht mehr gefunden habe.

Mein Verstand hält inne. Die Erinnerungen, vor denen ich davonlaufe, verschwinden in dem Moment, in dem ich mich hinsetze, den süßen Duft nach Jasmin oder zarten Rosen einatme und nichts höre als das Zwitschern der Vögel.

Meine Seele hat endlich Frieden gefunden, und ich bin mir nicht sicher, ob ich hier wieder weggehen kann.

»Das wurde von einem Soldaten nach dem Zweiten Weltkrieg geschrieben. Er ist nach Hause zurückgekehrt, um seinen eigenen Garten anzulegen, und wurde Jahre später sogar darin begraben«, erklärte Lolly leise. »Das dort ist er, neben meinem Dad. Sein Name war David, und ich habe ihn oft stundenlang in unserem Garten sitzen sehen.«

»Das ist wunderschön«, sagte Claire.

»Sehen Sie sich die Box ruhig an, und wenn Sie möchten, lassen Sie Ihre eigene Karte hier. Denken Sie darüber nach, was

Sie sich selbst und Ihrem Herzen sagen würden.« Sie stand auf, tätschelte Claires Hand und verließ das Zimmer.

Claire ging die Postkarten durch und Tränen schimmerten in ihren Augen, während sie sie durchlas. Einige waren so schön, sogar verwunschen, mit ihren Träumen von der Zukunft, ihrer Sehnsucht oder ihrem Gefühl des Verlusts nach Tod oder Krankheit eines geliebten Menschen.

Was würde sie schreiben?

Eheversprechen
CLAIRE UND JOSH TURNER

1. Niemals wütend aufeinander ins Bett gehen. *(Nein, Josh Turner, das bedeutet nicht, dass du auf der Couch schlafen kannst, wenn wir streiten.)*
2. Niemals länger als drei Tage voneinander getrennt sein.
3. Lernen, Kompromisse einzugehen. *(Claire … werde nicht sauer auf mich, wenn ich dich daran erinnere, dass es deine Idee war, das auf die Liste zu setzen. Ich liebe dich!)*
4. Sex in jedem Teil des Hauses haben. *(Musstest du das wirklich hier reinschreiben, Josh?)*
5. Keine Listen darüber führen, wer recht hatte und wer nicht.
6. Eigene Hobbys haben und auch ein paar, die wir teilen. *(Bedeutet das, dass du auch mit mir zusammen Golfen lernst, Claire?)*
7. Immer ehrlich sein. Aber wenn es wehtun wird, dann dem anderen erst Wein anbieten.
8. Die Entscheidung treffen, immer verliebt zu sein. Liebe ist kein Gefühl, sie ist eine Verpflichtung. Lust kommt und geht, aber sich zu entlieben, dafür muss man sich entscheiden.

9. Gemeinsam eine Fremdsprache lernen. *(Zählt die Sprache der Liebe auch dazu? Denn ich glaube, darin hätten wir eine Eins plus!)*
10. Jedes Jahr eine neue Sache machen.
11. Sich immer mit »Ich liebe dich« verabschieden. *(Sollten wir noch einen Kuss dazugeben?)* Klar :-)
12. Umarmungen, wann immer der andere sie braucht.
13. Jeden Abend Fußmassagen. *(Netter Versuch, Claire. Wie wär's mit wöchentlich? Oder zweimal pro Woche?)*
14. Ein Ferienhaus direkt am Strand kaufen.

4
JOSH

Heute

Josh überquerte die Straße und betrat das winzige Pub in ihrer Stadt, das sich *Last Call* nannte. Er traf sich mit Derek zu ihrem wöchentlichen Männerabend mit Chicken Wings und Bier, während Claire und Abby ihren monatlichen Mädelsabend in der Bäckerei eingeläutet hatten. Derek stand an der Bar und sprach mit Mike, einem Freund, mit dem sie damals zusammen zur Schule gegangen waren. Derek hob grüßend sein Glas. Josh winkte zurück.

»Na, sieh mal einer an, wer da ist! Wird auch Zeit, dass du dich mal wieder zeigst.« Fran, die Eigentümerin des *Last Call*, stellte sich ihm in den Weg. »Ich hatte schon angefangen zu glauben, du hättest mich vergessen.«

»Dich? Niemals!« Josh hielt ihr eine Tasche hin, die er extra für Fran mitgebracht hatte. »Wir lieben dich so sehr, dass Claire dir während unserer Reise dauernd Sachen gekauft hat.« Er beugte sich vor. »Aber verrate es niemandem«, flüsterte er.

Sie errötete. »Deshalb bist du für mich wie mein zweiter Sohn.« Sie linste in die Tasche und ihre Augen weiteten sich beim Anblick all der Produkte mit Zitronenduft – Cremes, Shampoos, Bodylotion und all die anderen Frauensachen, von denen Claire geschworen hatte, dass Fran sie lieben würde.

»Und alles in Zitrone. Sag ihr, dass sie herkommen soll, dann kriegt sie welche von meinen speziellen Zitronendrops.«

»Das sage ich ihr nicht. Als sie das letzte Mal hier war, hat sie sich in den Kopf gesetzt, um Mitternacht vom Dock aus schwimmen zu gehen – du erinnerst dich?«

Fran lachte. »Dein Mädel verträgt wirklich keinen Likör, oder?«

Josh grinste. Ein Glas Wein und Claire kicherte wie ein Schulmädchen. Nach drei von Frans Zitronendrops hatte sie geglaubt, sie wäre Wonder Woman.

»Ich nehme an, sie ist in der Bäckerei mit den Mädels.« Fran zog das Handtuch herunter, das über ihrer Schulter lag, schnappte sich eine Sprayflasche, die sie abgestellt hatte, und begann, einen Tisch zu schrubben, von dem Josh vermutete, dass er längst sauber war.

Josh nickte. »Die Jungs sind alle hier?«

»Hinten.« Fran nickte in Richtung Rückseite des Pubs. »Ich weiß immer, wann der Mädelsabend ist, weil sich mein Pub dann mit den ganzen Ehemännern füllt.«

»Dann sollte ich lieber nach hinten gehen, bevor die Chicken Wings alle sind.«

»Keine Sorge, es sind noch ein paar mehr auf dem Weg zu euch.« Fran klopfte ihm auf die Schulter und richtete ihre Konzentration dann auf die neuen Gäste, die gerade eingetreten waren.

Josh sah sich nach Mike um, Frans Sohn, der außerdem Barkeeper und ein alter Freund war, sah ihn aber nicht hinter der Bar. Stattdessen stand Herb da, schenkte Bier ein und bedachte jeden im Raum mit einem Stirnrunzeln.

»Hey, alter Mann, ich nehm das, was heute auf dem Programm steht.« Josh lehnte sich an die Bar und wartete auf das, was zweifellos kommen würde.

»Du willst, was auf dem Programm steht?« Herb ballte seine Hände zu Fäusten und reckte sie in die Luft. »Auf dem Programm steht eine Runde Prügel, seit du damals als Teenager meinen Sohn mitten in der Nacht auf unser Dach gezerrt hast, damit er nach unten in das Trampolin sprang – wobei er sich den Arm gebrochen hat.« Herb kniff die Augen kurz zu Schlitzen zusammen und dann kräuselten sich seine Lippen zu etwas, das man als Grinsen deuten konnte.

»Das war alles Mikes Idee, und das weißt du auch.« Josh schüttelte den Kopf. Jede Fehlentscheidung war immer von Mike gekommen. Josh hatte einfach nur mitgemacht. Der einzige Grund, warum er sich nicht den Arm gebrochen hatte, war, dass er clever genug gewesen war, um sofort vom Dach zu klettern, als er Mikes Jaulen beim Aufprall hörte.

»Mein Junge ist ein Engel.« Herb kämpfte darum, mit dem rechten Auge zu zwinkern. Vor ein paar Jahren hatte Herb einen Schlaganfall gehabt, wodurch die rechte Hälfte seines Gesichts teilweise gelähmt war.

»Oh ja, er ist ein Engel. Mit schwarzen Flügeln und einem ramponierten Heiligenschein.« Josh nahm das Fassbier entgegen, das Herb ihm hinhielt, und bahnte sich einen Weg zu Derek, der mit den anderen Jungs hinten saß.

Der Abend verlief so wie üblich – sie hörten laute Musik, gaben abwechselnd eine Runde Bier aus und hänselten sich gegenseitig wegen ihrer kindlichen Missetaten. Josh konnte darauf zählen, dass er üblicherweise mindestens drei Stunden im Pub verbrachte, daher war er überrascht, als nach ungefähr der Hälfte des Abends sein Telefon klingelte.

»Junge, willst du da wirklich rangehen?« Derek versuchte, ihm das Handy abzunehmen, aber Josh stoppte ihn.

»Es ist deine Frau«, sagte Josh zu ihm.

Das brachte die anderen Männer zum Lachen. Josh stahl sich aus der Gruppe davon und ging weiter nach hinten, wo es etwas ruhiger war. Wenn Abby ihn anrief, war etwas im Busch.

»Was ist los?«, war sein erster Satz. Er sah hinüber zu Derek, der ihm gefolgt war.

»Deine Frau schläft fest. Ich habe versucht, sie aufzuwecken, aber sie ist zu erschöpft. Ich glaube, du musst sie nach Hause bringen.«

»Wirklich? Sie ist eingeschlafen?«

»Du weißt doch, wie sie ist, wenn sie müde ist. Sie wird mit jedem Mal, das ich sie wecke, immer mürrischer.« Abby lachte, aber Josh hörte die Anspannung hinter ihren Worten.

»Ich bin gleich da.« Josh legte auf und zog etwas Geld aus seiner Tasche. »Das ist für meinen Anteil. Ich muss Claire abholen und nach Hause bringen.«

»Ist alles in Ordnung?« Derek hielt ihn vom Gehen ab. »Was hat Abby gesagt?«

Josh seufzte. »Claire ist eingeschlafen und will nicht aufwachen. Das gefällt mir nicht. Sie ist wirklich lethargisch geworden, und das ist nicht gut.«

»Rede mit Abby. Sie wird wissen, ob es Claire gut geht oder nicht.«

Josh nickte und verließ das Pub durch die Hintertür, die in eine Seitengasse führte. Die Bäckerei war gleich auf der anderen Straßenseite.

Abigail stand an der Tür, um ihn reinzulassen. »Es geht ihr gut, Josh. Keine Sorge«, sagte sie leise mit einem schnellen Blick über ihre Schulter, wo Claire an Kat gelehnt schlief. Kat war eine der Besitzerinnen der Bäckerei.

»Bist du sicher? Soll ich sie morgen in die Klinik bringen?«

Abigail schüttelte den Kopf. »Es geht ihr gut und ich fahre morgen für ein paar Tage in die Stadt. Danach bin ich aber wieder da. Wenn es ihr dann immer noch so schlecht oder schlechter geht, bringst du sie zu mir in die Klinik, okay? Aber lass sie am besten die nächsten Tage einfach schlafen. Vielleicht kämpft ihr Körper gegen einen Virus oder so etwas, oder vielleicht bekommt sie einfach nicht genug Ruhe.«

Josh schnaubte. »Du machst Witze, oder? Sie schläft mehr, als dass sie wach ist.«

»Ich weiß. Aber sie hat kein Fieber, übergibt sich nicht … Also bin ich nicht übermäßig besorgt. Noch nicht.«

»Was ist mit ihren Kopfschmerzen?«

»Wie schlimm sind die?«

»Auf einer Skala von eins bis zehn sind sie ungefähr eine Sechs.« Josh runzelte die Stirn. Alle paar Tage schienen sie schlimmer zu werden.

»Okay, bring sie in die Klinik, sobald ich zurück bin. Ich bin nur ein paar Tage weg. Aber wenn es schlimmer wird – wenn die Häufigkeit oder Intensität der Kopfschmerzen zunimmt oder sich etwas anderes verschlimmert, dann bring sie zu Dr. Will.«

»Danke, Abby.« Josh ging hinüber zu Claire. »Na komm, Dornröschen, Zeit, dich nach Hause zu bringen, bevor es Mitternacht schlägt.« Er beugte sich vor, um sie hochzuheben.

»Du hast schon wieder die Märchen verwechselt«, murmelte Claire, während sie ihren Kopf gegen seine Brust legte.

»Hier. Etwas Süßes für später.« Kat gab Claire eine Schachtel und schaute dann Josh an. »Vielleicht ist auch eine Kleinigkeit für dich dabei«, sagte sie mit einem Lächeln zu ihm.

»Du bist wie meine persönliche gute Fee.« Josh zwinkerte Kat zu und verließ den Laden dann mit seiner schläfrigen Frau im Arm.

Abigail hielt ihm die Tür auf und öffnete auch seine Autotür. »Wir sehen uns, wenn ich von meinem Kurs zurück bin, okay, Claire? Josh bringt dich dann in die Klinik und wir finden heraus, warum du so müde bist.«

»Es gibt keinen Grund, meinetwegen so einen Aufstand zu machen. Ich brauche nur ein paar Hundert Stunden durchgehenden Schlaf«, murmelte Claire.

Josh schloss die Tür und wandte sich Abby zu.

»Es geht ihr gut«, sagte Abigail. Sie legte eine Hand auf seinen Arm. »Aber behalte sie im Auge, okay?«

Joshs Lippen wurden schmaler. »Ich will dir glauben, Abby, wirklich. Aber mir gefällt das nicht.«

Abigail nickte. »Dann bring sie morgen zu Dr. Will. Wahrscheinlich ist sie nur wieder anämisch.« Abigail schüttelte den Kopf. »Sie hat sich angewöhnt, ihre Eisentabletten nicht zu nehmen, falls dir das noch nicht aufgefallen ist.«

Josh runzelte die Stirn. Das musste mehr als Anämie sein. Anämie hatte er bei ihr schon erlebt. »Ich hoffe, dass es wirklich nur das ist.«

Während ihrer Autofahrt und als Josh sie ins Haus brachte und die Treppe nach oben trug, schlief Claire. Erst als er sie aufs Bett legte und begann, sie auszuziehen, wurde sie wach und hätte ihm fast ins Gesicht getreten.

»Hey.« Josh trat mit erhobenen Händen einen Schritt zurück. »Ich helfe dir nur ins Bett.«

Claire drückte sich auf dem Bett nach oben und schwankte, als wäre sie betrunken. »Wann sind wir nach Hause gekommen?«, fragte sie.

»Gerade eben.«

Sie zuckte zusammen und rieb sich den Hinterkopf. »Mein Kopf tut wirklich weh«, sagte sie.

Josh war urplötzlich brennend am Teppich interessiert. »Ja, ich, äh, habe möglicherweise deinen Kopf gegen die Wand gestoßen, als ich mit dir die Treppe nach oben gegangen bin. Sorry.«

Claire legte sich wieder hin. »Nein, mein Kopf tut *richtig* weh. Es fühlt sich an, als würde er explodieren.« Und dann stöhnte sie.

Josh griff nach dem Fläschchen mit Tabletten, das Claire am Bett stehen hatte, und kippte zwei in seine Hand. »Hier, nimm die.« Er half ihr, sich wieder hinzusetzen, und reichte ihr eine Flasche Wasser.

»Zwing mich nicht dazu, mich noch mal zu bewegen, Josh. Bitte«, sagte Claire, ihre Stimme rau vor Schmerzen.

»Schatz, du kannst nicht so auf dem Bett schlafen. Lass mich dir zumindest die Hose ausziehen und dich unter die Bettdecke stecken, okay? Und dann kannst du wieder schlafen. Die Kopfschmerzen sind bald weg.« *Bitte, Gott, lass sie bald weg sein.*

Während sie schlief, wachte Josh über sie, den Laptop geöffnet, nicht in der Lage, selbst zu schlafen. Er beobachtete Claires Gesicht, die Art, wie sie die Augen zusammenpresste, wie sich ihr Kiefer ab und zu verkrampfte. Er wartete und zählte die Minuten, bis die Medikamente endlich wirkten. Es dauerte fast eine Stunde.

Als Claire schließlich im Schlaf einen Seufzer der Erleichterung ausstieß, entspannte sich Josh, legte den Laptop beiseite und kuschelte sich an sie. Er legte seinen Arm auf ihren Bauch, wollte ihr ganz nah sein, ihre Wärme unter seiner Hand spüren.

* * *

Die Woche schleppte sich dahin. Claire hatte jeden Tag Kopfschmerzen, aber sie weigerte sich, zu einer Untersuchung zu gehen, bis Abby von ihrem Kurs zurück war. Joshs Frustration wuchs. Er verstand nicht, warum sie sich weigerte, einen Arzt aufzusuchen.

Er wollte glauben, dass sie schwanger, dass die Müdigkeit ein Resultat von Schwangerschaftshormonen im Frühstadium war. Aber nichts, was er online las, bestätigte das. Wäre sie schwanger, wäre ihr übel, sie würde sich morgens übergeben, ihre Haut wäre empfindlich und sie hätte ein Verlangen nach Salz. Zumindest glaubte er, dass es Salz war. Aber sie zeigte keins dieser Zeichen.

Und es war nicht nur die Lethargie. Sie hatte jeglichen Appetit verloren und litt an fast dauerhaften Kopfschmerzen, die jeden Tag schlimmer zu werden schienen.

Claire glaubte, ihr Körper brauche nur Zeit, um sich wieder an ihre Zeitzone zu gewöhnen. Aber das war nicht normal. Nach keiner ihrer früheren Reisen hatte der Jetlag sie jemals so hart getroffen. Außerdem hätte sich ihr Körper mittlerweile wieder eingewöhnt.

Die ersten Wochen zurück in der Heimat waren okay gewesen. Sie hatte ein paar zusätzliche Nickerchen eingelegt und morgens das Läuten des Weckers überhört, aber Claire war trotzdem noch rausgegangen oder hatte sich auf einen Kaffee mit Abby getroffen. Aber die letzten zwei Wochen – seit ihrer Signierstunde, bei der sie die gesamte dreistündige Fahrt in die Stadt geschlafen, immer wieder Nickerchen eingelegt und das Abendessen nur mit Mühe und Not überstanden hatte – war es mit ihr rasant abwärtsgegangen.

Vielleicht war die Belastung der letzten Jahre, in denen sie immer wieder versucht hatte, schwanger zu werden, einfach zu viel gewesen. Vom Beginn ihrer Beziehung an hatten sie den Traum von einer großen Familie geteilt. Von einem Haus voller Kinder, mit allen Sorgen und Freuden, die dazugehörten. Als die Jahre vergingen, änderte sich dieser Traum für ihn. Er wollte noch immer Kinder, aber er begann sich mit dem Gedanken anzufreunden, dass sie Adoptiv- oder Pflegeeltern würden, Kinder aufnahmen, die ihre Hilfe und Liebe brauchten. Es ging weniger darum, ein eigenes Kind zu haben, als darum, ein Kind zu haben, das er lieben konnte.

Aber für sie war es anders. Er wusste, die Reise war auf emotionaler Ebene sehr schwer für sie gewesen, und er hatte alles getan, was er konnte, um ihr dabei zu helfen, sogar zugestimmt, die Reise immer wieder zu verlängern, wenn sie in letzter Minute den Wunsch äußerte, noch mehr Länder zu besuchen.

Es ergab keinen Sinn. Er hasste es, sie so gebrochen zu sehen, und noch mehr hasste er das Gefühl, nichts tun zu können, was ihren Zustand gebessert hätte.

Er ging nach unten in die Küche, setzte eine frische Kanne Kaffee auf und rief dann Derek an, der als Steuerberater von zu Hause aus arbeitete.

»Arbeitet deine Frau heute?«, fragte Josh ihn.

»Sie ist gerade zum Mittagessen nach Hause gekommen. Was ist los?«

»Denkst du, sie könnte Claire noch einschieben? Oder vielleicht nach der Arbeit vorbeikommen?«

»Für Hausbesuche berechnen wir extra, wie du weißt«, scherzte Derek. »Aber ist denn alles in Ordnung?«

»Es ist kein Notfall, aber ich mache mir wirklich Sorgen«, sagte Josh.

»Einen Augenblick. Ich frage Abby.«

Josh hörte, wie Derek und Abby im Hintergrund redeten. Er hörte Abby rufen, dass er sie sofort herbringen könne. Josh seufzte. Er war nicht mal sicher, ob Claire genug Energie hatte, um aus dem Haus zu kommen.

»Hast du das gehört?«, fragte Derek.

»Deine Frau ist ein Engel. Claire schläft, also wie wär's, wenn ich sie in einer Stunde in die Klinik bringe?«

»Perfekt. Dann hat sie Zeit, ihr Mittagessen zu beenden. Abs sagt, du sollst dir keine Sorgen machen.«

»Ich kann nicht anders.« Josh legte auf und sah auf die Uhr. Er würde Claire noch schlafen lassen und sie erst kurz bevor sie losmussten aufwecken.

Er sollte sich keine Sorgen machen? Was dachte sich Abby nur? Natürlich machte er sich Sorgen. Er hatte seine Mutter verloren, weil sie ihre Krankheitssymptome ignoriert hatte. Er wollte nicht auch noch Claire verlieren.

5
CLAIRE

Heute

»Willst du, dass ich mitkomme?« Josh hielt Claire die Kliniktür auf.

»Nein, alles okay.« Sie gähnte, ging auf Zehenspitzen, um ihn zu küssen, während sie gleichzeitig ein Tablett mit Coffee-to-go-Bechern balancierte. »Unglaublich, dass du das gemacht hast. Ich hätte schon noch selbst angerufen und einen Termin vereinbart.«

»Ich weiß, aber du hast dich damit nicht wirklich beeilt, und ich mache mir Sorgen.« Josh gab ihr noch einen Kuss. »Soll ich wirklich nicht bei dir bleiben?«

»Sie wird mich doch nur mit Nadeln traktieren. Wenn du nicht plötzlich keine Probleme mehr beim Anblick von Blut hast, hast du bestimmt Besseres zu tun, als im Wartezimmer zu sitzen.«

Josh strich ihr eine Locke aus dem Gesicht. »Ich bin im Buchladen auf der anderen Straßenseite.«

»Ich schick dir eine SMS, wenn ich fertig bin.« Claire würde lieber mit ihm im Buchladen stöbern, als wieder mit einer Nadel gestochen zu werden.

Josh hatte sie vor weniger als zwanzig Minuten geweckt und gesagt, er würde sie zu Abby bringen. Sich anziehen und hierherzukommen war das Letzte, was sie wollte, ausgerechnet heute.

Warum hatte er sie nicht einfach im Bett liegen lassen können?

Heute war *sein* Geburtstag, der Geburtstag des Sohns, den sie weggegeben hatte, ein Tag, der immer schwer für sie war. Und Josh wusste das.

»Klopf, klopf«, sagte Claire ins leere Wartezimmer hinein. Noch war offiziell Mittagspause.

Rebecca Elston, die Rezeptionistin, steckte ihren Kopf aus einer Tür und lächelte.

»Dr. Cox hat mir gerade gesagt, dass Sie kommen.« Rebecca trat in den Raum und knöpfte dabei eine dünne Strickjacke zu.

»Ich habe Kaffee als Dankeschön mitgebracht.« Claire zeigte das Tablett, das sie hielt.

»Oh, perfekt!«

»Für Dr. Shuman habe ich auch einen mitgebracht. Ich war mir nicht sicher, ob er heute da ist oder nicht.« Claire griff nach ihrem eigenen Becher, hielt ihn in den Händen und genoss die Wärme des heißen Kaffees an ihren kalten Fingern.

»Natürlich bin ich hier.« Dr. Shumans Stimme hallte in dem kleinen Raum wider. Er trat durch die offene Tür und kam herüber, um sie zu umarmen. Für einen älteren Mann war er ziemlich gut aussehend. Will Shuman war Mitte siebzig, joggte täglich, ging regelmäßig ins Fitnesscenter, veranstaltete Seminare zu gesunder Ernährung in der Stadt und sah trotz des komplett ergrauten Haupthaars keinen Tag älter als fünfundfünfzig aus.

»Abigail hat mir gerade erzählt, dass du einen Bluttest machen lassen sollst. Und ich habe gehört, du hast deine Eisentabletten nicht genommen, wie sie dir gesagt hat.« Er drohte ihr mit dem Finger. »Du warst schon immer stur, sogar als Kind. Wegen dir habe ich immer noch Erdbeerlollis in der Schublade, weißt du?« Er drehte sich zu Rebecca um. »Sie wollte nie eine andere Sorte, nur diese.« Er schüttelte den Kopf. »Stur, genau wie ihre Mutter.«

Claire errötete, als sie ihm seinen Kaffee reichte. Mit einem Lächeln im Gesicht führte er sie nach hinten, wo sich die Behandlungsräume und Büros befanden. Sie fanden Abby an ihrem Schreibtisch vor, wie sie eine Akte studierte.

»Hier ist sie, Abigail. Sie hat sogar Kaffee mitgebracht.«

Abby zuckte zusammen und ließ ein paar Blätter fallen, die sie gehalten hatte.

»Will«, sagte sie, die Hand an ihre Brust gepresst. »Du musst mich vorwarnen.« Sie schüttelte den Kopf. »Du musst anfangen zu pfeifen oder eine Glocke tragen oder so etwas.« Sie lächelte, als sie zur Tür kam. »Dein Geburtstag steht an, Dr. Will. Wart's nur ab«, neckte sie.

»Das sagt sie jedes Jahr und dann schenkt sie mir doch nur Bücher.« Er schüttelte den Kopf und schlenderte dann wieder durch den Flur zurück. »Rebecca, ich glaube, es wird Zeit, dass wir die Nachmittagsparty starten«, rief er und seine Stimme hallte den Flur entlang.

Beide sahen sie ihm nach, bis er durch die Tür zum Wartezimmer verschwunden war.

»Er scheint heute besonders gut drauf zu sein«, sagte Claire.

»Er will angeln gehen.« Abby lächelte. »Hast du gut geschlafen?«

Claire nickte. »Ich bin aber immer noch wirklich müde.«

Abigails Augen verengten sich. »Du weißt, dass Josh sich Sorgen macht, oder? Ehrlich gesagt gefällt mir auch nicht, was ich sehe. Sehen wir mal, was uns dein Blut sagt.«

Claire biss sich auf die Lippe.

»Mal ehrlich«, sagte Abigail und schüttelte den Kopf. »Ich habe noch nie eine erwachsene Frau so nervös gesehen, wenn ihr etwas Blut abgenommen werden soll. Du solltest doch mittlerweile daran gewöhnt sein.«

»Ehrlich gesagt dachte ich, ich hätte das hinter mir.« Sie zuckte mit den Achseln.

Abby führte sie in einen kleinen Behandlungsraum nahe ihrem Büro. Diesen mochte Abby am liebsten – hier hingen Zeichnungen an den Wänden, die einige ihrer kleinen Patienten für sie gemalt hatten, um die sterile Umgebung etwas aufzulockern.

Auf dem Tresen lagen ein Tablett mit einer Nadel, Röhrchen für Blut und ein kleiner Behälter.

»Was hat Josh dir sonst noch gesagt?«

»Was meinst du?«

»Er denkt, ich könnte schwanger sein.« Claire musste bei den Worten schwer schlucken. Sie hätte gewusst, wenn es so gewesen wäre, und es war nicht der Fall.

Abby rieb sanft ihren Arm. »Es schadet nicht, das zu prüfen.«

Abby fuhr mit ihrem üblichen Check-up fort – horchte Claires Herz ab und ließ sie tief einatmen, wodurch sie ständig gähnen musste.

»Ist es möglich, dass man vom Müdesein müde ist?«, fragte sie nach einem weiteren herzhaften Gähnen. Claire sah zu, wie ihre Freundin die Nadel so sanft wie möglich einführte, und drehte dann den Kopf weg, als das Blut begann, die Röhrchen zu füllen. Bei diesem Teil war sie immer empfindlich.

Abby kicherte und Claire wusste, dass das an ihrer Reaktion lag.

»Da du diejenige bist, die das sagt, ja.« Sie füllte noch ein weiteres Röhrchen, zog dann die Nadel heraus und klebte ein Pflaster auf die Einstichstelle. »Aber keine Sorge. Wir klären das, und dann bist du bald wieder die energiegeladene Claire, die wir kennen.« Sie reichte ihr den Becher. »Und jetzt geh pinkeln.«

Bei der ganzen Prozedur, in einen winzigen Becher urinieren zu müssen und dabei richtig zu treffen, kam sie sich etwas lächerlich vor. Als sie fertig war, ging Claire zurück in den kleinen Behandlungsraum, stellte den Becher auf dem Tablett ab und ging dann zurück in Abbys Büro, in dem sie ihren Kaffee stehen gelassen hatte.

»Das war doch gar nicht so schlimm, oder?« Abby lehnte an ihrem Schreibtisch und reichte Claire ihren Kaffee. »Mach's dir gemütlich, ich bin in ein bis zwei Minuten zurück.«

Claire trat zum Fenster, von dem sie die Hauptstraße überblicken konnte. Sie liebte ihre Stadt. Der Ort hatte eindeutig Charme. Die Hauptstraße war während der Sommermonate für Autos verboten und die Straße war irgendwann immer von Kreidezeichnungen von Kindern bedeckt, die an den Sommercamps im Stadtpark teilnahmen.

Sie fühlte sich an die vielen europäischen Städte erinnert, die sie besucht hatten, wenn auch der Ort nicht deren Alte-Welt-Charme hatte.

Wie Venedig.

Allein beim Gedanken daran sehnte sie sich danach, wieder dorthin zu reisen. Irgendetwas an den engen Straßen, offenen Plätzen und Kanälen sprach zu ihrem Herzen. Sie waren weniger als eine Woche dort gewesen, aber sie wäre gern noch länger geblieben.

Ihr Mann stand im Fenster des Buchladens direkt gegenüber und winkte. Sie winkte zurück. Er hielt etwas hoch, um es ihr zu zeigen, und obwohl sie keine Ahnung hatte, was für ein Buch das war, konnte sie am breiten Grinsen in seinem Gesicht ablesen, dass er aufgeregt war. Sie streckte ihren Daumen hoch und sah ihm dabei zu, wie er in Richtung Kasse ging.

Sie sah auf die Uhr. Es war schon fast zehn Minuten her, dass Abby den Raum verlassen hatte. Sie ging zur Tür und steckte ihren Kopf durch, um zu sehen, ob sie Abby irgendwo im Flur erblicken konnte, aber im Gang war es so still wie in einer Kirche.

Stirnrunzelnd sah sie erneut auf ihre Uhr und setzte sich dann wieder, ließ den Kaffee in ihrem Becher strudeln, hatte aber plötzlich keine Lust mehr, den Rest davon zu trinken.

Warum brauchte Abigail so lange?

Dr. Shumans Stimme ertönte von irgendwo im Gebäude, aber sie konnte die Worte nicht verstehen. Es klang fast wie ein *Hurra*. Irgendetwas musste ihn begeistert haben. Entweder das oder er verabschiedete gerade einen seiner jüngeren Patienten.

Die Minuten zogen sich wie Kaugummi und verschiedenste Unheilsszenarien spielten sich in Claires Kopf ab. Das ging wohl jedem so, der auf Untersuchungsergebnisse warten musste.

»Hey.« Abby steckte ihren Kopf ins Büro. »Tut mir leid, dass du warten musstest.« Sie klang etwas atemlos, als wäre sie gerade hergejoggt. »Äh, wo ist Josh?«

Claire drehte sich halb in ihrem Stuhl. »Drüben im Buchladen. Warum?«

»Nur so.« Abby zuckte mit den Achseln. »Er kommt doch aber, um dich abzuholen, oder?«

Claire konnte die erzwungene Lässigkeit in Abbys Stimme hören, als würde sie mit aller Macht versuchen, ruhig zu bleiben.

»Was ist los? Und ja, er müsste jede Minute hier sein.« Sie versuchte, ihrer Freundin den Blick zuzuwerfen – den, der *Leg dich nicht mit mir an* und *Sag mir, was los ist* beinhaltete –, aber es schien nicht zu funktionieren.

»Sehr schön.« Abby zog den Kopf zurück und steckte ihn noch einmal kurz wieder zur Tür herein. »Ich bin in einer Minute zurück. Versprochen.«

Sie schloss die Tür hinter sich, bevor Claire noch ein Wort sagen konnte.

Was war los?

Sie zog ihr Handy hervor und schickte Josh eine SMS.

Kannst du jetzt kommen? Abby benimmt sich seltsam, und ich glaube, irgendetwas stimmt nicht.

Sie überkreuzte die Beine und wippte mit dem Fuß auf und ab, während sie auf seine Antwort wartete, plötzlich ziemlich nervös.

Bin da. Einen Augenblick.

Claire erhob sich vom Stuhl und trat zur Tür. Dort stand sie mit verschränkten Armen und tippte mit den Fingern gegen ihre Rippen, während sie darauf wartete, dass Abby mit ihrem Mann im Schlepptau auftauchte.

In dem Augenblick, in dem sie um die Ecke kamen, blieb Claire fast das Herz stehen.

Josh wirkte panisch. Hätte Abby nicht ihre Hand auf seinen Arm gelegt, wäre er wohl auf sie zugestürzt gekommen.

Abby hingegen – ihre Augen flackerten, und ihr Lächeln wirkte gezwungen.

Dr. Shuman folgte den beiden und rieb sich die Hände, während er sie anstarrte. Claire konnte nicht sagen, ob er guter Dinge oder besorgt war.

»Was ist los?«, entrang Claire ihrer wie zugeschnürten Kehle.

»Nichts, absolut nichts.« Abby drückte ihre Hand und schob sich dann an ihr vorbei ins Büro.

Claire setzte sich wieder auf ihren Stuhl, mit Josh neben sich, und sie hielten sich an den Händen. Joshs Griff war fest, als wüsste er, dass sie diese Stütze brauchte, während sie darauf warteten, dass Abby es sich bequem machte.

Dr. Shuman stand neben Abby.

»Was ist los?«, fragte Claire erneut.

Eine spürbare Anspannung lag in der Luft und eine Gänsehaut breitete sich über Claires ganzem Körper aus. Irgendetwas stimmte nicht. Etwas Schreckliches ging vor sich. Und Abby brauchte Dr. Shuman zur Unterstützung.

Sie würde sterben. Oder … etwas ähnlich Furchtbares. Es gab keine andere Erklärung.

»Claire, Schätzchen, ich weiß nicht, wie ich das sagen soll.« Abigail räusperte sich. Sie starrte auf den Schreibtisch, auf ein Blatt Papier, das sie in den Händen hielt. »Wir müssen abwarten, bis die Blutprobe zurückkommt, um es zu bestätigen, aber ich habe ein paar Tests an deiner Urinprobe vorgenommen.« Sie sah auf und lächelte schwach. »So einige Tests. Und dann habe ich Will noch weitere Tests machen lassen, um sicherzustellen, dass ich mir nichts einbilde.«

Dr. Shuman legte seine Hand auf Abbys Schulter und drückte sie.

»Hör auf mit dem Unsinn, Abby. Was ist los?« Josh beugte sich vor.

Tränen standen Abby in den Augen, während sie von Josh zu Claire sah. »Wir müssen die Blutergebnisse abwarten …«, wiederholte sie, als ihr Telefon klingelte und Rebeccas Stimme durch den Lautsprecher klang.

»Dr. Shuman, Sie werden an der Rezeption benötigt.«

»Oh, verdammt noch mal.« Der ältere Arzt presste die Lippen aufeinander und begab sich zur Tür. »Du kommst noch mal bei mir vorbei, ehe du gehst, verstanden?« Er ging, bevor sie etwas sagen konnten.

»Abby …« Claires Brust hatte sich verengt und sie hatte Probleme, Luft zu bekommen.

Josh legte seinen Arm um sie und zog sie an sich, was sie nur zu gern zuließ. Sie brauchte jetzt seine Stärke, denn sie hatte das Gefühl, was immer ihre Freundin ihr sagen wollte, würde dazu führen, dass sie zusammenbrach.

»Okay. Ich weiß, ich habe dir gesagt, es wäre ein Wunder, wenn du jemals schwanger werden würdest, und es wäre auch wirklich ein Wunder. Aber … nun ja«, sagte sie. »Ich würde sagen, Gott hat dir gerade ein Wunder geschenkt.« Ein breites Lächeln erschien auf ihrem Gesicht und sie beugte sich vor und griff nach Claires und Joshs Händen.

Claire saß einfach nur da und verstand nicht, was Abby gerade gesagt hatte. Sie sah Josh an, der genauso verwirrt dasaß.

»Was willst du uns sagen?«, fragte Josh mit rauer Stimme.

»Ich sage, ihr bekommt ein Baby.« Mittlerweile war Abbys Gesicht gerötet und sie presste ihre Hände auf ihr Herz. Claires Augen füllten sich mit Tränen und für einen Augenblick, einen kurzen Augenblick, stand die Zeit still.

Ihr bekommt ein Baby.

Ihr bekommt ein Baby.

Ich bekomme ein Baby!

Wieder und wieder kreisten diese Worte durch Claires Gedanken. Hatte Abby ihr gerade mitgeteilt, dass sie schwanger war? Wie war das nur möglich?

»Wie?«, hauchte sie.

»Das fragst du *mich*?« Abby warf die Hände hoch. »Vielleicht war diese Kreuzfahrt genau das, was ihr gebraucht habt. Eine Zeit zu entspannen, loszulassen und aufzuhören, es so krampfhaft zu versuchen. Ich habe schon gehört, dass so etwas passieren kann, aber niemals direkt miterlebt. Pärchen versuchen jahrelang, ein Baby zu bekommen, stressen sich dabei extrem, und wenn sie schließlich aufgeben oder sich entscheiden, ein Kind zu adoptieren … ist es, als wären sie frei, und das gibt ihrem Körper die Erlaubnis, das zu tun, was er tun muss.«

Claire schüttelte den Kopf. »Da muss ein Irrtum vorliegen. Die Blutergebnisse werden dir bestimmt etwas anderes sagen.«

Joshs Griff um ihre Schultern wurde fester.

»Das glaube ich nicht«, sagte Abby.

Claire wollte es nicht glauben. »Was ist mit dem hohen Eiweißspiegel in meinem Urin?«

»Diesmal war er nicht hoch. Die Urinanalyse hat bestätigt, dass du anämisch bist, aber das wussten wir ja bereits.« Abby lehnte sich in ihrem Stuhl zurück und verschränkte mit einem zufriedenen Gesichtsausdruck die Hände. »Claire, Süße, du wirst ein Baby bekommen.«

Sämtliches Blut wich aus Claires Gesicht und die Welt um sie herum kippte. Sie beugte sich vor und hörte, wie Abby Josh anwies, ihren Kopf zwischen ihren Knien zu halten. Alles wurde schwarz. Ein Geräusch wie von Wellen, die gegen das Ufer klatschten, füllte ihre Ohren, und sie musste sich zusammenreißen, um sich nicht zu übergeben.

»Atme, Schatz, atme.« Joshs Stimme schob sich durch den ohrenbetäubenden Lärm der Wellen und sie spürte, wie er ihr den Rücken rieb.

Nach ein paar Minuten setzte sie sich wieder auf, fühlte sich allerdings schwach und erschöpft.

Sie ließ Abigails Worte sacken. Worte, die sie immer hatte hören wollen. Worte, von denen sie nie gedacht hätte, dass man sie jemals zu ihr sagen würde.

»Wir bekommen ein Baby«, flüsterte sie und sah Josh an.

Seine Augen waren hell von Tränen und er beugte sich zu ihr und küsste sie sanft.

»Wir bekommen ein Baby«, sagte er.

Claire schloss die Augen, als seine Worte über sie hinwegwuschen. Wunder passieren wirklich. Träume werden wahr.

Ihr Herz sprudelte über vor Glück.

6
CLAIRE

Eine Erinnerung an Paris, letzte Märzwoche

Die Glocken von Notre-Dame läuteten, während sie dastanden und Zeuge einer Szene wurden, die Claire nur zu gern gezeichnet hätte. Sie beobachtete einen Mann im Kirchgarten und presste dabei automatisch die Finger aufeinander, als würde sie einen Bleistift halten. Er ging langsam im Kreis und fütterte die Tauben, die ihm folgten, während er Samen auf den Boden streute. Ab und zu hob er den Arm und ein Vogel flog hinauf und setzte sich darauf, als würde er kurz für ein Schwätzchen innehalten, um dann weiterzufliegen.

Dankten sie ihm für die Mahlzeit? Sagte er ihnen, wann sie das nächste Mal wiederkommen konnten? Er war alt, sein Rücken gebeugt und sein langer Mantel abgetragen, aber das Lächeln in seinem Gesicht … es faszinierte sie.

»Bist du bereit?« Josh zupfte an ihrem Arm. Er wollte unbedingt zum Buchladen *Shakespeare and Company*, etwas, das vom ersten Tag, an dem sie einander begegnet waren, auf ihrer Wunschliste gestanden hatte.

»Ob wir wohl mit ihm reden könnten?« Sie konnte die Augen nicht von dem Mann abwenden, obwohl sie wusste, dass es nicht anders ging.

»Und seine Freunde verscheuchen? Ich habe ein paar Fotos von ihm, die du später benutzen kannst.« Er hielt ihre Canon-Kamera hoch.

Claire mochte dieses Gefühl noch nicht loslassen. »Wir wär's, wenn wir uns nach dem Buchladen ins Café setzen, damit ich ein bisschen zeichnen kann?« Direkt auf der anderen Straßenseite befand sich ein hübsches Pariser Café mit einer Außenterrasse.

»Klar. Aber nehmen wir einen Kaffee oder einen Cappuccino? Ich glaube, ich bestelle immer das Falsche.«

»Espresso, Josh. Nur das musst du dir merken.«

Sie waren jetzt bereits drei Tage in der Stadt der Liebe und er hatte noch immer mit etwas so Simplem wie dem Bestellen eines Kaffees Probleme. Am ersten Tag hatte er nachmittags einen Café au Lait bestellt, aber der Blick, den er dafür vom Kellner geerntet hatte, ließ ihn seine Bestellung schnell abändern.

Sie gingen zu dem berühmten Buchladen, vor dessen Eingang ein Violinist eine gefühlvolle Serenade spielte. Während Josh hineinging, stöberte Claire in den Bücherständen vor dem Geschäft, wo sie eine Ansammlung von Büchern in französischer und englischer Sprache fand. Sie ließ sich Zeit und genoss die Musik, als Josh seinen Kopf aus der Tür steckte.

»Diesen Laden musst du gesehen haben!«

Seine Aufregung lockte sie hinein, aber sobald sie den Laden betreten hatte, blieb sie wie angewurzelt stehen. Direkt in der Mitte des Raums stand ein Schreibtisch, und der war umgeben, buchstäblich umgeben, von Bücherstapeln, Buchregalen und Stühlen, auf denen Bücher gestapelt waren. Auf beiden Seiten des Schreibtischs befanden sich enge Türöffnungen, umrahmt von weiteren Buchregalen.

Josh wippte ungeduldig auf und ab, während er darauf wartete, dass sie das alles erfasste.

»Kannst du nicht auch schon Jack hier drin sehen? Den es in den Fingern juckt, die Regale hochzuklettern, Bücher herauszunehmen und sie durchzublättern, der auf dem Stuhl sitzt und mit den Beinen vor und zurück schwingt, während er auf seine Mom wartet?« Er hob die Kamera vors Gesicht, um ein Foto zu machen, wurde aber von der Ladenbesitzerin gestoppt.

»Keine Fotos, Monsieur.« Sie zeigte auf ein Schild direkt vor ihnen, auf dem eine Kamera mit einem großen X darüber dargestellt war.

Wie ein Kind, dem man gerade die Süßigkeiten verboten hatte, ließ Josh langsam und enttäuscht die Kamera sinken.

»Gib sie mir lieber, ich packe sie in meine Tasche«, sagte Claire. Die Besitzerin beäugte ihren Mann, als würde sie nicht darauf vertrauen, dass er sich an die Regeln hielt.

Sie wanderten die Gänge entlang, beeindruckt von all den Büchern, und stiegen dann die Treppe nach oben, wo Fotos von wichtigen Persönlichkeiten der Literaturgeschichte die Wände bedeckten.

»Wenn man sich vorstellt, dass Hemingway in diesem Zimmer gesessen hat …« Josh blickte sich um, fuhr mit den Fingern die Bücher entlang, blätterte in einigen und seufzte zufrieden.

Claire hasste es, den Zauber zu durchbrechen.

»Eigentlich war Hemingway nie hier. Es gab Lesungen mit ihm im ursprünglichen Laden. Der wurde allerdings während des Krieges geschlossen und hat nie wieder geöffnet.«

Angesichts der Enttäuschung im Gesicht ihres Mannes wünschte sich Claire, sie hätte nichts gesagt.

»Bist du sicher?«, fragte er.

Claire hielt eine Broschüre hoch, die sie mitgenommen hatte, und gab sie ihm.

»In den Fünfzigern eröffnet, ja?« Josh sah sich um und zuckte mit den Achseln. »Dennoch ist dieser Ort voller Magie. Das kann man spüren. Die kreative Energie … sie ist inspirierend. Lass uns jeder ein Buch aussuchen – damit wir sagen können, dass wir es getan haben.«

Claire zeigte auf ein Buch mit alten Illustrationen, das sie gefunden hatte. »Habe ich schon. Wie wär's, wenn wir uns drüben im Café treffen? Du kannst hier noch weiterstöbern, und ich besorge uns einen Tisch und fange an zu zeichnen.«

Fast eine Stunde später kam Josh herüber. Sie hatte die Zeichnung des von Tauben umgebenen Mannes neben der Kirche beendet und genoss gerade ihre zweite Tasse Kaffee.

Josh hatte eine braune Tüte mit dem Logo des Ladens bei sich und zog eine Pappschachtel heraus. »Ich glaube, das wird in unserem Büro hübsch aussehen, denkst du nicht auch?« Er öffnete die Schachtel, die ein Buch enthielt.

Sie zeigte auf einen ähnlichen Karton auf dem Tisch. Sie hatte ein altes Buch gekauft, das ihr gefiel, aber in Wahrheit wollte sie vor allem die Verpackung, um sie in ein Regal zu stellen. Die Schachtel war braun mit dem Logo des Ladens in Gold. »Zwei Doofe, ein Gedanke«, sagte sie.

Er lächelte, als er ihre Zeichnung betrachtete. »Wow. Das ist unglaublich, Claire.« Er nahm einen Schluck von Claires Kaffee, setzte ihn hastig wieder ab und sah auf die Uhr. »Wir sollten gehen, wenn wir es noch zum Rundgang schaffen wollen.«

Der Rundgang stellte sich als zauberhafte Exkursion mit einer kleinen Offenbarung am Ende heraus. Während sie eine der wenigen erhaltenen Originalpflasterstraßen in Paris entlangstolperten, bewunderten sie die Architektur und genossen dekadente heiße Schokolade. Nach Ende des Rundgangs gingen sie ihren Weg noch mal zurück, um noch eine heiße Schokolade in ihrem Lieblingsgeschäft zu genießen. Dort, im *Un Dimanche à Paris*, hatte Josh eine neue Idee für Jack.

In der Nähe dieser bekannten Chocolaterie befand sich ein alter Pub. Vor dem Pub saß ein Welpe, braun mit einem großen weißen Fleck auf der Stirn. Josh erblickte ihn und der Welpe kam zu ihm gerannt, sprang hoch, um seine Pfoten auf ihn zu legen, und trottete dann die Straße herunter. Alle paar Meter hielt er an und sah wimmernd zurück, als würde er versuchen, Josh zu überreden, ihm zu folgen. Aber aus dem Nichts tauchte plötzlich ein kleiner Junge mit einem Ball auf. Der Junge jagte hinter dem Welpen her und lachte, während der Hund bellte, froh, jemanden zu haben, mit dem er spielen konnte.

Claire konnte es in Joshs Augen sehen, die Art, wie er zusah, wie die beiden die Straße entlangtollten. Für Josh war das hier das, was der alte Mann mit den Tauben bei der Kirche für sie gewesen war – eine Inspiration.

Sie hakte sich bei ihm unter. »Es wird Zeit, zurück ins Hotel zu gehen, nicht wahr?«

»Ich hätte mein Notizbuch mitnehmen sollen.«

»Unser Hotel ist nicht allzu weit weg. Du wirst es nicht vergessen. Und ich verspreche auch, meinen Wein schweigend zu genießen, während du beim Abendessen alles niederschreibst.«

Er beugte sich zu ihr und küsste sie, seine Lippen verharrten über ihren. »Wir sind schon ein tolles Team, nicht wahr, Mrs Turner?«

»In der Tat, Mr Turner. Das sind wir.«

7
CLAIRE

Heute

Claire stand in dem leeren Schlafzimmer, das sie schon vor langer Zeit für ihr Kind vorgesehen hatten, und dachte über das Wunder des Lebens nach.

Sanft rieb sie über ihren Bauch.

Josh schlang seine Arme um sie und gab ihr einen Kuss auf den Nacken. »Denkst du ans Einrichten?«

Claire sah sich um. Die Wände waren in einem sanften Gelb gestrichen, fast wie Buttercreme, und daran hingen ein paar Poster mit inspirierenden Botschaften – daran, an seine Träume zu glauben, an Märchen, die wahr wurden, darüber, dass das Herz eines Kindes eine ganze Welt voller Magie beinhaltete.

Es gab außerdem Zeichnungen von einem kleinen schwarzen Schaf, die Claire über die Jahre hinweg angefertigt hatte. Sie hatte sich in das schwarze Schaf verliebt, als sie als Teenager mit ihrer Mutter in Schottland war.

Ein Schaukelstuhl, den sie vor Jahren gefunden hatten und der es ihr sofort angetan hatte, stand in der hinteren Ecke. Sie hatten keinen anderen Platz im Haus gehabt, um ihn aufzustellen, außer hier – und es war der perfekte Platz. Aber es gab noch keine Krippe, keinen Wickeltisch, nichts für ein Baby zu Hause.

Ihr Baby.

»Ich lasse es gerade erst sacken. Es scheint noch so unwirklich.« Sie drehte sich in den Armen ihres Mannes. »Es ist ein wahr gewordener Traum, Josh. Besonders nachdem …«

»Nachdem wir unseren Traum während der Kreuzfahrt aufgegeben haben.«

Er verstand es, und dafür liebte Claire ihn nur umso mehr.

»Dann brauchen wir neue Träume. Neue Träume für ein neues Baby.« Sein Kuss war sanft, süß und voller Hoffnung.

»Ich schätze, ich muss ein Notizbuch für all meine künftigen Listen kaufen.« Bei dem Gedanken lächelte Claire.

»Nun ja … sieh doch mal dahin.« Josh blickte bedeutungsvoll in Richtung Schaukelstuhl.

Sie drehte sich um und da lag ein Tagebuch mit gelbem Stoffeinband auf der Sitzfläche. Sie strahlte. »Wann hast du denn das besorgt?«

»Ich habe es im Laden gekauft, während du bei Abby warst.« Er grinste verlegen. »Es war als kleines Geschenk gedacht, aufgrund des heutigen Tages. Aber« – er zuckte mit den Achseln – »es passt irgendwie.«

»Und wie!« Mit Tränen in den Augen öffnete sie die erste Seite.

Für die Frau meines Lebens, meine Kameradin des Herzens, Bewahrerin meiner Geheimnisse … Ich werde dich immer lieben. An den heutigen Tag werden wir uns immer erinnern.

Sie schmolz bei seinen Worten dahin. In jedes Notizbuch, das er ihr kaufte, schrieb er etwas Persönliches. Sie liebte diese Tradition und schätzte seine Botschaften sehr. Sie hatte vor, eines Tages eine Wortcollage mit allen Dingen zu erstellen, die er ihr je geschrieben hatte.

Sie suchte nach Worten, um ihre Gefühle zum Ausdruck zu bringen, um etwas zu sagen, das ihre Liebe adäquat ausdrücken würde.

»Sprachlos?«, fragte er. Seine Augen funkelten vor Lachen, als wüsste er, dass er sie überrumpelt hatte, und sie musste lächeln.

»Bewahrerin deiner Geheimnisse, ja?« Sie neigte den Kopf. »Ich wusste nicht, dass du Geheimnisse hast. Ich dachte immer, du bist ein offenes Buch.«

»Also, du bist die Einzige, die weiß, dass ich Schlüpfer trage und Angst vor Spinnen habe.«

»Oh, mein Superheld.«

Josh reckte die Brust und stemmte die Hände in die Hüften. »Ich bin hier, um zu dienen.«

»Ich dachte, du stehst auf Iron Man?«

»Ich bin Clark Kent in Verkleidung.«

»Meinst du nicht Tony Stark?«

Josh sah verdattert aus. »Tony Stark ist Iron Man, Schatz. Ich glaube, du verwechselst hier Superhelden.« Er schüttelte den Kopf in gespielter Enttäuschung.

»*Ich*? Ich glaube …« Sie hielt inne, als ihr klar wurde, dass er sie nur neckte. »Was hältst du davon, mein Clark Kent am Tag und Tony Stark in der Nacht zu sein? Ich habe gehört, Tony kann ganz gut mit den Ladys …« Sanft tätschelte sie seine Brust.

»Wie Ihr wünscht.« Er zwinkerte.

Sie lachte und ließ ihn damit davonkommen, noch einen Helden eingebracht zu haben.

»Was hältst du davon, Jack in den Geschichten eine kleine Schwester oder einen kleinen Bruder zu geben?«, sagte Josh, während er zurücktrat und mit seinen Fingern spielte.

Allein diese Geste zeigte ihr, dass er seine Frage nicht nur ernst meinte, sondern auch gespannt auf ihre Reaktion war.

»Bist du sicher, dass du dich damit abgeben willst? Auf wie viele Abenteuer könnte er wohl mit einer schwangeren Mutter gehen? Oder hast du vor, ein paar Jahre in die Zukunft zu springen, damit sein Geschwisterchen sich ihm anschließen kann?« Ein Bruder oder eine Schwester könnte Jacks Abenteuer etwas zu sehr komplizieren.

»Nun ja, ich … ich habe das wohl noch nicht ganz durchdacht.« Er starrte auf den Boden, aber Claire bemerkte, wie er versuchte, seine Emotionen zu verbergen. Sie trat zu ihm und hielt inne.

»Lass uns darüber nachdenken. Wir können das mit Julia besprechen und sehen, was sie davon hält«, schlug sie vor.

»Julia ist unsere Redakteurin, nicht die letzte Instanz.« Seine Lippen wurden schmal.

Claire wusste, dass sie hier behutsam vorgehen musste.

»Ich weiß. Aber das alles ist noch so neu, also lass uns etwas Zeit, darüber nachzudenken. Im Übrigen«, sagte sie, schob ihren Arm durch seinen und zog ihn aus dem Babyzimmer, um zu vermeiden, dass sie dort weiter über die Arbeit diskutierten. »Erinnerst du dich noch, wie ich erwähnt hatte, eine neue Reihe zu starten, aber diesmal mit einem kleinen Mädchen?«

Joshs Augen leuchteten auf. »Zoe, oder?«

Sie nickte. »Oder Hope. Oder Sarah oder sogar … wie heißt Tony Starks Freundin?«

»Pepper?« Seine Augen funkelten, als wüsste er, was sie von diesem Namen hielt.

»Oh …«, sagte sie leise. Aus irgendeinem Grund hatte sie gedacht, es wäre Charlie. »Nun ja, wir können ja noch darüber nachdenken.«

»Du hast also wirklich vor, selbst etwas zu schreiben?« Ihr Mann wandte sein Gesicht ab, und Claire fragte sich, ob ihn der Gedanke störte.

Jack war sein Baby. Sie zeichnete die Bilder und half bei der Handlung, aber die Worte, Emotionen und die Spannung, die die Leser verzauberten … das kam alles von ihm. Als er sich für einen Namen entschieden hatte, da hatte es kein Zögern oder nochmaliges Überlegen gegeben. Er wusste sofort, dass er den Jungen in ihrem Buch nach dem Sohn benennen wollte, den sie aufgegeben hatte.

Falls sie jemals Zweifel darüber gehabt hatte, wie Josh darüber dachte, dass sie ihr Kind zur Adoption freigegeben hatte, waren ihre Sorgen und Ängste an jenem Tag beschwichtigt worden.

»Es würde dir doch nichts ausmachen? Ich würde deine Hilfe bei der Aufbereitung brauchen, aber ich glaube, ich würde es gern versuchen.« Sie streichelte seinen Arm. »Und wer weiß? Vielleicht stellt es sich als furchtbarer Fehler heraus und du musst dich dann um zwei Projekte kümmern.«

Sie gingen in die Küche, wo Claire sich ein Glas Zitronenwasser holte.

»Hörst du dich eigentlich selbst reden? Du machst keine furchtbaren Fehler. Nur deinetwegen ist Jack solch ein großer Erfolg geworden – ich hätte nie genug an mich geglaubt, um die Geschichte einzureichen. Außerdem bist du diejenige mit Verbindungen in der Branche. Du«, sagte er, trat zu ihr und nahm ihre Hände in seine, »Mrs Turner, bist unsere Zauberin. Und unser Beweis dafür ist nicht nur Jack, sondern auch dieses Kleine hier.« Er streichelte über ihren flachen Bauch.

»Du hattest daran auch deinen Anteil.«

Josh stellte sich aufrecht hin, die Schultern stolz zurückgezogen. »Ich weiß. Ich bin auch ziemlich toll.« Mit diesem Gesichtsausdruck gelang es ihm immer, sie auf seine Seite zu ziehen. Egal, was war, ihr Mann wusste stets, wie er sie zum Lächeln bringen konnte.

»Wir sind schon ein tolles Team, wenn ich das so sagen darf«, sagte er.

»Ja.« Sie stellte sich auf die Zehenspitzen und küsste ihn auf die Lippen. »Das sind wir.« So standen sie noch ein paar Augenblicke da, die Lippen aufeinandergepresst, bis ihr Magen knurrte.

»Warum gehst du nicht raus? Deine Stifte und dein Notizbuch liegen dort. Ich schneide dir noch etwas Obst«, schlug Josh vor. »Du weißt, wir müssen das feiern und allen erzählen. Wie wär's, wenn wir deine Mutter heute zum Abendessen einladen?«

»Wow. Immer langsam mit den jungen Pferden, du stolzer Papa. Warten wir noch etwas ab, bevor wir es der Welt erzählen, ja?« Claire nahm ihr Wasser und ging hinaus auf die Terrasse. Josh hatte tatsächlich schon alles für sie vorbereitet, sogar den Sonnenschirm im richtigen Winkel aufgestellt, damit die Sonne nicht ihre Farbstifte in Mitleidenschaft zog.

Seit sie nach Hause gekommen waren, war sie nicht so oft dazu gekommen, an den Illustrationen für ihre Bücher zu arbeiten, wie sie gehofft hatte. Sie hatte die Tage praktisch verschlafen, aber jetzt wusste sie wenigstens, warum.

Sie bekam ein Baby.

Sie wollte sich einfach nur zurücklehnen und das Ganze sacken lassen. Bei dem Gedanken daran ging ihr das Herz auf vor Glück. Sie bekam ein Baby. In ihrem Bauch flatterten Schmetterlinge, als sie über dieses vollkommen unerwartete Geschenk nachsann. Sie konnte es noch immer nicht glauben. Seit dem Ende ihrer Reise hatte sie hart daran gearbeitet zu akzeptieren, dass sie unfruchtbar war, und sich darauf konzentriert, dass es mit ihrem Leben weiterging. Selbst als Josh gefragt hatte, ob sie schwanger sein könnte, hatte sie es nicht zu hoffen gewagt.

Aber er hatte recht gehabt.

Ja, das mussten sie feiern.

»Ich muss es auf jeden Fall Mom erzählen. Sie wird ganz aus dem Häuschen sein.« Claire hob die Stimme, damit Josh sie hören konnte.

»Wie wär's, wenn du sie damit überraschst? Es ihr beim Nachtisch erzählst? Sag es ihr nicht am Telefon … Ich will ihr Gesicht sehen, wenn sie es erfährt.«

Ein Glühen des Glücks breitete sich von Claires Herzen in ihrem gesamten Körper aus. Sie konnte es kaum erwarten, ihrer Mutter davon zu erzählen. Millie würde begeistert sein.

Sie war nicht sicher, ob sie die Aufregung in ihrer Stimme unterdrücken konnte, daher schickte sie ihrer Mutter stattdessen eine SMS.

Josh stellte einen Teller mit Obst auf den Tisch und schob ihr dann nicht allzu diskret die Seiten zu, an denen er gearbeitet hatte.

Claire lächelte. Sie verstand die Andeutung.

Joshs Gabe war es, selbst in den einfachsten Situationen unvergessliche Charaktere zu erschaffen und die Leser nach mehr verlangen zu lassen. Ihre Leidenschaft war es, diese Charaktere und Situationen durch ihre Illustrationen zum Leben zu erwecken. Vor ihrer Reihe mit Jacks Abenteuern war sie eine gefragte Illustratorin gewesen, aber jetzt übernahm sie nur noch ein paar ausgewählte Kunden.

Ihr Lieblingsprojekt waren auf jeden Fall Jacks Geschichten.

»Also, wo sind wir heute?« Sie sah die Seiten durch und lächelte.

Paris. Jack rannte hinter einem Welpen her, von dem er glaubte, dass er sich verirrt hatte, und jagte durch die verwinkelten Gassen von Saint-Germain, während seine Mutter Chocolaterien erkundete.

Sie erinnerte sich noch ganz genau an den Tag, an dem Josh die Idee dazu gekommen war: als sie nach ihrem Rundgang den Welpen erblickt hatten – einem Rundgang, der *zwei* Stopps in ihrer Lieblings-Chocolaterie beinhaltete.

»Von all den Städten, die wir besucht haben, habe ich bei Paris das Gefühl, dass wir nicht genug Zeit hatten«, sagte Claire und versuchte, hinter ihrer Hand ein Gähnen zu verstecken.

»Dann müssen wir wohl noch einmal hin. Willst du dich wieder hinlegen oder denkst du, dass du bis zum Abendessen aufbleiben kannst?«, neckte Josh sie, und Claire wusste, dass er sehr erleichtert war, endlich den Grund für ihre Erschöpfung zu kennen.

»Lass mich ein bisschen an dem hier arbeiten und dann lege ich mich für eine Weile in die Hängematte.«

»Bist du sicher, dass es dir gut geht?«

Zum ersten Mal seit Langem fühlte sie sich mehr als gut.

»Es geht mir großartig.«

8
CLAIRE

Heute

Claire konnte ihr Gähnen nicht unterdrücken. Gerade, als sie es sich in der Hängematte gemütlich gemacht hatte, bog ihre Mutter um die Hausecke.

»Nimm einen von den Keksen, die ich mitgebracht habe, Liebes. David hat in dieser Saison eine komplett neue Auswahl an Tee und Keksen. Er sagt, ich soll euch grüßen. Mir ist vorhin übrigens eine Kiste mit deinem Namen darauf in der Ecke seines Marktstands aufgefallen.«

David war ein älterer Herr, den Claire schon beinahe ihr gesamtes Leben kannte. Außerdem könnte sie schwören, dass ihre Mutter für ihn schwärmte.

»Du solltest ihn auffordern, mit dir auszugehen, Millie«, rief Josh durch das Küchenfenster, hinter dem er stand.

»Das werde ich nicht tun. Wenn dieser Mann sich das hier« – sie zeigte auf sich – »entgehen lassen will, ist das sein Pech.«

»Ich glaube, er hat zu viel Angst, dass du ihn zurückweisen würdest, Mom.« Claire gähnte wieder. Mittlerweile war ihr gesamter Körper müde und es fiel ihr immer schwerer, ihre Arme zu heben oder den Kopf zu bewegen.

»Jeder Mann braucht ab und an etwas Ermutigung, Millie.« Josh öffnete die Tür zur Terrasse und brachte eine Vase mit frisch geschnittenen Blumen heraus. Er küsste Claire auf die Wange und rieb sanft ihre Schultern.

»Warum legst du dich nicht hin? Millie kann dir eine Geschichte erzählen, bevor du einschläfst.« Er warf Millie einen Luftkuss zu.

»Josh, mein Lieber, Claire und ich brauchen etwas Mutter-Tochter-Zeit.« Der betonte Blick, den Millie in Joshs Richtung warf, brachte Claire zum Kichern.

Josh stieß ein übertriebenes Seufzen aus. »Mit anderen Worten, du sagst mir, ich soll verschwinden.«

Millie lächelte. »Genau.«

Amüsiert beobachtete Claire ihren Austausch. »Macht es dir was aus, Schatz? Vielleicht kannst du ja etwas Gemüse für das Abendessen heute einkaufen.«

»Willst du irgendetwas Bestimmtes?« Josh klang hoffnungsvoll. Sie war nicht nur erschöpft, auch ihr Appetit hatte sich noch nicht wieder eingestellt.

Claire dachte einen Augenblick nach. »Vielleicht ein paar Oliven und … Bananen.«

»Bananen? Was ist aus deiner absoluten Verachtung für dieses matschige Obst geworden?«

Sie zuckte mit den Achseln. »Ich weiß es nicht. Aber ich habe davon geträumt, einen Orangen-Bananen-Smoothie zu machen, und jetzt will ich wirklich einen.«

»Na gut. Soll ich dir in der Zwischenzeit einen Erdbeer-Bananen-Smoothie machen? Ich glaube, wir haben ein paar gefrorene Bananen im Tiefkühlschrank.«

Millie plauderte über den Markt, die neuen Verkaufsstände und die Leute, die dort arbeiteten. Heritage war eine kleine

Touristenstadt am Ufer des Huronsees, und es gab täglich einen Markt auf dem Stadtplatz, der während der Frühlingsmonate ein paar Stunden am Tag und im Sommer länger geöffnet war.

Vor Jahren hatte Millie einen Stand mit frischen Backwaren unterhalten – Brot, Brötchen, Muffins, Tarts und dergleichen – und sie fühlte sich noch immer mit den Leuten dort verbunden und ging täglich vorbei, um Hallo zu sagen und etwas zu kaufen, irgendetwas, um sie zu unterstützen.

»Warum hast du die Kiste nicht gleich mitgebracht?«, fragte Claire, den Monolog ihrer Mutter unterbrechend.

»Kiste? Welche Kiste?«

»Die, die David an seinem Stand hatte.«

Millie beugte sich vor und nahm sich noch einen Keks. »Tja, ich habe es angeboten, aber er hat gesagt, dass er dich vermisst.«

Claire nickte. »Ich weiß. Ich muss ihn besuchen gehen.«

»Habe ich dir je erzählt, wie es war, als ich merkte, dass ich mit dir schwanger bin?«, fragte Millie.

Bei den Worten ihrer Mutter stockte Claire der Atem.

Millie starrte in den Garten, sie hatte Claires Reaktion gar nicht bemerkt. »Den meisten Frauen ist anfänglich übel, wenn sie schwanger sind. Das ist üblicherweise das erste Symptom. Das und geschwollene Brüste.«

»Daran erinnere ich mich nicht.« Sie hielt ihre Stimme ruhig. Sie wollte ihre Mutter stoppen, ihr sagen, dass sie ein Baby bekam, aber die Erinnerung an ihre erste Schwangerschaft war wie ein Messer, das sich in ihr Herz bohrte. Sie erinnerte sich nicht mehr daran, wie sie sich gefühlt hatte – ihr war nicht übel gewesen, so viel wusste sie. Aber sie hatte Angst vor den Veränderungen ihres Körpers gehabt und war wütend auf ihre Eltern gewesen.

»Es gibt da etwas, das ich dir erzählen muss.« Claire räusperte sich.

Millie schien sie nicht zu hören.

»Ich habe immer gehört, dass die Morgenübelkeit die reinste Hölle ist, und immer darum gebetet, das nicht zu bekommen, falls ich jemals schwanger würde. Ich habe genug Freundinnen beim kleinsten Geruch ins Bad rennen sehen, und wollte das nie erleben. Ich liebte das Essen einfach zu sehr.« Mit einem trockenen Lächeln klopfte sie auf ihren Bauch.

Claire rollte die Augen. Ihre Mutter war winzig, aber futterte wie ein Pferd. Sie war eigentlich immer am Naschen. Ob es Nüsse waren, die sie in ihrer Tasche bei sich trug, oder ein Stück Obst, das sie vom Tresen nahm, immer knabberte sie an etwas.

»Mom …«

»Aber mit dir war es anders«, unterbrach Millie sie. »All meine Freundinnen haben mich beneidet. Wusstest du das? Seit dem Augenblick, als ich wusste, dass ich mit dir schwanger war, bis zum Moment, in dem du geboren wurdest, war alles leicht. Keine morgendliche Übelkeit. Keine Vorwehen. Keine übermäßig langen Wehen. Ein paarmal pressen und schon warst du auf der Welt …«

»Mit einem Schrei, um meine Ankunft zu verkünden, den selbst die Queen noch hören konnte«, beendete Claire für sie. »Das hast du mir schon erzählt.«

Millie sah sie an. »Aber ich glaube nicht, dass du wirklich gehört hast, was ich gesagt habe.«

Verwirrt rieb sich Claire das Gesicht. »Was habe ich denn verpasst?«

»Mir war nie übel, aber ich war müde. Sogar erschöpft. Was selbst damals sehr ungewöhnlich für mich war. Ich musste mir von der Arbeit freinehmen und habe die ganze Zeit nur geschlafen. Dein armer Vater musste selbst für sich kochen, und recht häufig haben meine Freundinnen ihm einen Auflauf vorbeigebracht, um ihn vor seinen eigenen verbrannten Kreationen zu bewahren. Tatsächlich verlangte es mich nur nach einer Sache: Bananen. Wahrscheinlich hast du sie deshalb so gehasst. Ich schwöre«, sagte Millie kichernd, »alles, was ich aß, musste Bananen enthalten. Ich aß sie roh, habe damit gekocht …« Sie seufzte. »Nachdem du geboren warst, habe ich Jahre gebraucht, bis ich wieder eine Banane essen konnte.«

Claire lächelte.

»Dad konnte nicht kochen. Sogar Makkaroni mit Käse sind für ihn eine Herausforderung gewesen.« Claire lehnte sich auf ihrem Stuhl zurück und starrte nach oben in den blauen Himmel. Anscheinend musste sich Millie etwas von der Seele reden. Sobald sie damit fertig war, würde Claire ihre Neuigkeit verkünden.

Wer hätte gedacht, dass es so schwer werden würde, sie zu erzählen?

»Ja, er war ein hoffnungsloser Fall, was das Zubereiten seiner Mahlzeiten anging. Zum Glück ist Josh nicht so. Er wird gut allein zurechtkommen.« Millies Stimme klang zufrieden und Claire sah zu ihr herüber.

»Josh ist ziemlich toll.« So toll, dass er tatsächlich vor ihr vermutet hatte, sie könnte schwanger sein. Seit wann wusste es der Mann zuerst?

Millie legte den Kopf schräg und griff über den Tisch nach Claires Hand.

»Ist es nicht seltsam, wie unser Körper funktioniert?«, sagte Millie. »Wie sehr wir es auch versuchen oder wie sehr wir etwas auch wollen, wir können nichts tun, bis unser Körper dazu bereit ist.«

Claire konnte noch immer nicht ganz glauben, dass sie schwanger war. Nicht völlig. Nach allem, was in ihrem Leben geschehen war, hatte Claire das nagende Gefühl, dass sie es vielleicht nicht verdiente, dass all ihre Träume Wirklichkeit wurden.

Alles wegen einer Entscheidung, eines Fehlers, den sie immer bereuen würde.

»Und jetzt willst du Großmutter werden?« Die Worte entschlüpften ihr einfach so, ungewollt und grundlos.

Als sie den erschrockenen Gesichtsausdruck ihrer Mutter sah, entschied sich Claire, diesen Gedankengang nicht weiterzuverfolgen. »Tut mir leid. Das ist nicht so herausgekommen wie beabsichtigt.«

»Oh Liebes, ich …«

In diesem Augenblick, bevor sich ein Schleier über Millies Augen legte, schöpfte Claire Hoffnung. Vielleicht würden sie zum ersten Mal seit Jahren wirklich über das reden, was passiert war.

Aber sie hätte es besser wissen sollen.

»Es ist leicht, auf die Fehler zurückzublicken, die wir begangen haben, und uns zu wünschen, wir könnten etwas ändern. Ich bereue eine Menge Dinge, aber es gibt nicht viel, das ich ändern würde, abgesehen von dieser Zeit in deinem Leben. Aber das weißt du ja bereits. Das ist nicht neu für dich.« Millies Stimme klang traurig, das Bedauern war aufrichtig.

Claire setzte ein fröhliches Lächeln auf und schob alles, was sie gern sagen wollte, zurück in die winzige kleine Schachtel voll von Erinnerungen, mit denen sich ihre Mutter niemals hatte befassen wollen. »Ich weiß.« Sie schloss die Augen und ließ die sanfte Brise über ihre Haut tanzen. Das lief nicht so, wie sie es sich gewünscht hatte. Sie hatte erwartet, Millie würde vor Freude außer sich sein. Aber das hier … das fühlte sich nicht richtig an.

»Mom, ich …«, entschloss sich Claire, es noch einmal zu versuchen.

»Ich glaube, ich gehe eine Weile in eurem Garten arbeiten«, unterbrach Millie sie. »Diese Rosen müssen ein wenig zurückgeschnitten werden.«

Bevor Claire noch ein Wort sagen konnte, war Millie gegangen. Aber Claire sah noch, wie sich ihre Mutter ein paar Tränen aus dem Gesicht wischte.

Wann immer sie versuchte, über das zu reden, was ihr als Teenager widerfahren war, hing diese Schuld zwischen ihnen. Sie war immer da, als würde sie auf einen geeigneten Moment warten, in ihr Leben einzubrechen und alles zu zerstören.

Heute sollte es eigentlich nur um dieses Wunder in ihr gehen, aber stattdessen hatte Claire es geschafft, dass es um ihre Vergangenheit ging.

Warum konnte sie einfach nicht loslassen? Warum?

Wenn sie die Uhr zurückdrehen und von vorn anfangen könnte, würde sie es ohne zu zögern tun.

Sie wäre niemals aus dem Haus geschlichen, nachdem sie von ihrem Vater Hausarrest verpasst bekommen hatte, oder per Anhalter in die Stadt gefahren, um mit Freunden am Strand das erste Sommerlagerfeuer zu feiern.

Sie wäre niemals am Feuer geblieben, nachdem all ihre Freundinnen nach Hause gefahren waren, und hätte niemals weiter Bier mit den Jungs von der Schule getrunken. Sie hätte darauf geachtet, sich nicht zu betrinken.

Es gab viele Dinge, die sie nie wieder tun würde, aber wenn sie zu diesem Tag zurückgehen und in ihrem Zimmer bleiben könnte wie das brave Mädchen, das sie eigentlich hätte sein sollen … Sie konnte sich nicht vorstellen, wie anders ihr Leben hätte verlaufen können.

Ihre Mutter war es gewesen, die erkannt hatte, dass sie schwanger war. Claire dachte, sie bekäme ihre Periode nicht, weil die Abschlussprüfungen anstanden und ihr Vater sie stark unter Druck setzte, nur beste Noten zu schreiben. Aber Millie wusste es besser.

Ihr Vater war wütend gewesen, als er es erfuhr. Er weigerte sich, Vater eines schwangeren Teenagers zu sein. War ihr nicht klar, was das für seine Karriere bedeuten würde? Er war schließlich ein respektiertes Ratsmitglied und Geschäftsmann.

Er hatte von Claire verlangt, abzutreiben, aber dies war eins dieser seltenen Male, in denen Millie sich behauptet und ihm klargemacht hatte, dass es Claires Körper war und damit auch Claires Wahl.

Nur dass sie gar keine Wahl gehabt hatte.

Hätte sie das Baby behalten, hätte sie nicht weiter zu Hause leben dürfen. Dies waren die Regeln, die ihr Vater aufgestellt hatte.

Aber wenn sie das Baby loswurde, würde er für ihre Uni bezahlen, sich um ihre Unterbringung kümmern und ihr sogar einen monatlichen Zuschuss gewähren, damit sie sich auf die Schule konzentrieren konnte und nicht arbeiten musste.

Nach langem Flehen und Bitten hatte Millie ihn überzeugt, sie und Claire in ihrem Sommercottage wohnen zu lassen, bis das Baby geboren war, sodass Claire es zur Adoption freigeben konnte. Sie erledigte ihre Schularbeiten zu Hause, etwas, das ihr Vater für sie arrangiert hatte, damit sie im Stoff nicht zurückfiel. Da die beiden jetzt im Cottage waren, konnte er allen erzählen, dass Claire und ihre Mutter herumreisten, wie sie es immer hatten tun wollen.

Er hatte zugestimmt und die Entscheidung war getroffen worden. Er hatte sogar angeboten, sie auf eine Reise durch Europa zu schicken, nachdem das Baby geboren war.

Seiner Meinung nach hätte sie dankbar für sein Verständnis sein sollen. Dankbar. Aber ihre Eltern hatten sie nicht ein einziges Mal gefragt, was *sie* wollte. Sie hatte ihr Baby verzweifelt behalten wollen. Sie wusste, sie war jung, aber sie liebte Kinder und träumte davon, eines Tages eine große Familie zu haben. Als Einzelkind lebte es sich einsam, und dieses Baby bedeutete, sie würde nicht allein sein. Sie war willens, das zu tun, was notwendig war, um Mutter zu sein, selbst wenn es bedeutete, einen Job zu finden und für den Mindestlohn zu arbeiten.

Millie und Claire waren noch einen Monat nach der Geburt im Cottage geblieben. Millie nannte es ihren Monat der Heilung, aber Claire hatte jeden Tag geweint.

Schließlich kam ihr Vater, um sie abzuholen, und überreichte ihr in dem Moment, als er über die Türschwelle trat, die Flugtickets. Sie würden alle zusammen Urlaub machen, einen kleinen Roadtrip durch die USA. Sie hatten eine Teilzeit-Immobilie in Florida und ihr Vater fand, dass sie alle einen Urlaub verdient hatten. Von da aus würden Claire und Millie nach Großbritannien fliegen, durch England und Schottland reisen, um dann rechtzeitig nach Hause zu kommen, damit Claire im Herbst auf die Uni gehen konnte.

In den ersten Monaten war es Claire noch gelungen, ihre Wut auf ihren Vater zu unterdrücken, und sie hatte versucht, ein braves Mädchen zu sein. Sie lebte in einem Nebel, ihre Emotionen von allem und jedem abgeschottet. Ihre Lippen blieben versiegelt, während sie mit ihrer Mom reiste, sie zusammen Museen besuchten und geführte Exkursionen zu allen Sehenswürdigkeiten machten.

Sie kamen gerade rechtzeitig nach Hause, dass sie nach Toronto ziehen und dort die Universität besuchen konnte. Nach ihrer Rückkehr sprach sie kaum mit ihrem Vater, aber als er ihr die Schlüssel zu einem voll möblierten Apartment überreichte und ihr sagte, sie hätte die richtige Entscheidung getroffen, war alles in ihr explodiert.

Sie erinnerte sich noch immer an die Wut und den Hass hinter den Worten, die sie ihm entgegengeschleudert hatte.

»Ich kann nicht glauben, dass ich das sage, aber ich hasse dich wirklich. Du hast mir meine Entscheidung abgenommen und jetzt versuchst du, mich zu kaufen.«

Sie sah, wie seine Gesichtszüge für eine Millisekunde weicher wurden, und dass ihre Worte ihn trafen. »Ich liebe dich, Claire-Bär. Ich versuche nur, alles richtig zu machen. Das ist alles. Wenn du irgendwann Mutter bist, wirst du es verstehen«, flüsterte er.

Sie weigerte sich, sich zu entschuldigen.

»Ich war Mutter. Für eine Stunde, in der ich meinen Sohn gehalten habe, war ich seine Mutter.« Tränen sammelten sich in ihren Augen und sie wischte sie wütend weg. »Im Krankenhaus haben sie mich gefragt, ob ich sicher bin. Ich hätte meine Entscheidung ändern können, es aber nicht getan. Und weißt du, warum?« Sie spie die Worte aus, Verachtung ergoss sich aus ihrem Herzen, während ihr Vater nur dastand.

»Weil die Leute, die ihn adoptiert haben, die für immer ein Teil seines Lebens sein würden, ihn wollten.« Sie verschluckte sich an den Worten. »Er verdiente es, gewollt zu werden, und sie konnten ihm ein besseres Leben geben als ich. Darum. Nicht deinetwegen, nicht wegen deiner Forderungen und Drohungen.«

In den nächsten vier Jahren, während sie Kunst studierte, arbeitete sie auch halbtags, um für ihre Grundbedürfnisse zahlen zu können. Abgesehen von dem Geld für die Uni und das Apartment nahm sie keinen Pfennig von ihrem Vater an. Jeden Monat, wenn er das Geld auf ihr Konto überwies, schrieb sie einen Scheck für ein Heim, das schwangeren Teenagern half.

In den ersten Jahren versuchte Claire noch, mit ihrer Mom über das Baby zu reden, das sie aufgegeben hatte, aber ihre Worte stießen immer auf taube Ohren. Millie sprach nicht gern über Vergangenes. Das wurde Claire ganz besonders klar am Tag des ersten Geburtstags ihres Sohns.

Millie war in ihrem Apartment vorbeigekommen, um sie zum Essen auszuführen, etwas, das sie häufig tat, und fand Claire auf der Couch sitzend vor, wie sie Geschenke einpackte für einen Sohn, den sie nicht kannte. Sie hatte keine Ahnung, was für einen Einjährigen passend war, also hatte sie etwas Kleidung, ein paar Spielsachen und Bücher gekauft.

»Warum tust du das?« Millie nahm die restlichen unverpackten Sachen und stellte sie auf dem Boden ab. »Warum tust du dir das an?«

»Es ist Jacks Geburtstag, Mom. Ich muss etwas tun, um das zu feiern.« Claire hielt ein Buch in der Hand und starrte auf das Bild auf dem Umschlag: ein kleiner Junge, umgeben von Spielzeug.

»Jack? So hast du ihn genannt? Ich dachte …« Millie schüttelte den Kopf und nahm Claire das Buch aus der Hand. »Ich dachte, du hättest verstanden, dass seine Familie den Namen aussuchen würde?«

»Das habe ich. Das tue ich. Aber dennoch … Er war mein kleiner Junge, Mom. Ich musste ihm einen eigenen Namen geben.«

Millie nickte, während sie versuchte, diese Information zu verarbeiten. »Jack, ja? Dieser Name hat mir immer schon gefallen. Das ist ein starker Name. Aber Liebes, du kannst das nicht machen. Es ist nicht gesund. Lass los und leb dein Leben weiter, okay?«

Lass los und leb dein Leben weiter. Das Lieblingsmantra ihrer Mutter, wenn es um irgendwelche unangenehmen Sachen ging. Lass los und leb dein Leben weiter. Aber wie konnte man etwas loslassen, wenn man sich vorher nicht damit befasst hatte?

»Jeder geht anders mit solchen Dingen um, Mom. Du tust gern so, als wäre es nie passiert. Aber ich muss mich dem stellen.«

Millie seufzte. »Ich tue nicht so, Claire. Ich entscheide mich nur dafür, nicht lange über das nachzugrübeln, was passiert ist. Und du solltest das auch nicht tun. Na los. Gehen wir essen. Ich habe in einem neuen italienischen Restaurant reserviert, das tolle Bewertungen bekommt. Spring doch unter die Dusche und mach dich fertig, und ich räume hier ein bisschen auf.« Millie nahm den Teller und die Tasse, die sie auf dem Kaffeetisch hatte stehen lassen, und ging in Richtung Küche.

»Können wir noch einen Umweg machen?« Claire sah auf die eingewickelten Geschenke. »Es gibt hier in der Nähe ein Heim, bei dem ich die Sachen abgeben möchte, wenn es dir nichts ausmacht.«

Millie hielt inne, drehte sich aber nicht um. »Was für eine Art Heim?«

So, wie sie fragte, klang es, als wäre ihr schon klar, was Claire sagen wollte, aber das war nicht möglich, oder? Wusste ihre Mutter von ihren monatlichen Spenden?

»Für schwangere Teenager, die aus ihrem Zuhause geworfen wurden, genau wie ich.«

»Du wurdest nicht rausgeworfen, Claire. Sei nicht immer so melodramatisch.« Millie seufzte und ging.

Claire kochte vor Wut. Sie war also melodramatisch, ja? Was sie anging, war sie in dem Augenblick, in dem ihr Bauch nicht mehr versteckt werden konnte, gezwungen worden, in das Sommercottage zu ziehen, fern von Familie und Freunden, um dort in Abgeschiedenheit zu leben. Sie hatte zu Hause bleiben müssen, wenn ihre Mutter einkaufen war, musste drei Stunden in ein Stadtkrankenhaus fahren, wo sie unerkannt bleiben würde, und dann ihr Kind weggeben.

* * *

Claire fragte sich, ob ihre Mutter sie nach all diesen Jahren noch immer für melodramatisch hielt.

Sie öffnete die Augen und sah ihrer Mutter dabei zu, wie sie im Garten herumwuselte und sich um Pflanzen kümmerte, die eigentlich gut gediehen. Als Millie sich umdrehte, winkte Claire ihr zu.

»Es ist ein bisschen warm hier draußen.« Millie hielt sich die Hand vor die Augen, um nicht von der Sonne geblendet zu werden. »Wie wär's, wenn ich den Kessel anstelle und uns eine schöne Kanne Eistee mache?« Sie stand auf.

»Du weißt, dass sein Geburtstag ansteht«, sagte Claire leise. »Jedes Jahr wird es ein bisschen leichter, aber es ist dennoch immer wie ein Messerstich ins Herz.« Claire setzte sich in ihrem Stuhl auf und beugte sich vor. »Denkst du je an ihn?«

»Was du manchmal so fragst.« Millie schüttelte den Kopf. Sie drückte Claires Schulter. »Natürlich tue ich das, Claire. Er ist jetzt fast so alt, wie du warst, als du ihn bekommen hast. Ich bin mir sicher, er hat ein erfülltes Leben mit seiner Familie.«

»Und da dreht sich das Messer«, murmelte sie, als ihre Mutter ging.

»Oh Claire. Du bist dein eigener schlimmster Feind«, sagte Millie betrübt, als sie ins Haus ging, und die Fliegengittertür schloss sich mit einem lauten Knall hinter ihr.

9
MILLIE

Heute

Millie wusste nicht, was mit ihrer Tochter los war, aber sie würde heute nicht gehen, bis sie es herausgefunden hatte.

Tage-, nein, wochenlang hatte sie sich anhören müssen, wie Josh sich wegen Claires Gesundheit sorgte, wie er sie ständig über jedes kleine Detail auf dem Laufenden hielt, zum Beispiel, wie viel sie schlief oder wie wenig sie aß. Aber heute … nichts. Josh schien ganz ruhig zu sein und Claire wirkte recht aufgeweckt und nicht ganz so erschöpft.

Wüsste sie es nicht besser, würde sie sagen, dass Claire schwanger war.

Nein. Sie verwarf den Gedanken sofort wieder. Claire hätte es ihr mittlerweile gesagt, besonders nachdem sie sich zurückerinnert hatte an die Zeit, als sie mit Claire schwanger gewesen war. Das wäre der perfekte Zeitpunkt gewesen, um es ihr zu sagen.

Wenn sie also nicht schwanger war, was war es dann? Hatten sie einen neuen Buchvertrag abgeschlossen? Wollten sie nun ein Baby adoptieren?

Bei diesem kleinen Hoffnungsschimmer klatschte Millie entzückt in die Hände. Vielleicht war es das. Vielleicht wollte Claire doch nicht mehr warten.

Als Josh voll beladen mit Einkaufstüten durch die Tür kam, war Millie da, um ihm zu helfen.

»Willkommen zu Hause.« Sie strahlte ihn an.

»Äh, danke.« Josh sah sie fragend an, was sie ignorierte.

In dem Augenblick, in dem sie Josh begegnet war, hatte sie ihn gemustert und sofort gewusst, dass er der richtige Mann für ihre Tochter war. Er war ein Lebenspartner, kein Diktator. Er verehrte den Boden, auf dem Claire lief, und das war ihr recht.

»Wie wär's, wenn ich mich heute um das Abendessen kümmere? Geh du raus und entspann dich mit meiner Tochter. Ich weiß, ihr arbeitet hart an euren Fristen« – sie tätschelte seine Wange – »und könnt etwas selbst gemachtes Essen vertragen.«

»Wir gehen nicht jeden Abend essen.« Josh folgte ihr in die Küche und stellte die Tüten auf dem Tresen ab. »Ich kann auch Burger grillen, weißt du?«

»Natürlich weiß ich das.« Sie stöberte in den Tüten und sah die Lebensmittel durch, die er mitgebracht hatte. Eine Menge Gemüse, etwas Hühnchen und einen Kürbis.

»Ich dachte, ich könnte das Hühnchen und das Gemüse grillen.« Josh begann, die Tüten auszupacken, aber Millie schlug seine Hände weg.

»Ich habe eine bessere Idee.«

»Gut, okay. Dann überlasse ich alles deinen fähigen Händen.« Josh beugte sich vor und gab ihr einen kurzen Kuss auf die Wange. »Im Kühlschrank steht etwas Minztee.« Er beäugte den Kessel, den sie auf den Herd gestellt hatte.

»Minztee klingt jetzt wirklich perfekt.«

Während Millie das Gemüse sortierte und ihren Plan fürs Abendessen fertigstellte, ging Josh auf die Terrasse und umarmte Claire. Millie konnte nicht hören, was sie sagten, aber sie sah, wie Claire den Kopf schüttelte und Josh sich in ihre Richtung drehte.

Das hätte sämtliche Alarmglocken schrillen lassen sollen, aber sie beschloss, was immer dort vorging, zu ignorieren. Wenn sie recht hatte – und das hatte sie ziemlich oft –, würde sie es hoffentlich heute Abend aus ihnen herausbekommen. Beim Nachtisch.

Dabei fiel ihr ein … zu erfahren, dass man wieder Oma wurde, verdiente einen Kuchen zur Feier des Tages.

»Mom?«

Beim Klang von Claires Stimme drehte sich Millie um. Sie sah, wie ihre Tochter den Kopf von der Hängematte hob, in der sie lag.

»Kochst du Abendessen?« Claire schwang die Beine zur Seite und gähnte. »Lass mich dir helfen.« Sie schüttelte kurz den Kopf, rieb sich die Augen und gähnte wieder.

»Mach dir keinen Stress. Bleib in der Hängematte und ruh dich einfach aus.«

»Wir haben dich zum Abendessen eingeladen, nicht dazu, es zu kochen.«

Millie ging hinaus zu Claire und setzte sich in die Hängematte, und gemeinsam schaukelten sie schweigend.

»Im Ernst, was kann ich tun, um zu helfen?«, fragte Claire.

»Nichts. Ich habe schon alles vorbereitet. Ich wollte gerade mit dem Nachtisch anfangen und, nein, du kannst mir nicht helfen.«

Ihre Tochter stöhnte.

»Was ist los?« Millie drückte die Hand ihrer Tochter.

»Ich bekomme gerade wieder schreckliche Kopfschmerzen.« Claire massierte ihre Schläfen. »Ich hatte noch nie so viele Kopfschmerzen wie in diesen letzten zwei Monaten.«

Millie gefiel das nicht. »Hast du mit Abby darüber geredet?«

»Nein. Es sind nur Kopfschmerzen. Vielleicht wird es Zeit für eine gute Massage und einen Besuch beim Chiropraktiker.«

»Liebes, du hast sonst nie Kopfschmerzen gehabt. Niemals. Hör auf mich. Wenn du jetzt häufig welche hast, musst du das Abby sagen. Vielleicht ist mehr als eine Einrenkung und eine Massage nötig.«

»Oh, aber hast du den neuen Massagetherapeuten in der Klinik gesehen? Ich glaube wirklich, dass ich eine Massage brauche.« Claires Augen funkelten.

»Das habe ich gehört«, rief Josh aus dem Küchenfenster.

Claire errötete und Millie lachte.

»Ja, halte ihn ruhig ein bisschen auf Trab. Das tut einer Ehe gut.« In dem Augenblick, in dem sie es sagte, zuckte Millie zusammen. Wer war sie, ihrer Tochter Eheratschläge zu geben?

»Also«, sagte sie, um abzulenken. »Ich mache mich lieber mal an die Arbeit.«

»Lass mich dir doch helfen. Ich bin doch nicht krank«, sagte Claire, hüpfte aus der Hängematte und hielt Millie ihre Hand hin.

Millie ignorierte die Hilfe und stand auf, sodass die Hängematte unter ihr wegsackte. »Das habe ich auch nicht behauptet. Aber du bist erschöpft. Das kannst du nicht leugnen. Wir wissen zwar beide, dass Josh absolut in der Lage ist, das Abendessen zu machen, aber du hast vermutlich auch mal Lust auf etwas anderes als Fleisch vom Grill, oder?«

»Das habe ich auch gehört«, rief Josh.

»Der Junge lässt hoffentlich die Finger von dem Essen«, murmelte Millie.

»Oh, du hast ja keine Ahnung. Ich wollte schon in den Raum werfen, dass wir ins *Wandering Table* gehen sollten, wenn er noch mal Burger vorschlägt.«

Das *Wandering Table* war ein niedliches kleines Restaurant, das einer von Claires alten Freundinnen aus Schulzeiten gehörte. Gloria verwendete nur frische, regionale Zutaten. Millie mochte dieses Restaurant, ganz im Gegensatz zu der Kneipe am Stadtrand, in der alles frittiert wurde.

»Gloria würde vermutlich anbieten, alles zu machen, wonach es dich gelüstet.«

Claire lachte. »Das würde sie. Sie findet sowieso, dass ich zu dünn bin.«

»Aber du isst doch, oder?«

Claire schüttelte den Kopf. »Nicht wirklich. Josh zwingt mich, wenigstens eine Mahlzeit zu essen, was normalerweise entweder Mittag- oder Abendessen ist, der Rest besteht aus Eiweißdrinks. Ich habe einfach keinen Hunger, Mom.«

Millie tätschelte Claires Hand, die sie auf ihren Bauch gelegt hatte. »Schon okay. Solange du etwas in deinen Körper bekommst, ist alles gut.« Sie hätte beinahe das Babythema angeschnitten, konnte sich aber gerade noch zusammenreißen.

»Was gibt's zum Essen?«, fragte Claire.

»Hähnchen Alfredo, aber anstelle von normalen Spaghetti nehme ich Kürbisspaghetti. Und Kuchen.« Sie wandte den Blick Richtung Küche. »Da fällt mir ein, ich sollte lieber mal anfangen.«

»Was für ein Kuchen?«

»Oh, ich weiß nicht. Vielleicht Kokoscreme?« Sie drehte sich zu ihrer Tochter um, wohl wissend, dass das ihr Lieblingskuchen war.

»Ich liebe dich, Mom.« Claire hielt sich den Mund zu, als sie wieder gähnen musste. »Du bist die Besteste, das weißt du, oder?«

»Oh Liebes, das weiß ich. Und jetzt komm mit, wir besorgen dir etwas, das gegen diese Kopfschmerzen hilft.« Sie erinnerte sich an den Minztee im Kühlschrank. Der würde helfen. Und sie würde mit David reden und sehen, ob er noch etwas empfehlen konnte.

* * *

Während der Kuchen auf dem Rost abkühlte, bereitete Millie das Hähnchen zu und behielt auch ihre Tochter im Auge. Claire schlief anscheinend wieder. Sie hatte sich in der letzten halben Stunde kein einziges Mal in der Hängematte bewegt.

Josh hielt im Türrahmen der Küche inne, als er das Aroma des frisch gebackenen Kuchens auffing. »Da riecht aber etwas köstlich.« Er legte sein Notizbuch auf dem Tresen ab. »Das ist aber kein Schokokuchen.« Er verschränkte die Arme und runzelte die Stirn.

»Nein, ist es nicht.« Millie lächelte in sich hinein, während sie an ihn gewandt den Kopf schüttelte. *Die meisten Männer sind wie Kinder, wenn es um ihre Erwartungen geht. Bekommen sie nicht ihren Willen, schmollen sie.*

»Als du Kuchen gesagt hast, dachte ich, du meinst Schokokuchen.« Sein Blick verengte sich, während er die Küche einer Musterung unterzog. Dann trat er zum Ofen, um hineinzulinsen.

»Nein, Josh, da ist auch kein anderer Kuchen drin.« Millie kicherte. »Mein letzter Kuchen war ein Schokokuchen. Findest du nicht, dass diesmal Claire dran ist?«

Er rümpfte die Nase. »Kokosnusscreme?«

Sie nickte.

Er seufzte. »Das nächste Mal machst du wieder einen Kuchen, den ich mag, oder? Bitte.«

»Also bitte.« Millie schlug ihm spielerisch auf den Arm. »Ich mache dir doch so viel Nachtisch, den deine Frau nicht isst. Was ist mit diesen Schoko-Erdnussbutter-Cupcakes, die ich letzte Woche vorbeigebracht habe? Oder dem Limettenkuchen, den ich gemacht habe, um euch nach eurer Reise wieder hier willkommen zu heißen?«

»Stimmt.« Er seufzte wieder und ließ melodramatisch die Schultern sacken. »Na schön. Soll meine liebe Frau ihren Kuchen bekommen. Sie verdient es.« In dem Augenblick, in dem er das sagte, leuchteten seine Augen auf.

Für einen Moment setzte Millies Herzschlag fast aus. Beinahe hätte er etwas gesagt. Sie konnte es spüren.

»Im Übrigen – ich habe da etwas, das mein Schatz lesen soll, also sollte ich sie wohl mal wachbekommen«, sagte er und betrat die Terrasse.

Millie liebte es, die beiden zusammen zu beobachten. Ihre Liebe füreinander war immer greifbar, so lebendig. Sie zu sehen – wie gut sie zusammen waren, wie sehr noch immer ineinander verliebt, trotz allem, was sie durchgemacht hatten – gab Millie Hoffnung. Keine Hoffnung für sich selbst, die brauchte sie nicht, aber für ihre Tochter. Dass sie immer geliebt und geschätzt werden würde.

Wenn das jemand verdiente, dann Claire.

Millie trat näher ans Küchenfenster. Sie war niemand, der dem Lauschen abgeneigt war, nicht, wenn es etwas gab, was sie dadurch erfahren konnte.

»Hey, meine Hübsche. Ich hab hier ein paar Seiten für dich zum Lesen.« Josh beugte sich vor und gab Claire einen langen Kuss.

Ihre Tochter murmelte etwas und Josh zog sich einen Stuhl heran und hob die Beine, sodass seine Füße auf der Hängematte lagen.

»Was hältst du von Alethea? Wir könnten sie Thea nennen«, sagte er.

Millie beugte sich weiter vor.

»Zumindest können wir ihn der Liste hinzufügen. Oder Zane für einen Jungen.« Josh zog ein kleines Notizbuch aus seiner Gesäßtasche und schrieb darin.

Hmmm. Namenssuche könnte eins von zwei Dingen bedeuten: Sie suchten nach Namen für einen neuen Charakter, etwas, wobei sie sich normalerweise von ihren Fans auf Facebook helfen ließen, oder sie dachten über Namen für ein Baby nach.

Sie betete, dass es für ein Baby war.

Nach dem Abendessen und während sie den Kokoscremekuchen genossen, beobachtete Millie ihre Tochter ganz genau, bemerkte die kleinen Handbewegungen in Richtung ihres Bauchs, die Blicke zwischen Claire und Josh. Sie hatten ein Geheimnis.

Sie hasste es, nicht über Geheimnisse Bescheid zu wissen.

»Habt ihr gehört, dass Matt und Melissa noch ein Baby bekommen?« Millie lehnte sich in ihrem Stuhl zurück und nahm einen Schluck von dem Kaffee, den Josh gemacht hatte.

Claire, die sich gerade ein Stück Kuchen hatte nehmen wollen, stockte mitten in der Bewegung. »Ach ja?«

»Das wird schon Baby Nummer vier. Ich bin gespannt, wie sie es diesmal nennen werden.« Sie lächelte bei dem Gedanken. Matt und Melissa waren die Besitzer des Buchladens der Stadt mit dem Namen *Something Different.* Sie benannten ihre Babys meist nach berühmten Autoren.

»Ich erinnere mich, wie Matt mir mal gesagt hat, dass er schon immer einen Sohn Tennyson nennen wollte.« Josh zwinkerte Claire zu und lächelte Millie an.

Millie lächelte zurück. »Wer weiß, vielleicht bekommen sie ja diesmal wirklich einen Jungen. Tennyson ist ein hübscher

Name.« Sie nahm noch einen Bissen vom Kuchen und hielt ihren Blick auf den Teller vor ihr gerichtet. »Ich fand ja immer, Elliot wäre ein schöner Name für einen Jungen oder Avery für ein Mädchen.«

»Avery« – Claire zögerte für nur eine Sekunde, aber die fühlte sich wie eine Ewigkeit an – »ist ein schöner Name. Vielleicht können wir den unserer Liste hinzufügen, Josh?«

Millie erstickte fast.

»Avery ist gut. Das könnten wir sogar für beide Geschlechter benutzen.« Die Andeutung eines Lachens lag in der Stimme ihres Schwiegersohns.

Millie sah auf und versuchte mit aller Macht, ein Lächeln zu unterdrücken. »Gibt es da etwas, von dem ich nicht weiß?«, fragte sie.

»Mom …«

»Ja, Claire?«

»Es gibt da etwas, das wir dir erzählen möchten.« Claire griff nach Joshs Hand. »Ich wollte es dir schon vorhin sagen, aber …«

»Schon gut, Liebes.« Ihre Tochter musste sich nicht dafür entschuldigen, die Vergangenheit wieder ins Spiel gebracht zu haben. Zweifellos war diese in ihrem Leben gerade sehr präsent.

»Mom, ich bin schwanger.« Claire lachte, während sie das verkündete.

Millie quietschte, sprang auf und umarmte ihr eigenes Baby, nicht in der Lage, ihre Aufregung noch länger zu unterdrücken.

»Ich wusste es!« Sie machte ein kleines Freudentänzchen. »Ich freue mich so für dich, für euch.« Sie nahm Joshs Hand und erkannte, dass das nicht genügte. Sie machte einen Schritt auf ihn zu, schlang ihre Arme um ihn und drückte ihn fest.

»Es ist also okay für dich, Oma zu werden?«, fragte Josh lachend.

Er konnte lachen, so viel er wollte. Es war ihr egal. Das war ein Traum, der gerade wahr wurde.

»Na ja, bei der *Oma* bin ich mir noch nicht so sicher. Wir müssen uns einen Namen für mich ausdenken, bei dem ich mich nicht so alt fühle. Aber ein Baby zum Liebhaben – natürlich!«

Sie trat zu ihrer Tochter, um sie erneut zu umarmen. »Ich freue mich ja so für dich, Schätzchen. Du wirst eine ganz tolle Mutter, voller Liebe und Lachen. Dieses Baby ist ein Geschenk. Eins, das immer geschätzt werden wird. Immer.«

»Du wusstest es, nicht wahr?«, fragte Claire sie mit einem Strahlen im Gesicht.

Millie nickte. »Eine Mutter weiß das immer, Schätzchen.«

»Was ist mit Xavier?« Josh kramte den Namen aus dem Nichts hervor.

»Wie der Xavier in X-Men, der Gedanken lesen kann?«, fragte Millie. Sie wusste, dass ihr Schwiegersohn ein Comicfan war, aber ging das nicht etwas zu weit?

»Was ist falsch daran, unser Kind nach einem Mann mit Superkräften zu benennen?« Josh setzte sich hin und lehnte sich zufrieden zurück, die Hände hinter dem Nacken verschränkt.

»Der kommt nicht auf die Liste«, sagte Claire.

Josh zog die Augenbrauen hoch, senkte langsam die Arme und zog das Notizbuch aus seiner Gesäßtasche.

»Wollen wir wetten? Wir waren uns einig, dass jeder Name auf die Liste kann. Kein Name ist ein schlechter Name. Weißt du noch?«

»Xavier ist ein schlechter Name.« Claire schüttelte den Kopf.

»Ist er nicht.«

»Ist er doch.«

Millie lachte.

»Habt ihr es schon jemandem erzählt?«, fragte Millie. Sie war bereit, es der Welt zu verkünden, aber so, wie sie ihre Tochter kannte, würde Claire es vermutlich bevorzugen, es noch eine Weile für sich zu behalten.

»Nur Abby. Und Dr. Shuman, weil er auch da war.« Claire wischte sich ein paar Tränen aus den Augen. »Ich will es noch eine Weile für mich behalten. Wir haben so lange darauf gewartet …«

»Also wenn es nach mir ginge, würde ich für euch eine große Party schmeißen.« Sie wartete auf eine Reaktion ihrer Tochter, aber die lächelte nur. »Darf ich?« Sie klatschte aufgeregt in die Hände. Es gab nichts, was sie lieber tat, als etwas zu feiern, und was für einen besseren Grund gab es als ein Enkelkind?

»Nein, Mom. Darfst du nicht. Ich will es erst richtig sacken lassen. Okay? Man sagt doch, im ersten Trimester …«

»Stopp.« Millie schnitt ihrer Tochter das Wort ab. »Nichts wird diesem Baby passieren, hörst du? Nichts.«

10
CLAIRE

Heute

Claire schickte Abby eine kurze SMS, um zu fragen, ob sie einen Augenblick Zeit hatte.

Bring mir einen Cupcake mit und ich gehöre ganz dir. Komm nach hinten, hatte Abby geantwortet. Also traf Claire Abby bewaffnet mit einem Cupcake von der *Sweet Bites Bakery* an der Hintertür der Klinik. Sie schlenderten zu einem Picknicktisch auf dem Grasgelände hinter dem Gebäude.

»Du bist meine Heldin.« Abby setzte sich und strich mit dem Finger durch den Guss des Cupcakes. »Das ist so viel besser als der Schinken und Käse, die ich mir für mein Mittagessen eingepackt habe.«

»Halt mir nie wieder einen Vortrag über gesundes Essen«, sagte Claire lachend. Der Blick reiner Ekstase auf Abbys Gesicht ließ Claire fast wünschen, sie hätte sich selbst auch einen gekauft. Aber beim Gedanken daran, tatsächlich etwas zu essen, fühlte sich ihr Magen ein wenig flau an.

»Wo ist dein perfekter Mann?« Abby wischte sich die Krümel aus dem Mundwinkel, nachdem sie mehr als die Hälfte des Cupcakes bereits inhaliert hatte.

»Drüben im Buchladen. Und er ist nicht ›perfekt‹. Wie kommst du denn darauf?« Abby hatte in letzter Zeit einige solcher Kommentare über Josh gemacht, und das gefiel ihr nicht.

»Ich glaube nicht, dass ich euch zwei jemals habe streiten hören. Also richtig streiten – du weißt schon, brüllen und einander anschreien. Das ist nicht normal. Das weißt du doch, oder?«

»Ich wusste nicht, dass Brüllen und einander Anschreien zu den Anforderungen einer Ehe gehören.«

»Kein Grund, schnippisch zu werden. Ich habe nur eine Bemerkung gemacht.« Abby hielt zum Zeichen der Versöhnung die Hände hoch. »Tut mir leid, anscheinend habe ich da einen Nerv getroffen.«

»Es gibt da keinen Nerv.« Claire schüttelte den Kopf und sagte dann: »Es sei denn, zwischen dir und Derek ist irgendetwas, und du überträgst das auf mich. Was ist los?«

Abby drehte sich auf der Bank. Sie breitete die Arme auf dem Tisch aus und streckte ihre Beine darunter. »Mein Mann ist ein Arsch, das ist alles. Tut mir leid. Du hast recht. Josh ist toll und ich bin nur neidisch.«

Claire setzte sich neben sie. »Alle Männer sind ab und zu Ärsche.«

Abby schnaubte. »Gib mir ein Beispiel, wann Josh in der letzten Woche ein Arsch gewesen ist. Ich wette, das kannst du nicht.«

Claire dachte einen Augenblick darüber nach und stellte fest, dass Abby recht hatte. Das konnte sie nicht. Er mochte zwar manchmal anmaßend sein und etwas zu besorgt wegen ihrer Gesundheit, aber das war kein wirklich mieses Verhalten – das war nur Josh, wie er eben war.

»Du kannst es nicht, oder? Ich glaube, als du dich bei mir das letzte Mal richtig über ihn beschwert hast, habt ihr über einen Handlungsbogen in einem eurer Bücher gestritten.«

Claire zuckte zusammen. »Keine Ehe ist perfekt, Abby. Nicht einmal unsere.« Und doch hatte sie wirklich nichts, worüber sie sich beschweren konnte. Im Moment waren sie genau aufeinander eingestimmt und es war fantastisch. Josh war der perfekte Partner für sie. Schrien sie sich häufig an oder stritten sie? Nein. Aber sie hatten auch Meinungsverschiedenheiten und manchmal wurde hitzig debattiert.

»Manchmal frage ich mich …« Abby lächelte traurig. »Ich sehe dich und Josh an und wünschte, ich würde eine Ehe wie eure führen. Mit jemandem, der ein Partner ist, ein echter Partner. Derek und ich scheinen in letzter Zeit nur noch zu streiten, und das wegen dummer Sachen. Ich habe es einfach … satt, weißt du?« Sie schüttelte den Kopf und warf Claire dann ein erzwungenes Lächeln zu.

»Was ist denn los? Also wirklich?«, hakte Claire nach. Das war nicht das erste Mal, dass ihre Freundin auf tiefere Probleme in ihrer Ehe hindeutete.

»Niemand bereitet einen darauf vor, wie die Ehe ist. Nicht wirklich. Man hört nichts von den Kompromissen, die man eingehen muss, oder den Dingen, mit denen man sich befassen muss. Manchmal«, sagte Abby seufzend, »manchmal frage ich mich, ob es als Single nicht einfacher wäre.«

»Das glaubst du doch nicht wirklich.«

»Wie gesagt, nicht jeder hat die Art Beziehung wie du und Josh. Ich wiederhole mich nur ungern, aber …« Abby legte den Kopf in den Nacken und starrte nach oben in den Himmel. »Ich hab dich lieb, Claire, wirklich. Aber manchmal hasse ich dich dafür, wie leicht die Dinge für dich sind.«

»Du machst doch wohl Witze.«

»Ich meine es ernst. Ich weiß, ich weiß. Du hattest deine eigenen Sorgen. Aber sieh dich doch jetzt an! Du hast eine gut laufende Arbeit, die du liebst, einen Mann, der alles für dich tun würde, und jetzt bekommst du auch noch das Baby, von dem du immer geträumt hast.«

Claire unterdrückte ein Schnauben und runzelte stattdessen die Stirn. »Du hast also nicht die Arbeit, die du liebst? Du hast keinen Mann, der dich liebt? Du folgst nicht deinen Träumen? Komm schon, Abby. Was ist denn wirklich los?«

»Ich weiß es nicht. Vielleicht suche ich nach etwas, das nicht da ist. Irgendetwas … scheint einfach nicht richtig zu sein, weißt du?« Abby drehte sich auf der Bank seitwärts und stützte ihre Ellbogen auf die Knie.

»Vielleicht solltet ihr wieder zu diesem Eheberater gehen. Das hat beim letzten Mal doch geholfen, oder?« Claire massierte sich den Hinterkopf, knetete die Muskelstränge.

»Bekommst du da immer deine Kopfschmerzen?«

»Josh meint, es könnte mir helfen, zur Massage zu gehen.« Claire rollte langsam den Nacken und dehnte ihn, um etwas von der Anspannung zu lösen.

»Möglich. Dieser Mann liebt dich – es ist so offensichtlich.«

»Derek liebt dich auch, Abigail. Ich glaube, ihr macht nur gerade eine etwas holprige Phase durch. Die haben wir doch alle ab und zu.« Claire wusste wirklich nicht, was sie sagen sollte. Es war zwar nicht das erste Mal, dass Abigail Probleme mit Derek erwähnte, aber sie hatte nie herausbekommen können, was hinter den vagen Beschwerden ihrer Freundin steckte.

»Wir kommen schon zurecht. Es ist halt, wie es ist.« Sie sah auf die Uhr. »Ich muss wieder rein. Danke für den Cupcake. Genau das hatte ich gebraucht.«

»Wie wär's, wenn du und Derek demnächst zu einem Grillabend zu uns kommt?«, fragte Claire, während sie sich leicht über den Bauch rieb. »Wir können feiern, dass ihr die Paten unseres Babys werdet.« Sie ließ die Neuigkeit sacken und wartete auf Abbys Reaktion.

»Klar. Das können wir machen.« Sie drehte sich um, um zu gehen. »Warte mal – hast du gerade das gesagt, was ich glaube, gehört zu haben?«

Claire grinste und nickte, zu aufgeregt, um zu antworten.

Abby eilte mit ausgestreckten Armen auf sie zu, um sie zu umarmen. »Paten? Wirklich?« Die Freude in ihrer Stimme war so offensichtlich, dass es klar war, wie viel ihr das bedeutete.

»Ich könnte mir keinen anderen Menschen vorstellen, den ich lieber im Leben meines Kindes hätte als dich. Derek ist einfach Teil des Pakets.« Claire fühlte, wie sich ihr Herz mit Freude füllte, und sie strahlte.

»Damit hast du mir den Tag versüßt. Den Monat. Das Jahr. O Gott, Claire. Ja. Ja, natürlich, ich werde am Leben deines Kindes teilhaben.« Abby quietschte vor Freude und hüpfte auf und ab.

»Gut. Für mich war das auch gar keine Frage.« Claire versuchte zu lächeln, zuckte aber stattdessen zusammen. Sie hielt den Kopf still, während sich der Schmerz verstärkte, schloss die Augen und zwang sich, den Schmerz zu ignorieren, durch ihn hindurchzuatmen.

»Komm einen Augenblick mit rein. Ich habe etwas, das dir hilft, den Schmerz loszuwerden«, sagte Abby.

Claire zog eine Grimasse. Sie war nicht sicher, dass irgendetwas helfen würde, diesen Schmerz loszuwerden.

11
JOSH

Heute

Zum wiederholten Male sah Josh hoch zum Schlafzimmerfenster und runzelte die Stirn. Er hatte das Fenster offen gelassen in der Hoffnung, dass der Klang des Rasenmähers Claire aufwecken würde, aber bisher nichts. Normalerweise kam sie nach ihrem Nickerchen zu ihm, wo er auch gerade war, um ihn zu umarmen. Das konnte also nur bedeuten, dass sie noch nicht aufgewacht war, und das war seltsam.

Er hatte den Rasen gemäht, den Garten aufgeräumt und beschloss jetzt, Derek anzurufen.

»Kommt doch für ein frühes Abendessen rüber. Ich hole die Steaks raus. Du bringst das Bier mit«, sagte Josh, als Derek ans Telefon ging.

»Abgemacht. Ich dachte, wir kommen sowieso rüber. Die Mädels hatten das schon ausgemacht, bevor du nach Toronto gefahren bist.«

Interessant. Claire hat wohl vergessen, das zu erwähnen.

»Gut zu wissen. Nun denn … komm trotzdem früh und bring deine wunderschöne Frau mit.«

»Als würde ich allein kommen.« Derek lachte. »Ist alles okay mit Claire? Gib mir schon mal eine Vorabinfo, Mann; du weißt ja, Abby wird wissen wollen, wie Claire sich fühlt.«

Josh goss sich frischen Kaffee in seine Tasse und nahm einen Schluck.

»Ich bin mir nicht sicher. Sie schläft wieder. Es ist schlimmer geworden, seit wir von unserem Besuch bei Sami zurückgekommen sind. Ständige Kopfschmerzen, stärkere Erschöpfung.« Er rieb sich das Gesicht. »Ich musste sie heute die Treppe heruntertragen, weil sie so müde war, dass sie nicht gehen konnte.« Er hasste es, sie so schwach zu sehen. Er wollte ihr helfen, sie beschützen.

»Das kann doch nicht gut sein. Ich werde Abby darauf ansprechen. Wir sehen uns dann am späten Nachmittag. Ich bringe das Bier mit. Abby den Wein. Versuch aber diesmal, die Steaks nicht wieder anbrennen zu lassen.«

»Oh, autsch.« Josh schüttelte den Kopf bei der Erinnerung an ihren letzten Grillabend. »Hey, zumindest muhen meine Steaks nicht mehr, wenn ich sie gebraten habe.« Nachdem er diese letzte Spitze gesetzt hatte, legte er auf. Er kicherte noch immer vor sich hin, als er wieder in den Garten ging, in dem er vorhin gearbeitet hatte.

Er hatte die Reise nach Europa genossen, aber seinen Garten vermisst. Er saß gern auf der Terrasse, um zu arbeiten. Claire hingegen arbeitete lieber oben an ihren Illustrationen und sah dabei durch das große Erkerfenster in ihren Garten, wo die Beete dank der sorgfältigen Pflege von Claires Mutter gediehen und sogar Rehe gern mal am langen süßen Gras an ihrem hinteren Zaun knabberten.

Claire hatte Zeichnungen von diesen Rehen überall auf ihrem Schreibtisch liegen.

Er nahm die letzte Seite, an der er gearbeitet hatte, in die Hand und dachte über Claires Anmerkungen dazu nach … etwas, was mit den Narzissen zu tun hatte. Er hatte Probleme mit der Szene gehabt und Claire deshalb gebeten, sie durchzulesen.

Jack war in Brügge in Belgien, nicht in Holland, wo die Tulpenfelder blühten. Vielleicht war das sein Problem.

Josh sah noch einmal seine Notizen und Claires Hühnerskizzen an den Rändern durch und las ihre Ideen erneut. Chocolaterien, Wasserkanäle, Klosterböden übersät von Blumen. An einem Tag hatte sie einen Hund eine enge Straße entlanghumpeln sehen. In den Notizen hatte sie die Worte *verletzter Hund* geschrieben und dreimal unterstrichen.

In Joshs Kopf spielte sich eine Szene ab: Jack, ihr kleiner Junge mit der hyperaktiven Vorstellungskraft, ließ auf dem überfüllten Platz die Hand seiner Mutter los, um einem Hund zu folgen, den er die Straße entlanghumpeln gesehen hatte. Er konnte Jacks Mutter seufzen hören, als sie versuchte, ihrem Sohn zu folgen. Sie wollte ihn nie zurückhalten, machte seine Abenteuer immer mit und passte auf, dass ihm nichts passierte.

Allerdings hatte er eine ähnliche Szene bereits für Paris geplant. Er brauchte für Brügge etwas anderes.

Ihr Ziel mit den Geschichten war, Kinder dazu anzuregen, ihre Welt zu erforschen, zu erkunden, ihre Fantasie zu nutzen. Claire war diejenige, die darauf bestanden hatte, dass Jacks Mutter immer im Hintergrund war, um über ihren Sohn zu wachen. Denn welche Mutter würde schon ihr Kind in einem fremden Land allein umherstrolchen lassen?

Er drehte die Seite mit den Notizen um und sah noch etwas, das seine Frau gekritzelt hatte. *Chocolaterien = meine Szene.*

Es kam nicht oft vor, dass Claire ihre eigenen Szenen in den Geschichten forderte. Normalerweise überließ sie alles ihm und machte Vorschläge, wenn ihr während des Durchlesens etwas einfiel, konzentrierte sich aber ansonsten auf die Illustrationen. Wenn sie also ab und zu um ihre eigenen Szenen bat, gab er normalerweise nach.

Vielleicht würde er stattdessen an der Geschichte in London arbeiten. Es gab da noch ein paar Szenen, die er ausarbeiten konnte, und er wusste, dass Claire mit den Zeichnungen fast fertig war. Wenn alles gut lief, konnten sie diese Geschichte zum Monatsende einreichen.

Er öffnete den Ordner und blätterte zum Abschnitt für London. Er zog es vor, alles erst handschriftlich darzulegen, bevor er es in den Computer eintippte. So fühlte er sich stärker mit der Geschichte verbunden. Er fand einen Abschnitt, an dem er arbeiten wollte, und ließ die Geschichte wie einen Film in seinem Kopf ablaufen. Dann begann er zu schreiben.

Da standen komische Männer, alle in rote Kostüme gekleidet, die den Touristen am Tower of London Geschichten erzählten. Jacks Mom versuchte, ihn in Richtung einer großen Gruppe zu ziehen, um die Geschichte zu hören, aber er wollte lieber auf Entdeckungstour gehen.

Entdecken war Jacks Spezialität. Seine Gabe. Dafür war er geschaffen.

Während seine Mom einem der komischen Männer zuhörte, der eine Geschichte über einen König erzählte, sah sich Jack um. Auf einer Seite war ein grüner Park, mitten in einem Hof. An dem grünen Gras war er nicht interessiert. Nein, Gras fand man ja überall.

Was er interessant fand, waren die großen schwarzen Krähen, die im Gras herumliefen, als würde dieser Platz ihnen gehören.

Jack entfernte sich langsam von seiner Mom und bemühte sich, leise zu sein, während er sich den Krähen näherte. Warum flogen sie nicht davon? Wie wäre es wohl, eine Krähe zu sein, in einem Palast, und von Leuten wie ihm angestarrt zu werden?

Josh wusste, dass diese Szene noch flach war und weiter ausgearbeitet werden musste … aber er konnte nur an Claire denken.

Er dachte zurück an den Tag, an dem sie den Tower of London besucht hatten. Es war bewölkt gewesen und das Gelände recht leer. Beefeater, die Wachen in den roten Uniformen, liefen umher und führten die Touren. Claire und Josh bewunderten die Historie des Ortes und die witzigen Geschichten, die die Beefeater von vergangenen Königen und Gästen erzählten.

Das Gelände war voll von Bronzestatuen von Tieren, Erinnerungen an den Zoo, den es einst allein für den König im Inneren gegeben hatte.

Aber die lebendigen Krähen waren es, die Joshs Aufmerksamkeit erregt hatten. Es waren keine normalen Krähen, wie es sie hier bei ihnen zu Hause gab. Diese Krähen waren groß und frech, sie kamen direkt auf die Leute zu, als würden sie wissen wollen, was die hier zu suchen hatten. Eine war Claire gefolgt und hatte sogar versucht, nach einem Faden an ihrem Tuch zu schnappen, bis eine Wache kam und sich zwischen Claire und den Vogel stellte.

Es gab eine alte Legende: Wenn die Krähen vom Tower von London verschwanden, würde London seinen Feinden zum Opfer fallen. Und daher hielten sie diese Krähen auf dem Gelände, mit gestutzten Flügeln, um sicherzustellen, dass sich diese Prophezeiung niemals erfüllte. Irgendwie wollte er das in Jacks Abenteuer in London einbauen.

* * *

»Okay, wo ist unser Faulpelz?«, rief Derek, als Josh ihm die Tür öffnete. Abby folgte dicht hinter ihm, beladen mit Einkaufstüten.

»Sie ist draußen in der Hängematte. Ich dachte, ihr bringt nur das Bier mit.« Josh nahm Abby die Tüten ab und ging voraus in die Küche.

»Josh, wir alle wissen, du brätst tolle Steaks, aber was den Rest der Mahlzeit angeht …« Abby hielt sich die Hand vor den Mund und tat, als würde sie sich davon abhalten müssen, weiterzureden. »Da Claire so müde ist, dachte ich, wenn wir auch noch etwas anderes als Fleisch essen wollen, sollte ich mich wohl lieber selbst darum kümmern.«

»Hey!«, protestierte Josh in gespieltem Ärger. »Ich habe Mais gekauft, dass du's nur weißt. Und der liegt schon im Topf und wartet darauf, gekocht zu werden.«

Er sah zu, wie Abby die Einkaufstüten auspackte, und ihm lief das Wasser im Mund zusammen, als er sah, wie selbst gemachter Kartoffelsalat und Gemüsespieße zum Vorschein kamen.

»Aber einem geschenkten Gaul schaut man ja nicht ins Maul«, gab er nach.

Derek stellte den mitgebrachten Kasten Bier auf dem Tresen ab. Was überflüssig war, da Josh noch immer die Hälfte Bier von ihrem letzten Grillabend übrig hatte. Keiner der beiden Männer war ein starker Trinker – sie tranken ein oder zwei Bier zum Essen und das war's.

»Wie wär's, wenn ich die unserer Kollektion hinzufüge?« Josh grinste, als er die Kühlschranktür öffnete und auf das unterste Regal zeigte, in dem sich bereits mindestens zwölf Flaschen befanden.

»Wenn wir so weitermachen, können wir bald wieder ein riesiges Nachbarschaftsfest schmeißen und werden mit dem ganzen Gratisalkohol die Helden des Abends.« Derek rieb sich den Nacken und gab Josh dann einen Knuff gegen den Arm.

Sobald Abby die Küche verlassen hatte, um nach Claire zu sehen, drehte sich Josh mit ernstem Blick zu Derek um.

»Ich mache mir wirklich Sorgen, Mann.« Er zog die Schultern nach hinten und ließ die Rippen knacken. »Sie kann kaum wach bleiben, und es wird jeden Tag schlimmer.«

Derek zog einen Stuhl unter dem Tisch hervor und setzte sich rittlings darauf. »Hey, sie ist schwanger.«

»Ich glaube allerdings, dass da noch mehr dahintersteckt.« Josh runzelte die Stirn, während er nach draußen sah und zuschaute, wie Abby seine Frau aufweckte.

Sie war bereits so zerbrechlich. Und diese Schwangerschaft verstärkte das noch.

Derek schlug mit der Faust gegen den Stuhl. »Ich würde mir nicht so viele Sorgen machen. Außerdem kümmert sich meine Frau um sie. Sie ist in guten Händen. Und jetzt … ich lechze schon den ganzen Tag nach einem Steak.«

Josh knüllte eine Serviette von der Küchentheke zusammen und warf sie auf seinen Freund. »Wisch dir die Spucke ab, Kumpel. Die müssen noch eine halbe Stunde in der Marinade durchziehen.«

Derek erhob sich vom Stuhl und trat zur Theke, auf der Josh eine abgedeckte Schüssel abgestellt hatte, die er aus dem Kühlschrank geholt hatte. Derek beugte sich vor und legte seine Hand auf den Deckel.

Josh schlug ihm auf die Hand. »Pfoten weg. Störe nicht diese Perfektion.«

»Na schön, na schön.« Derek trat zurück. »Hey, übrigens, ich glaube, es fehlen ein paar Quittungen von eurer Reise. Von April fehlen zwei ganze Wochen.«

Josh nahm sein Handy in die Hand und scrollte durch den Kalender. »Da waren wir in Venedig und sind dann nach Rom gereist.« Während ihrer gesamten Reise hatte Josh all ihre Quittungen ordentlich in einem Aktenordner gesammelt. Die Quittungen müssten für Derek, der ihr Buchhalter war, eigentlich alle darin sein. »Bist du sicher?«

»Hey, ich habe für keinen dieser beiden Orte etwas gefunden.« Er hielt die Hand hoch und zählte an seinen Fingern ab. »Ich habe Istanbul, Brügge, London, Paris, eure Kreuzfahrt und …« Er runzelte die Stirn. Schließlich sagte er: »Und einen anderen Ort. Aber kein Rom und kein Venedig.«

»Ich sehe in meiner Computertasche nach, ob sie da sind, und geb dir dann Bescheid.«

»Sehr gut.« Derek nickte. »Nur zur Info, ihr seid bereits ohne diese beiden Städte über dem Budget.«

Josh nickte und starrte aus dem Fenster. »Es ist ziemlich schwer, Nein zu Claire zu sagen, weißt du? Sie brauchte mehr Zeit, und ich wollte sie nicht dazu zwingen, nach Hause zu kommen.«

Derek griff Josh am Arm. »Ich weiß. Es ist ja nicht so, als könntet ihr es euch nicht leisten, und ich verstehe das. Wenn Abby … ich hätte auch nicht Nein gesagt.« Derek lehnte sich gegen die Theke. »Wie geht's eigentlich Jack?«

Josh lächelte. Es bedeutete ihm viel, dass seine Freunde über seinen fiktionalen Charakter sprachen, als wäre er ein echter Junge.

»Jack geht's gut. Er erlebt mindestens sechs weitere Geschichten und ich habe vielleicht eine Möglichkeit gefunden, ihn nach Australien zu bringen.« Bei dem Gedanken daran leuchteten seine Augen. Er hatte es vor ein paar Tagen ihrer Redakteurin Julia gegenüber erwähnt, und sie war offen dafür gewesen.

»Schön für dich, Dude!« Derek zwang einen übertriebenen australischen Akzent in seine Stimme. »Abby und ich kommen auf jeden Fall mit, wenn ihr fahrt.«

Sie hatten schon in den letzten Jahren darüber geredet, gemeinsam nach Down Under zu verreisen, aber das Timing hatte einfach nie gestimmt.

»Ich denke über eine Kreuzfahrt nach. Günstiger als ein Flug und viel unterhaltsamer«, schlug Josh vor. Er war so aufgeregt wegen der Reise gewesen, dass er bereits die Kosten für einen Flug mit einer weiteren Kreuzfahrt verglichen hatte. Natürlich waren mit der Nachricht von Claires Schwangerschaft sämtliche Gedanken an eine weitere Reise wie weggewischt gewesen.

Er hatte Spaß an der Kreuzfahrt mit Claire gehabt. Sie hatten zwar auch etwas gearbeitet, aber hauptsächlich entspannt, und ein paar Tage lang hatte Josh bei seiner Frau einen Unterschied gesehen. Ein Leuchten in ihrem Gesicht, ein entspannterer Gang, weniger Anspannung in den Schultern. Er zweifelte nicht daran, dass er sie zu einer weiteren Kreuzfahrt überreden könnte. Aber wie wäre es wohl mit einem Baby? Könnte das trotzdem entspannend werden? Würde Claire vielleicht vorschlagen, ein paar Jahre zu warten?

»Erde an Josh: Bei dir ist ein Baby unterwegs. Glaubst du wirklich, dass jetzt die Zeit ist, deinen nächsten Urlaub zu planen? Mann, sogar ich weiß, dass das kein cleverer Zug ist. Es sei denn … wir tun es, bevor der kleine Racker kommt.«

»Zumindest könnten wir darüber nachdenken. Fragen wir mal die Mädels, was sie davon halten. Wer weiß, vielleicht haben sie es längst geplant und wir sind diejenigen, die auf den aktuellen Stand gebracht werden müssen.« Josh starrte wieder aus dem Fenster und sah, wie Abby versuchte, Claire aus der Hängematte zu helfen. Selbst aus dieser Entfernung konnte er erkennen, dass sie blass war. Blasser als noch vor einer Stunde.

12
CLAIRE

Heute

»Claire, Schatz, du musst aufwachen.«

Das Gewicht, das auf ihre Augenlider drückte, löste sich nicht.

»Ich kann nicht.« Ihre Stimme klang wie durch einen Nebel, schwer und dick.

»Natürlich kannst du. Öffne einfach die Augen.«

Claire fühlte die sanfte Berührung von Abbys Hand auf ihrer Stirn und dann eine Hand auf ihrer Schulter. Sie gab ihr Möglichstes, um der Bitte ihrer besten Freundin zu entsprechen. Abby und Derek waren zum Abendessen hier und sie musste aufstehen. Josh hatte versprochen, sie rechtzeitig zu wecken.

»Tut mir leid«, murmelte Claire, war sich aber nicht sicher, ob sie sich dafür entschuldigte, nicht aufwachen zu können, oder noch geschlafen zu haben, als Abby kam.

Es spielte vermutlich keine Rolle.

»Wirklich? Ich dachte, wir hätten uns das schon vor Jahren abgewöhnt«, beschwerte sich Abby, griff nach Claires beiden Händen und versuchte, sie in eine sitzende Position zu ziehen.

Claire versuchte mitzuhelfen, so gut sie konnte, aber ihr Körper war zu Blei geworden und sie konnte sich keinen Zentimeter bewegen.

»Wow, du hast nicht übertrieben, als du gesagt hast, du wärst lethargisch, hm?« Sie hörte Abby tief seufzen, dann ließ sie ihre Hände los.

»Sie ist stur, oder?« Die Stimme ihres Mannes erklang aus der Nähe, und trotz des neckenden Tonfalls hörte sie die Sorge darunter.

»Hätte ich gewusst, dass das eine Pyjamaparty wird, hätte ich den neuen Schlafanzug angezogen, den Derek mir gekauft hat, während ihr auf Reisen wart. Würde dir gefallen, Claire. Wonder-Woman-Hose und Tanktop.«

»Jetzt braucht sie nur noch dieses goldene Lasso und ich bin im siebten Himmel«, rief Derek.

»Jetzt reicht's aber«, schalt Abby ihn.

»Ich habe eine frische Kanne Kaffee gemacht. Ich glaube, den solltest du trinken. Den gesamten.« Josh küsste sie auf die Stirn und hob sie dann aus der Hängematte.

»Claire, hast du die Schwangerschaftsvitamine genommen, die ich dir verschrieben habe?«, fragte Abby, nachdem Josh sie auf der Liege abgesetzt hatte. Er steckte einen wollenen Überwurf um ihre Füße fest, wohl wissend, dass ihre Zehen kalt waren, ohne dass sie es extra sagen musste.

»Das hat sie«, antwortete Josh für sie. »Ich achte darauf, dass sie sie jeden Morgen nimmt.«

Claire fing Abbys besorgten Blick auf und blickte Richtung Garten.

»Claire?«

Claire zuckte mit den Achseln. »Mir wird davon übel.«

Abby rang die Hände.

»Du musst schon mitmachen, Claire. Eine Tablette, dreimal am Tag zu den Mahlzeiten.« Verärgert schüttelte sie den Kopf. »Wie viele Mahlzeiten nimmt sie zu sich, Josh?«

»Ich bin direkt hier, okay? Ich kann für mich selbst sprechen.« Claire wusste, dass ihre Stimme schwach war, aber sie hasste es, wie ein Kind behandelt zu werden, selbst wenn sie es verdiente.

»Nun denn?«, fragte Abby, die Arme vor der Brust verschränkt.

»Beruhige dich«, sagte Derek.

Abby drehte sich zu ihm und Claire konnte das Feuer in ihrem Blick sehen.

»Sieh sie doch an, Derek. Ich kann ihr nicht helfen, wenn sie sich nicht selbst hilft.« Sie drehte sich wieder zu Claire um und wartete einen Moment. Eine wütende Abby war niemals etwas Gutes.

»Nimm die Tabletten, Claire. Bitte.«

Claire nickte.

»Ist dir immer noch übel? Oder ist das vorbei?«

Claire zuckte mit den Achseln. »Wenn ich Ja sage, lässt du mich dann in Ruhe?«

»Nein.« Abby war streng. »Du musst trotzdem essen. Du musst dich jetzt noch um eine Person mehr kümmern. Deine wichtigste Aufgabe als Mutter ist es, alles zu tun, was du kannst, um diesem Baby einen gesunden Start zu ermöglichen, und das kannst du nicht, wenn du dich nicht um dich selbst kümmerst.« Sie funkelte Claire an. »Das bedeutet, dass du essen musst.« Ihre Stimme war streng, ihr Blick scharf, aber dann wurde er weicher. »Trinkst du zumindest die Proteinshakes, die ich dir vorbeigebracht habe?«

»Dir ist schon klar, dass die eklig sind, oder?« Es gab bisher nur eine Pulversorte, die sie wirklich mochte – mit Vanillearoma. Das trank sie jeden Morgen zum Frühstück … oder zumindest versuchte sie, es jeden Morgen zum Frühstück zu trinken.

»Und wenn sie nach Kreide schmecken würden, das ist mir egal. Du brauchst sie. Mal im Ernst, was glaubst du denn, wie dein Körper funktionieren soll, wenn du ihm nicht genug Treibstoff gibst? Nimm die Tabletten. Iss oder trink deine Kalorien. Du willst, dass es dir besser geht? Dann ist das mein medizinischer Rat.«

Claire sah Hilfe suchend zu Josh, aber der schüttelte den Kopf. Er war vermutlich froh, dass Abby den bösen Cop spielte und alles wiederholte, was Josh ihr schon seit Wochen sagte.

»Na gut.« Sie hätte ebenso gut mit einem Stein diskutieren können.

»Sehr schön.« Derek rieb sich die Hände. »Können wir jetzt bitte den Grill für diese Steaks anschmeißen?«

Wie immer gelang es Derek, die angespannte Stimmung zu durchbrechen. Abby entspannte sich erkennbar auf ihrem Stuhl. Claire streckte die Hand aus und berührte das Knie ihrer Freundin.

»Wie geht es dir?« Es war eine vielschichtige Frage, die unschuldig genug klang, aber da die Jungs gerade außer Hörweite waren, war es der geeignetste Moment, um zu fragen. »Es scheint nicht wirklich besser zu werden.«

Abby rollte mit den Augen. »Ruinieren wir den Tag nicht mit Gerede über meine Ehe, okay?«

»Okay.« Claire gähnte hinter vorgehaltener Hand. »Du wirkst angespannt. Was ist los?«

Abby seufzte. »Morgen ist der Jahrestag von Marks Tod.« Sie ließ sich nach vorne sacken und stützte die Ellbogen auf dem Gartentisch ab. »Es ist zwei Jahre her, aber es scheint noch immer nicht real zu sein. Manchmal, wenn das Telefon klingelt, denke ich, dass er am anderen Ende ist und mir gleich sagen wird, dass sein Einsatz vorbei und er auf dem Weg nach Hause ist.«

»Wie kommt deine Mom zurecht?«

Abby ließ den Kopf sinken und seufzte resigniert. »Wir wussten immer, dass es mit Mark im Militärdienst ein gewisses Risiko gab, aber meine Mom hat nie geglaubt, dass tatsächlich etwas passieren würde. Und sie hatte keine Gelegenheit, sich zu verabschieden.«

»Sie nicht, aber du schon«, sagte Claire sanft.

Abby nickte. »Ab und zu fragt sie mich über unseren letzten Skype-Chat aus, als könnte sie nicht leben, ohne diese letzte Nachricht an sie erneut zu hören. Mit jedem Mal, dass ich es wieder erzählen muss, bricht es mir erneut das Herz.«

»Sie sollte die Worte ausdrucken und einrahmen lassen. Dann kann deine Mom sie an die Wand hängen und muss nicht mehr jedes Mal anrufen, wenn gerade Sport läuft«, grummelte Derek, während er zurück ins Haus ging.

Claire hob eine Augenbraue. »Das ist vielleicht gar keine so schlechte Idee, Derek.« Ein plötzlicher Energieschub durchfuhr sie und sie setzte sich etwas aufrechter hin.

»Was meinst du damit?«

»Marks Nachricht an deine Mom ist kurz, aber innig. Ich kann etwas skizzieren, vielleicht eine Aquarellszene malen und einrahmen lassen. Es ist eine hübsche Idee.«

Abby schloss kurz die Augen, lächelte dann Claire an und beugte sich vor, um sie leicht verschämt zu umarmen.

»Das würdest du tun?«

»Natürlich.« Das würde sie sogar sehr gern tun. »Hat Mark ihr nicht auch einen Blumenstrauß zum Muttertag geschickt?«

Abby zuckte zusammen. Mark hatte eine Blumenlieferung arrangiert, nicht wissend, dass seine Mutter sie am selben Tag erhalten würde wie die Nachricht von seinem Tod. Und er hatte bereits für das folgende Jahr vorbestellt, da er dachte, er würde dann noch immer im Ausland sein.

Claire erinnerte sich, wie sehr es Liz getroffen hatte, als diese Blumen eintrafen.

»Falls du zufällig ein Foto von ihm hast, kannst du mir das schicken? Das benutze ich dann auch.« Eine Idee stieg vor ihrem inneren Auge auf, wie das Bild aussehen könnte. Es musste wunderschön und berührend sein – etwas, das Elizabeth den Rest ihres Lebens anschauen konnte, eine Möglichkeit für sie, so etwas wie Frieden in Bezug auf den Tod ihres Sohnes zu finden.

»Claire Turner, du bist ein erstaunlicher Mensch. Das weißt du, oder?« Derek hatte sich vorgebeugt und die freie Hand seiner Frau ergriffen.

Claire errötete, bevor sie den Blick erwiderte. Sie war nicht erstaunlich. Weit davon entfernt. Aber sie liebte Abby und ihre Mutter, und wenn ihre Gabe ihnen helfen konnte, war es das Mindeste, was sie tun konnte.

»Bereit für den Kaffee, Schatz?« Josh schloss sich ihnen auf der Terrasse an, in einer Hand die Kaffeekanne, in der anderen den Teller mit den Steaks.

»Claire, hast du schon mal darüber nachgedacht, auf koffeinfreien Kaffee umzusteigen?«, fragte Abby.

Claire beäugte die Tassen und schüttelte den Kopf.

»Die Menge, die ihr beide trinkt, ist nicht unbedingt das Beste für das Baby. Trink stattdessen mehr Tee.«

Derek sprang auf, um sich die Steaks zu schnappen. Er trug sie zum Grill und platzierte sie vorsichtig eins nach dem anderen auf dem heißen Rost.

»Ich habe das Vorrecht auf ein zweites Abendessen mit sämtlichen Steaks, die Claire heute Abend nicht isst«, rief er über seine Schulter.

»*Zweites* Abendessen? Gibt es das überhaupt?«, fragte Abby.

Derek zuckte mit den Achseln. »Wenn die Hobbits ein zweites Frühstück haben, dann bekomme ich ein zweites Abendessen.«

Josh goss frischen Kaffee in Claires Tasse, machte sie allerdings nur halb voll.

Claire rollte mit den Augen. »Kann ich bitte eine *ganze* Tasse haben, Josh?«

Mit einem leichten Zögern füllte er die Tasse auf. Dann ging er zu Derek und schubste ihn spielerisch vom Grill weg.

»Also erstens, die einzige Person, die das Steak meiner Frau isst, bin ich. Das steht in unserem Ehevertrag.« Er zwinkerte Claire zu. »Und zweitens, man vergreift sich nicht am Grill eines anderen Mannes. Das steht im Männercode, Paragraf drei, Abschnitt zwei.« Er zeigte mit dem Pfannenwender drohend auf Derek. »Mach hier keinen Ärger, sonst lass ich dein Steak anbrennen, Kumpel. Du weißt, dass ich dazu fähig bin.«

Derek schauderte und zog sich dann mit erhobenen Händen zurück. »Was immer du sagst, Mann. Was immer du sagst.«

Claire lachte. Ihre Freunde zum Essen einzuladen, war eine gute Idee gewesen. Sie war noch immer erschöpft, aber sie sah, dass es Josh half, die anderen hier zu haben. Die Sorge, die auf ihm gelastet hatte, begann sich zu lösen. Es lag nun eine Leichtigkeit in seiner Haltung und seinem Verhalten, als wäre er nicht länger allein mit der Bürde der Sorge, dem Gefühl, dass etwas mit ihr nicht stimmte.

Als könnte sie ihre Gedanken lesen, beugte sich Abby zu ihr vor.

»Ich erwarte, dass du so viel Steak isst, wie du kannst, das ist dir hoffentlich klar. Ärztliche Anweisung und so. Das Protein wird dir guttun.«

Claire hob ihren Arm in schwacher Nachahmung eines Saluts. »Jawohl, Ma'am. Was immer Sie sagen, Ma'am.«

»Und im Übrigen«, sagte Abby mit erhobener Stimme. »Ich erwarte dich gleich morgen früh in meinem Büro für ein paar weitere Bluttests.«

Josh drehte sich um und lächelte Abby kurz zu. »Sie wird da sein.«

Claire legte den Kopf in den Nacken und sah zum Himmel auf. »Ich hasse es, gestochen zu werden. Das weißt du doch.«

»Dann hättest du diese Tabletten nehmen sollen.« Für einen Augenblick klang Abbys Stimme leicht schadenfroh. »Nur ein paar kleine Stiche, versprochen. Du bist vermutlich nur anämisch. Im Übrigen hast du jetzt ein Baby in deiner Verantwortung, also mach dir wegen ein paar Nadeln nicht in die Hosen«, sagte Abby.

»Hosen … Das erinnert mich an etwas … Würdest du mit mir Schwangerschaftsklamotten einkaufen gehen? Ich hätte lieber dich dabei als meine Mutter.«

»Können wir bitte aufhören, übers Shoppen zu reden?«, beschwerte sich Josh.

13
MILLIE

Heute

Millie klingelte bei ihrer besten Freundin und ließ sich dann selbst ins Haus.

Liz stand in der Küche und schlang sich gerade eine Schürze um.

»Ich brauche deine Hilfe«, überfiel Millie sie unvermittelt.

»Hast du die Äpfel mitgebracht?« Liz sah Millies leere Hände und sie zog die Augenbrauen so hoch, wie nur Liz es konnte.

»Sieh mich nicht so an. Die sind im Auto. Glaube ich. Oder vielleicht habe ich sie auch am Marktstand vergessen.« Sie biss sich auf die Lippe. »Ich kann mich nicht mehr erinnern, aber das ist auch nicht wichtig. Ich brauche deine *Hilfe.*« Sie rang die Hände und konnte kaum glauben, wie sich ihr Magen anfühlte. Von wegen Schmetterlinge im Bauch, sie hatte da einen Schwarm Bienen, der sie überall mit Furcht und Zweifeln, aber auch Aufregung stach, alles gleichzeitig.

Was hatte sie getan?

»Wenn das nichts damit zu tun hat, mir dabei zu helfen, einen Apfelkuchen zu backen, kann es warten.« Liz' Lippen verzogen sich zu einer schmalen Linie.

»Jetzt komm mir nicht so, Elizabeth Dorn. Ich glaube, ich habe einen Fehler gemacht – den schlimmsten aller Zeiten. Und ich brauche wirklich deine Hilfe. Deine Äpfel können warten.«

»Millie …« Liz schüttelte den Kopf, sah auf die noch in Frischhaltefolie eingewickelte Teigkugel und seufzte.

Millie setzte sich an den Tisch und wartete, bis ihre Freundin den Teig wieder in den Kühlschrank gelegt und sich gesetzt hatte. Sie wippte nervös mit ihrem Knie.

»Claire wird mich umbringen«, stieß sie in dem Augenblick aus, in dem sich Liz hinsetzte.

Liz lehnte sich zurück. »Das bezweifle ich. Sie liebt dich.«

Millie schüttelte den Kopf. »Nein, ich meine es ernst.«

»Was hast du getan, Millie?«, seufzte Liz. »Hat das etwas damit zu tun, dass sie ein Baby bekommt?«

Millie biss sich auf die Lippe. »Ich sollte dir diese Äpfel holen.« Sie konnte nicht zugeben, was sie getan hatte, nicht einmal vor ihrer besten Freundin. Sie wusste, dass es ein Fehler gewesen war. Sie brauchte nicht noch Liz' Stirnrunzeln, um es bestätigt zu bekommen.

»Ja, du wirst mir meine Äpfel holen. Aber erst, wenn du ausgespuckt hast, was du zu sagen hast.«

Millie rieb sich das Gesicht, ließ den Kopf in die Hände sinken und saß still da. »Ich habe Kontakt zu Marie aufgenommen.« Sie schloss ihre Augen bei diesem Geständnis. Schweigen erfüllte das Zimmer.

Marie war die Frau, die Claires Baby vor sechzehn Jahren adoptiert hatte. Ohne Claires Wissen waren Marie und Millie in den ersten Jahren in Kontakt geblieben. Millie hatte einen Umschlag voll mit Fotos ihres Enkels, versteckt in einer Schublade.

Vor Jahren hatte sie Liz versprochen, den Kontakt zu Marie zu beenden. Ihr war klar, eine Beziehung zu Marie aufrechtzuerhalten war nicht das Risiko wert, ihre Tochter zu verlieren.

Schließlich öffnete Millie die Augen und sah, wie ihre Freundin sie entnervt ansah.

»Eine dumme Aktion, oder?«, sagte Millie.

»Das kann man wohl sagen.« Liz stand kopfschüttelnd auf.

»Wir reden darüber, wie du auf die idiotische Idee gekommen bist, dass das auch nur ansatzweise akzeptabel wäre, wenn du meine Äpfel geholt hast.« Liz griff nach Millies Hand, zog sie hoch und führte sie zur Tür.

»Ich bin mir sicher, dass ich sie im Auto habe.« Sie erinnerte sich wieder daran, sie heute Morgen gekauft zu haben.

»Nein, hast du nicht. Du hast sie bei David gelassen. Er hat angerufen, um zu fragen, ob er sie vorbeibringen soll.«

Millie errötete. »Ich hab sie also bei ihm gelassen?«

»Ich glaube ja, das hast du mit Absicht getan.« Liz runzelte die Stirn. »Flirte aber nicht zu viel, ja? Denk dran, dass ich hier auf dich warte.«

Millie versteifte sich und reckte die Schultern in dem Versuch, all die anderen Emotionen zu ignorieren, die sie im Augenblick durchfluteten. »Ich flirte nicht.« Mit ernstem Blick ging sie an ihrer Freundin vorbei. Aber sobald sie bei ihrem Auto war, sah sie zurück und lächelte. »Na ja, vielleicht ein bisschen.« Sie musste ein Lächeln auf dem Gesicht ihrer Freundin sehen, um zu wissen, dass sie zwar einen wirklich dummen Fehler begangen hatte, dieser aber zu vergeben war.

»Dann halte dich vielleicht einfach nicht mehr so zurück. Und jetzt Beeilung.«

Halte dich nicht zurück? Dieser kleine Flirt zwischen ihr und David lief schon seit Jahren. Sie mochte den Mann, mochte die Aufmerksamkeit, die er ihr schenkte, und die Art, wie ihr Herz ein kleines bisschen schneller schlug, aber sie brauchte ihn nicht in ihrem Leben. Sie genoss ihre Unabhängigkeit, das Gefühl, dass sie frei war zu tun, was sie wollte, wann sie wollte und mit wem sie wollte.

Als ihr Mann vor zehn Jahren gestorben war, hatte sie sich selbst versprochen, dass sie nie wieder einen Mann brauchen würde. Sie war nicht die Art Frau, die kontrolliert werden wollte oder die jemanden brauchte, der sie umhegte und umsorgte. Nicht mehr. Nicht noch einmal. Sie wollte nur geliebt werden. Aber sie glaubte nicht, dass dies viele Männer in ihrem Alter verstanden.

Besonders nicht David. Er deutete ständig an, dass er sich um sie kümmern könnte, wenn sie ihn nur lassen würde. Wann würde ihm klarwerden, dass sie das weder wollte noch brauchte? Sie war kein Mädchen, das gerettet werden musste. Sie liebte das Leben, liebte es, das Leben in vollen Zügen zu genießen. Und sie hätte lieber einen Mann an ihrer Seite, der das zu schätzen wusste, als jemanden, der versuchen würde, es zu unterdrücken.

Nein. Flirten war schön und gut, aber weiter sollte es nicht gehen.

Selbst wenn sein Anblick, wie er an seinem Pick-up auf sie wartete, ihr Herz zum Tanzen brachte.

Sie hielt neben ihm und stieg aus dem Auto. »Hat Liz angerufen?«

»Hat sie. Und sie hat mich gewarnt, dass es Konsequenzen gäbe, wenn ich dich nicht sofort wieder losschicke, nachdem ich dir die Äpfel gegeben habe, die du vergessen hast.« Er stand gegen seinen Truck gelehnt da.

»Du kennst ja Liz und ihre Kuchen.« Millie rollte mit den Augen.

David stellte sich aufrecht hin und nahm die Tüte mit Äpfeln, die auf der Ladeklappe lag. »Tue ich in der Tat. Sie hat mir auch einen Apfelkuchen versprochen.«

Millie öffnete ihren Kofferraum und sah, wie die Muskeln in seinem Arm arbeiteten, als er die zwei schweren Tüten mit einer Hand trug. Für einen Mann in seinem Alter war er wahrhaftig gut in Schuss.

»Danke, dass du auf mich gewartet hast.« Millie lächelte zu ihm hoch.

Er musterte sie und hielt dabei eine Hand vor seine Augen, um sie vor der Sonne zu schützen, wie er es immer tat. »Warum bist du so angespannt?«

Es überraschte sie, dass ihm das aufgefallen war. »Hast du jemals etwas getan, das du nicht bereuen willst, obwohl du es eigentlich tun solltest?«

In seinen Augen lag ein Blick, als könnte er in ihre Seele sehen. Er beugte sich vor und hielt seinen Mund nahe an ihr Ohr.

»Ständig. Besonders, wenn es um dich geht.«

Millie errötete. »Also, David Jefferies, jetzt ist es aber genug.«

»Du hast entweder etwas getan, von dem du weißt, dass du es nicht hättest tun sollen, oder du bist dabei, etwas zu tun, obwohl du weißt, dass es besser wäre, es bleiben zu lassen.«

Sie runzelte die Stirn.

»Ich habe gehört, du wirst Großmutter. Oder sollte ich *Oma* sagen?«, sagte er beiläufig.

Sie strahlte. »Ist das nicht toll? Aber wo hast du das gehört? Sie wollten es eigentlich noch geheim halten. Oh, da fällt mir ein – welche Art von Tee empfiehlst du gegen Kopfschmerzen? Claire hat es ziemlich schlimm erwischt.«

»Pfefferminztee. Der hilft auch gegen die Übelkeit. Ingwer ist auch gut. Mein Lieblingstee allerdings ist Helmkraut. Mal sehen, ob ich noch etwas davon habe. Falls nicht, bestelle ich es. Und … wie ich es herausgefunden habe, spielt keine Rolle. Ich verspreche, es mit keinem Sterbenswörtchen zu verraten, aber das kostet dich etwas.« Er stupste sie mit dem Ellbogen an, und obwohl er versuchte, ernst dreinzuschauen, zuckten seine Mundwinkel.

Sie rollte mit den Augen. »Was denn diesmal? Mehr von meinen Haferflocken-Schoko-Keksen?«

Er schüttelte den Kopf und verschränkte die Arme hinter dem Rücken. Er senkte die Stimme und sprach in einem Tonfall, den sie schon länger nicht mehr gehört hatte.

»Abendessen mit mir. Heute Abend.«

»Heute Abend?« Er hatte sie noch nie um ein richtiges Date gebeten. Klar, sie hatten mal zusammen einen Kaffee getrunken, wenn sie sich zufällig in der Stadt begegneten, aber das hier war mehr.

Sie atmete tief durch. »David Jefferies, weißt du nicht, dass du einer Frau Zeit für Vorbereitungen geben solltest, wenn du sie zu einem Date einlädst?«

»Du hast doch Zeit. Ich fände es schön, wenn du dieses hübsche schwarze Oberteil mit den rosa Blumen am Saum tragen würdest, und die Jeans, die du gerade anhast, sind völlig in Ordnung.« Sein Blick glitt ihren Körper nach unten, und für einen Augenblick fühlte sie sich wieder wie ein Teenager.

Bis ihr klar wurde, was er gerade getan hatte.

Er hatte ihr gesagt, was sie anziehen sollte. Kontrollierend. Wie jeder andere Mann in ihrem Leben. Das enttäuschte sie. Sie hatte gehofft, er wäre anders.

So funktionierte das bei ihr nicht, und es wurde Zeit, dass ihm das klar wurde.

»Tut mir leid, David. Heute Abend bin ich schon verplant. Wie wär's, wenn ich dir stattdessen einen Käsekuchen backe? Ich bringe ihn in ein paar Tagen vorbei.« Sie schloss den Kofferraum, und bevor er noch ein Wort sagen konnte, setzte sie sich hinters Steuer, schloss die Tür und fuhr los.

Ein Blick in ihren Rückspiegel zeigte ihr, dass sie ihn schockiert hatte. Er hatte sich nicht bewegt, nur die Arme vor der Brust verschränkt.

Sie hatte erwartet, dass er wütend war, aber das Lächeln in seinem Gesicht zeigte ihr das Gegenteil.

* * *

»Du hast was?« Liz stand der Mund weit offen.

Millie stellte die Äpfel in die Spüle. »Mach den Mund wieder zu und tu nicht so überrascht.« Sie rollte mit den Augen, aber lächelte innerlich. Nach all diesen Jahren fühlte es sich gut an, Nein zu sagen.

Selbst wenn sie eigentlich hatte Ja sagen wollen.

»Du bist kein Teenager mehr, Millie Jack, also hör auf, dich wie einer zu verhalten. Ganz zu schweigen davon, dass du genug mit dem Mann geflirtet hast … warum willst du nicht mit ihm ausgehen?«

Millie drehte sich um und stemmte eine Hand in die Hüfte. »Weil er mir gesagt hat, was ich anziehen soll.«

Diesmal war es Liz, die mit den Augen rollte, was Millie nicht angemessen fand.

»Und was, um Gottes willen, hat der arme Mann dich gebeten anzuziehen?« Liz drehte den Wasserhahn auf, um die Äpfel zu waschen.

»Das hübsche schwarze Oberteil mit den bestickten Blumen, das ich vor ein paar Monaten in Bayfield gekauft habe.« Es war eine hübsche Bluse, in der sich Millie mindestens zehn Jahre jünger fühlte, was in ihrem Alter eine Menge bedeutete.

»Was ist falsch daran, das zu tragen? Dem Mann gefällst du ganz offensichtlich darin.«

»Dem Mann« – Millie warf ihrer Freundin einen strengen Blick zu – »hat gefälligst alles zu gefallen, was ich anziehe. Aber das gibt ihm nicht das Recht, mir vorzuschreiben, was ich tragen soll.«

»Ach, Schätzchen.« Liz ließ die Äpfel in die mit Wasser gefüllte Spüle sinken und hielt ihr die Hände hin.

Millie beäugte sie misstrauisch und griff dann langsam danach.

»Nicht jeder Mann will dich kontrollieren.« Liz drückte ihre Hände fest und ihre Augen wurden feucht.

»Das weiß ich doch.« Was stimmte denn nicht mit Liz? »Du fängst doch jetzt nicht etwa an zu weinen?«

»Tue ich nicht.«

»Doch, tust du.«

»Mir geht's gut.« Liz ließ die Hände sinken und drehte sich um, aber Millie sah noch, wie sie sich die Tränen an ihrer Schürze abwischte.

Sie seufzte. Liz war sehr zerbrechlich und Millie versuchte alles, um ihre Freundin bei Laune zu halten. Da traf es sie. Heute war der Jahrestag des Todes ihres Sohnes. Mark war in Afghanistan gestorben.

Millie rieb Liz den Rücken.

»Es geht mir gut«, sagte Liz. Millie konnte den Kummer in ihrer Stimme hören.

»Natürlich.«

»Gib der Liebe eine Chance, Millie«, sagte Liz. »Du weißt nie, wann es zu spät sein könnte.«

»Liebes, wenn ich heute sterbe, sterbe ich als glückliche Frau. Ich habe meine Fehler, meine Vergangenheit verarbeitet und bin meinen Weg gegangen. Ich bin nicht darauf angewiesen, von einem anderen Mann geliebt zu werden. Das weißt du.«

Millie liebte sich, wie sie war. Sie liebte das Leben. Sie liebte es, wie sie lebte – hingebungsvoll, glücklich, friedlich. Sie brauchte keinen Mann in ihrem Leben. Aber das bedeutete nicht, dass sie nicht einen akzeptieren würde, wenn er der Richtige war.

»Was ich weiß, Millie Jack, ist, dass du eine unglaublich sture Frau bist, die glaubt, sie könnte alles allein schaffen. Aber das kannst du nicht. Es wird eine Zeit kommen, in der dir das klar wird, und ich hoffe bei Gott, dass du dann nicht schon jeden weggestoßen hast.«

Schockiert von Liz' Ausbruch ließ Millie den Apfel fallen, den sie gerade abwischte, sodass das Wasser in alle Richtungen spritzte.

»Tut mir leid«, sagten sie beide gleichzeitig, aber aus zwei sehr unterschiedlichen Gründen.

Millie wischte das Wasser mit einem Handtuch auf, Liz hingegen ließ ihr Messer fallen und begann zu schluchzen.

»Oh Schätzchen.« Millie nahm ihre Freundin in die Arme.

Heute vor zwei Jahren war Captain Mark Dorn, Elizabeths ältester Sohn, durch einen Sprengkörper ums Leben gekommen, während er mit einem Konvoi durch Afghanistan fuhr. Er war als Ausbilder dort, eigentlich hätte er sicher sein sollen. Zumindest hatte er das seiner Mom versprochen, bevor er ging.

An dem Tag, an dem Liz von seinem Tod erfuhr, waren Blumen zum Muttertag geliefert worden. Eine Stunde später hatte das Telefon geklingelt. Liz hatte gedacht, es wäre Mark, der sie als Überraschung anrief.

Stattdessen war es sein kommandierender Offizier gewesen.

»Elizabeth Dorn, in meiner Gegenwart musst du nicht stark sein.«

»Er mochte meine Apfelkuchen.« Liz löste sich schniefend aus der Umarmung.

»Weil du den besten Apfelkuchen der Stadt machst.«

»Ich weiß.« Liz gelang es zu lächeln. »Kannst du mir jetzt einen Gefallen tun?«

Millie nickte.

»Lässt du mich ein bisschen allein?« Sie nahm das Messer in die Hand und hielt es über einen der Äpfel auf dem Schneidbrett. »Ich kann mich jetzt gerade nicht mit deinen Problemen befassen. Ich würde gern in Ruhe meinen Kuchen backen, an meinen Sohn denken und wie ein Baby schluchzen, ohne mich dabei dumm zu fühlen. Morgen kann es wieder ganz um dich gehen.«

Millie drückte Liz ganz fest. »Das ist fair. Schluchze du nur, so viel du willst.« Elizabeth Dorn würde zurechtkommen. Sie war zäh und stark und konnte diesen Sturm namens Trauer bezwingen. Ab und zu schwächelte sie natürlich, aber das gehörte dazu. Und wenn sie es tat, war Millie da, um sie zu halten und ihr ein Lächeln zu schenken.

Schließlich hatte Liz das auch für sie vor all diesen Jahren getan, als ihr Mann gestorben war.

Meine wenigen (aber tollen) Karriereziele

1. Bekannt werden.
2. Für mich selbst arbeiten.
3. Einen Kundenstamm etablieren.
4. Mindestens einmal im Jahr ein Bild nur für mich zeichnen.
5. Ein Buch mit meinen Bildern herausbringen.
6. Bücher, für die ich die Illustrationen gemacht habe, auf der Bestsellerliste der *New York Times* (oder irgendeiner anderen Liste) stehen sehen.
7. Für jemand wirklich Berühmten zeichnen.

14
CLAIRE

Heute

Mit überkreuzten Beinen saß Claire auf dem Bett und sah eine Kiste mit Schreibwaren durch, die sie über die Jahre gesammelt hatte. Zu ihrer Kollektion gehörten Postkarten, die sie gekauft hatte, zusammen mit den typischen Notizkarten und den Stickern, die auf die Rückseite von Umschlägen gehörten.

Sie hatte auch verschiedenes Briefpapier gesammelt. Handgeschöpftes Pergament, matte und glänzende Leinwand, sogar ein paar Vintage-Designs – alles, was ihr ins Auge gefallen war. Sie liebte Papier, seine Textur und sein Gewicht, liebte es, darauf zu zeichnen oder Briefe zu schreiben.

Sie hatte schon immer gern Briefe geschrieben, obwohl das eine Kunst war, deren Beliebtheit stark im Rückgang begriffen war. Als Teenager hatte sie oft Postkarten und Briefe an Brieffreunde und Sommerlagerbekanntschaften geschickt. Aber dann kam das Internet ins Spiel und es wurde einfacher, per E-Mail in Kontakt zu bleiben. Heutzutage schrieb sie nur noch gelegentlich Briefe, aber zumindest immer einmal im Jahr an Josh an ihrem Jahrestag.

Wäre es nicht schön, zu jedem Geburtstag Briefe an ihr Kind zu schreiben? Sie vielleicht verstecken, damit sie geöffnet und gelesen werden konnten, wenn es älter war?

Aber warum bis zu einem Geburtstag warten? Warum nicht gleich jetzt beginnen, am Anfang?

Sie blätterte durch das Papier und suchte nach einem passenden Blatt.

Sie entschied sich für eins in einem sanften Weiß mit einer fast schon satinartigen Oberfläche. Sie zog die Knie an und legte das Blatt auf eins ihrer Skizzenbücher, damit sie eine harte Unterlage zum Schreiben hatte.

Was sollte sie schreiben? Wie konnte sie die Gefühle in ihrem Herzen für dieses Kind ausdrücken – die Liebe, das Empfinden des Wunders, die Aufregung?

Sie hatte ihrem Sohn nie einen Brief geschrieben. Sie hatte oft daran gedacht, aber sie wusste, ihm einen Brief zu schreiben, würde eher schmerzen als helfen. Würde sie ihm schreiben, befürchtete sie, dass sie niemals über ihn hinwegkommen, dass sie immer darum trauern würde, was hätte sein können, und dass es ihre Bemühungen, weiterzumachen, behindern würde.

Ihre Hand, die den Stift hielt, zitterte leicht. Das Einzige, was sie über das Muttersein wusste, war, wie man ein Kind aufgab. Würde sie dazu fähig sein, dieses hier genug zu lieben?

Als Josh ihr damals einen Heiratsantrag gemacht hatte, war sie vor Angst wie erstarrt gewesen, dass er die Wahrheit über sie herausfinden könnte – dass sie als Teenager schwanger geworden war, dass sie das Kind zur Adoption freigegeben hatte und dass sie in den Augen ihres Vaters niemals gut genug war. Claire gab Josh den Ring zurück und sagte ihm, dass er jemand Besseren verdiente.

Sie würde seine Worte niemals vergessen. Sie blickte herüber zu einem Rahmen an der Wand gegenüber ihrem Bett.

Es war einmal ein Junge, der ein Mädchen traf, das ihn an die Liebe glauben ließ.

Sie veränderte seine Welt, sein Herz und sein Leben.

Das »Glücklich bis an ihr Lebensende«, nach dem er immer gesucht hatte, fand er bei ihr.

Bei seinen Worten war sie dahingeschmolzen. Sie hatte Ja gesagt und ihre Ängste für sich behalten. Aber sie wusste, dass er sie eines Tages verlassen würde. Als sie ihm endlich von dem Baby erzählte, das sie als Teenager aufgegeben hatte, war sie sicher, er würde die Hochzeit abblasen und nichts mehr mit ihr zu tun haben wollen. Stattdessen hatte er sie festgehalten und gesagt, dass er sie bei jeder Entscheidung unterstützen würde, die sie traf, und dass eines Tages, wenn sie es wollte, er gern ihren erstgeborenen Sohn kennenlernen würde.

Sie betete, dass sie das eines Tages könnten.

Kind meines Herzens.

Sie schrieb diese Worte, ohne darüber nachzudenken. *Kind meines Herzens* … An welches Kind schrieb sie hier gerade?

15
CLAIRE

Heute

»Denkst du, die Jungs hätten ein Problem damit, wenn wir über Nacht blieben?« Abby musterte ihre Fingernägel, während sie sich in einem Salonsessel entspannte.

Um mal wieder einen Mädelsabend zu verbringen, waren sie nach London, Ontario, gefahren, der Stadt, die am nächsten lag. Das taten sie alle drei bis vier Monate. Die Ausflüge bestanden meist aus Shopping und dann Wellness. Manchmal verbrachten sie auch die Nacht in der Stadt. Heute hatten sie einen Tagesausflug geplant, um Schwangerschaftskleidung für Claire zu kaufen und sich etwas verwöhnen zu lassen.

Claire blickte von der Zeitschrift auf, die sie gerade las. Zwei Wochen waren vergangen und etwas von Claires Energie war zurückgekehrt. Sie litt immer noch an schrecklichen Kopfschmerzen, aber ansonsten fühlte sie sich viel besser. Es half vermutlich auch, dass sie mittlerweile in der zwölften Woche war, was bedeutete, dass sie das erste Trimester fast überstanden hatte.

»Das haben wir schon lange nicht mehr gemacht und wir verdienen doch einen Mädelsabend, oder?«, fuhr Abby fort.

»Das tun wir. Aber glaubst du, wir finden so spät noch ein Hotel?« Claire griff nach ihrem Handy, um auf die Suche zu gehen, aber als Abby kicherte, wusste sie Bescheid.

»Du hast uns bereits ein Zimmer gebucht, oder? Unser Lieblingshotel?« Sie konnte ein Grinsen nicht unterdrücken. Natürlich hatte Abby in ihrem Hotel reserviert und natürlich hatte sie das nicht erwähnt, als sie heute losgefahren waren.

»Ich habe noch ein paar Sachen für dich eingepackt, während du telefoniert hast.« Abby grinste sie schelmisch an und Claire schüttelte nur den Kopf.

Abby war heute Morgen mit Kaffee und selbst gebackenem Zitronenbrot vorbeigekommen und hatte einen Mädelstrip vorgeschlagen. Claire hatte nicht mitfahren wollen. Sie hinkte ihren Abgabefristen hinterher und brauchte so viel Zeit wie möglich, um aufzuholen, aber da Abby sie drängte und Josh sie aus der Tür schob, hatte sie keine Wahl gehabt.

Gerade als sie im Gehen begriffen waren, hatte ein Kunde angerufen. Claire nahm den Anruf an, und während sie in ihrem Büro am Telefon war, hatte Abby anscheinend für sie gepackt.

»Bitte sag mir, dass du wenigstens an eine Zahnbürste gedacht hast.«

Abby nickte. »Und deine Haarbürste. Und ich habe ein Shirt und Shorts aus den zusammengelegten Klamotten auf deinem Bett genommen, damit du nicht nackt schlafen musst. Oh, und ich habe sogar ein Deo mitgenommen und ein Oberteil, das du morgen tragen kannst.« Sie reckte ihr den Daumen hin. »Es ist für alles gesorgt, liebste Freundin.«

Abby hielt ihr eine Palette mit Nagellackfarben hin und zeigte auf ein helles Rosa. »Glaubst du, die Farbe wird gut aussehen?«

»Dann gehen wir also im Zwillingslook?« Claire deutete mit dem Kopf auf ihre eigenen Zehennägel, die gerade in genau der Farbe bemalt wurden, die Abby ausgesucht hatte.

»Nein«, schnaubte Abby. »Dann weiß ich aber nicht, welche Farbe sonst zu meinen Fingernägeln passt.«

»Du hast French Nails. Da passt jede Farbe für die Zehen. Wie wär's mit dem Blau, das du letzten Sommer hattest?« Claire zeigte auf einen Farbbereich auf dem Farbrad in Abbys Händen.

»Das hat gut ausgesehen, oder? Und vielleicht können wir ein kleines Blumendesign ergänzen?« Ihr Lächeln wurde breiter, als die Kosmetikerin, die an ihren Füßen zugange war, bestätigend nickte.

Claire blätterte weiter durch ihre Zeitschrift.

»Also … Du bist einverstanden, über Nacht zu bleiben? Ich habe online ein paar Schwangerschaftsmodegeschäfte gefunden, die wir uns morgen ansehen können«, sagte Abby.

Claire legte die Zeitschrift wieder hin. Sie nahm einen Schluck Orangensaft und blickte sehnsüchtig zu Abbys Wein.

»Sehr schön. Ich habe definitiv Lust auf Shopping. Und heute Abend können wir etwas zu essen aufs Zimmer bestellen, einen Film ausleihen und tratschen. Wir sollten bei einer Bäckerei vorbeigehen und ein paar Cupcakes oder so besorgen, um es offiziell zu machen.«

Es war schon lange her, dass sie Zeit allein mit Abby verbracht hatte.

Seitdem Josh und sie von ihrer Reise zurückgekehrt waren, fühlte es sich an, als ginge es immer nur um sie. Ihre Erschöpfung. Ihre Kopfschmerzen. Ihre Blutuntersuchungen. Ihre Schwangerschaft. Sie wusste, dass Abby Schwierigkeiten hatte, darüber zu reden, was ihr wirklich Probleme bereitete, ob es nun ihre Ehe war oder dass sie ihren Bruder vermisste oder etwas anderes. Vielleicht würde sie sich heute Abend öffnen.

»Darum habe ich mich längst gekümmert. Keine Sorge.« Abby tätschelte ihren Arm. »Wir haben Cupcakes, Fingerfood, alkoholfreien Wein für dich und das richtige Zeug für mich, Chips und Dip, Popcorn und sogar eine Überraschungsbox von *Sweet Bites*. Kat hat sie gepackt, als ich erwähnte, wir würden uns einen Verwöhntag gönnen, und mir ist aufgefallen, dass auch Kim eine Nachricht mit reingeschmuggelt hat.«

»Hast du sie gelesen?«

Abby schüttelte den Kopf. »Ich dachte, das könnten wir später machen.«

»Wir hätten sie einladen sollen. Das wäre ein lustiger Abend geworden.«

Abby warf ihr einen Blick zu. »Machst du Witze? Es ist ewig her, dass nur wir beide uns gesehen haben. Süße, wir brauchen das.« Sie spielte an den Knöpfen an ihrem Stuhl herum und stöhnte zufrieden, als sich das Massagegerät aktivierte. »Ich brauche das«, sagte sie leise.

Claire ergriff die Hand ihrer Freundin. Sie drückte sie fest und ließ dann wieder los.

»Ist dir klar, dass du um diese Zeit nächstes Jahr ein Baby in den Armen halten wirst?« Abbys Stimme klang leicht wehmütig.

Claire lächelte und streichelte über ihren Bauch. »Es ist schon erstaunlich, oder? Denkst du, dass Derek und du mal Kinder haben werdet?«

Abby legte den Kopf zurück und schloss die Augen. »Ich bin mehr als zufrieden damit, das indirekt durch dich mitzuerleben, Schätzchen. Mehr als zufrieden.«

»Du hast deine Meinung also nicht geändert?«

»Nein. Und« – sie hielt die Hand hoch – »bevor du jetzt damit anfängst, dass niemals der richtige Zeitpunkt ist, das höre ich oft genug von meiner Mutter, danke.«

Claire machte es Abby nach und aktivierte die Massagefunktion. Die Rollen, die ihren Rücken auf und ab fuhren, fühlten sich gut an.

»Schlaf jetzt aber nicht ein, Claire Turner.«

Claire öffnete die Augen und blinzelte mehrmals. »Mache ich gar nicht.«

Abby schnaubte. »Du hast gute zwanzig Minuten geschlafen. Na komm, wir sind fertig und haben bezahlt. Zeit fürs Hotel.«

Claire gähnte, schwang die Beine über den Sessel und blickte hinab auf ihre hübsch gemachten Zehen. Sie entschuldigte sich bei der Kosmetikerin und gab ihr ein Trinkgeld, dann folgte sie Abby nach draußen zum Auto.

»Unglaublich, dass ich eingeschlafen bin«, sagte sie, während sie zum Hotel fuhren.

»Ich war eher überrascht, dass du nicht schon früher eingeschlafen bist.«

Claire rieb sich die Stirn und drückte ihre Finger fest gegen die Schläfe. Neue Kopfschmerzen kündigten sich an und manchmal half es, den Kopf zu massieren.

»Geht es dir gut?«, fragte Abby.

»Nur etwas Kopfschmerzen.« Sie griff nach ihrer Handtasche und zog die Tylenol heraus. Sie nahm drei und holte ihre Wasserflasche heraus.

»Drei? Normale Stärke?«, fragte Abby.

»Extrastark.«

»Etwas viel für Kopfschmerzen, findest du nicht?«

Claire schüttelte den Kopf und nahm dann alle drei Tabletten auf einmal.

»Wie schlimm ist der Schmerz?«

»Er ist stechend, und wenn ich jetzt nichts tue, um ihn loszuwerden, wird es nur schlimmer werden.«

»Sie werden also schlimmer? Was soll das heißen?« Abby warf ihr einen besorgten Blick zu.

»Sag du es mir. Du bist die Ärztin. Ich dachte, das wäre eine normale Schwangerschaftssache.«

»Als deine Ärztin rate ich dir, mehr von dem Tee zu trinken, den David für dich besorgt hat, und nicht mehr als sechs von diesen Tabletten pro Tag zu nehmen. Außerdem will ich, dass du Tagebuch darüber führst, wann die Schmerzen auftreten. Kopfschmerzen in dieser Stärke sind nicht normal, aber zugegeben ist nichts bei dieser Schwangerschaft normal.« Sie drückte Claires Bein. »Das ist im Übrigen nicht unbedingt etwas Schlechtes.«

»Gut zu wissen.« Sie rieb sich den Bauch. »Wann, glaubst du, wird man es mir ansehen, sodass ich nicht mehr nur aussehe wie ein aufgeblähter Wal?« Sie hoffte, es wäre bald so weit. Sie konnte es auch nicht erwarten, die erste Bewegung ihres Babys zu spüren – sie hatte gehört, es fühlte sich so an, als würde man gekitzelt.

»Du? Vermutlich erst, wenn du schon im fünften Monat bist. Du musst zuerst einmal mehr essen. Und da ich nicht nur deine Ärztin, sondern auch deine beste Freundin bin, sehe ich es als meine persönliche Pflicht an, sicherzustellen, dass du an Gewicht zulegst. Und damit fange ich heute Abend an.«

»Was ist daraus geworden, dass ich mich gesund ernähren soll?«, fragte Claire.

»Damit kannst du morgen anfangen. Heute ist alles erlaubt.«

Sie kamen beim Hotel an, und als Abby den Kofferraum öffnete, war Claire überwältigt vom Anblick der Tüten voller Essen und Getränke.

»Bist du sicher, dass wir keine Party veranstalten? Kim und Kat kommen nicht doch noch später heute Abend?«

»Ich bin eine emotionale Esserin, Claire. Das weißt du doch.«

Claire folgte ihrer Freundin ins Hotel, die Arme beladen mit Chipstüten, Süßigkeiten, Popcorn und der Schachtel von *Sweet Bites*.

* * *

Claire hatte versucht, Josh anzurufen und ihm zu schreiben, aber es kam keine Antwort.

»Du weißt schon, dass sie diese Abmachung haben, oder?«

»Welche Abmachung?« Sie sah wieder auf ihr Handy.

»Wer zuerst sein Handy benutzt oder auch nur draufschaut, muss der anderen Person einen Drink ausgeben *und* das Handy wird für den Rest des Abends von Mike konfisziert.« Abbys Gesichtsausdruck sagte alles.

»Das ist aber wirklich dämlich«, murmelte Claire und steckte ihr Handy wieder in die Tasche. Kein Wunder, dass er nicht reagierte.

»Habe ich auch gesagt. Aber Derek behauptet, es wäre weniger ablenkend. Er findet sogar, dass wir das auch versuchen sollten.« Abby lachte, während sie ihr Handy in der Hand hielt. »Allerdings … manchmal denke ich wirklich, dass dieses Ding an meiner Hand festgeklebt ist.«

Claire zog ihre Beine unter sich. Sie waren in bequeme Klamotten geschlüpft und saßen auf der Couch in ihrer Suite. Abby kannte den Manager des Hotels und er machte ihnen immer ein gutes Angebot – oft bekamen sie das Zimmer sogar gratis. Sie hatte geholfen, seine Zwillinge zu entbinden, und war durch einen Blizzard gefahren, um bei Komplikationen während der Wehen seiner Frau zur Stelle zu sein, und seitdem behandelte er sie wie seine persönliche Heldin.

»Wenn die Jungs also ihre Handys gar nicht haben, von wem erwartest du einen Anruf?« So, wie Abby ständig auf ihr Handy sah, hatte Claire zuerst gedacht, Derek würde anrufen. Aber offensichtlich war das nicht der Fall.

»Von meiner Mutter.«

»Deiner Mutter? Warum?«, fragte Claire.

Abby verzog das Gesicht. »Sie hat mir vorhin eine SMS geschickt und gesagt, ein Paket wäre bei unserem Haus angekommen. Die Absenderadresse ist seltsam. Hier.« Sie strich über etwas auf ihrem Handy und reichte es dann Claire. »Sie hat mir ein Foto geschickt.«

Claire sah sich das Paket an. Es war abgewetzt und zerbeult, mit mehreren Adressetiketten und vielen Briefmarken über das gesamte Paket verteilt. Sie vergrößerte das Foto mit den Fingern.

»Kommt das aus Afghanistan?«, fragte sie.

Abby nickte. »Das habe ich auch vermutet. Es sieht aus, als wäre es ein paarmal umgeleitet worden, unterwegs bei ein paar Basen gelandet und aufgrund der Befehlskette an andere weitergeleitet worden, bis es den Weg zu meiner Mom gefunden hat.«

Claire gab ihr das Handy zurück. »Glaubst du, es ist von Mark?«

»Ich hoffe nicht.« Sie drehte den Kopf weg. »Was bin ich nur für eine Schwester? Aber ich kann einfach keine weiteren Überraschungen von ihm ertragen.«

»Hat deine Mom es schon geöffnet?«

Abby schüttelte den Kopf.

»Ist das jetzt der richtige Zeitpunkt, um darüber zu reden? Oder willst du erst einen rührseligen Film anschauen?« Claire griff nach einer Taschentuchbox vom Tisch neben sich und stellte sie zwischen sie beide.

In all den Jahren, in denen sie bereits Freundinnen waren, hatte Abby schon immer eine Mauer um ihr Herz errichtet gehabt. Es musste schon viel passieren, bis sie weinte, und sie umgab sich nicht gern mit Leuten, die zu emotional waren. Claire hatte gelernt, dass es für Abby am einfachsten war, diese tief sitzenden Emotionen herauszulassen, wenn sie einen traurigen Film anschaute. Das funktionierte immer.

Ohne ein Wort zu sagen, nahm Abby die Fernbedienung in die Hand und scrollte durch die Filmauswahl, bis sie zu einer Romanze über zwei vom Schicksal füreinander bestimmte Liebende stieß, die niemals zusammen sein konnten.

Nach der Hälfte des Films begannen die Tränen zu fließen und bald schon schluchzte Abby wie ein Baby und lag zusammengerollt da, ihren Kopf auf Claires Schulter gelegt.

»Ich vermisse ihn, weißt du? Wir wussten immer, dass er sterben könnte, aber er stand so kurz vor dem Ende und ich dachte, es würde gut ausgehen«, sagte Abby leise.

Claire reichte ihr ein paar Taschentücher.

»Ich glaube, meine Mom ist eifersüchtig, dass ich als Letzte mit ihm sprechen konnte. Ich glaube, das kann sie nicht verwinden. Sie war immer eifersüchtig auf unsere Beziehung gewesen, aber … ich weiß, dass es schwer für sie ist, das weiß ich. Aber er war mein Zwillingsbruder, Claire. Es ist, als würde ein Teil von mir fehlen.« Abbys Körper zitterte, während sie schluchzte.

Claire streichelte sanft Abbys Arm. Sie wusste nicht, was sie sagen sollte. Aber sie hatte auch das Gefühl, dass Worte gar nicht nötig waren. Manchmal konnte man am besten für jemanden da sein, wenn man einfach nur still war und den anderen reden oder weinen oder schweigend dasitzen ließ. Es gab nicht immer die richtigen Worte, um Tränen zu stillen oder den Schmerz zu besänftigen.

»Ich wusste es in dem Augenblick, als er starb.« Abby hob den Kopf leicht an. »Habe ich dir das schon mal erzählt? Ich konnte es spüren, in meiner Seele. Es war, als würde ein Teil von mir weggerissen und nur ein Loch mit ausgefransten Rändern zurückbleiben. Immer wenn ich an Mark denke, immer wenn ich seine Worte für Mom wiederholen muss, immer wenn sie mich weinend anruft, ist es, als würde die Wunde wieder aufreißen.« Sie setzte sich aufrecht hin, wischte sich die Augen und das Gesicht und lehnte sich dann zurück, den Kopf Richtung Decke geneigt. »Gott, ich bin ja so ein Häufchen Elend. Es ist zwei Jahre her. Man sollte meinen, ich wäre mittlerweile darüber hinweg. Zumindest scheint Derek das zu denken.«

»Derek hat auch noch keinen Zwillingsbruder verloren, also sollte er den Mund halten«, murmelte Claire. Zeit spielte bei Trauer keine Rolle. Wer irgendwann einmal den Spruch erfunden hatte, dass Zeit alle Wunden heilt, war wohl auf Drogen gewesen, denn selbst nach sechzehn Jahren vermisste Claire ihren Sohn immer noch. Fühlte noch immer sein Gewicht in ihren Armen, wenn sie an ihn dachte.

Sie fragte sich, ob einige der Probleme, die Abby und Derek miteinander hatten, etwas mit Abbys Trauer zu tun hatten.

»Millie hat meiner Mutter sehr gutgetan. Wusstest du das?«, schniefte Abby.

»Sie haben einander gutgetan. Deine Mom war für meine Mutter der Fels in der Brandung, als mein Vater gestorben ist. Weißt du, dass sie vorhat, deine Mutter zu einer Kreuzfahrt zu überreden?« Claire lächelte. Sie konnte sich die zwei Frauen gut auf einem Kreuzfahrtschiff vorstellen, wie sie alle Aktivitäten mitmachten, an den Abenden tanzten …

»Meine Mutter? Auf Kreuzfahrt? Du machst Witze, oder? Da wird sie niemals einwilligen.«

»Warum nicht? Sie reden schon seit Jahren davon und es könnte genau das sein, was deine Mom braucht – etwas Abstand und eine neue Perspektive«, sagte Claire.

»Mark hat mal erwähnt, dass wir als Familie zusammen auf Kreuzfahrt gehen sollten, um seinen Austritt aus der Army zu feiern.«

Claire wurde schwer ums Herz. »Ich hatte ja keine Ahnung. Das sollte ich meiner Mom lieber sagen, bevor sie noch weiter drängt.«

Sie saßen da und schauten den Film weiter an. Abby sah noch ein paarmal auf ihr Handy und schüttelte den Kopf, wenn Claire sie fragend ansah.

»Du weinst aber nicht meinetwegen, oder?« Abby stupste sie neckend an, als der Film vorbei war.

»Das sind die Schwangerschaftshormone, vor denen du mich gewarnt hast.« Claire wischte sich die Augen mit einem Taschentuch.

»Magst du jetzt vielleicht etwas Süßes? Wir haben die Schachtel noch gar nicht geöffnet.« Abby beäugte die Schachtel, die sie auf einem kleinen Tisch in der Ecke abgestellt hatten.

»Ja, aber zuerst will ich dir eine Frage stellen.« Sie drehte sich zu ihrer Freundin, einen Arm auf die Sofalehne gelegt, und machte sich bereit.

»Muss ich mir Sorgen machen?«, fragte Abby.

Claire zuckte mit den Achseln. »Wie geht es dir und Derek? Immer wenn ihr zwei vorbeikommt, merke ich, dass du tief durchatmest, wenn er das Zimmer verlässt. Was ist denn los?«

»Das ist dir also aufgefallen?«

Claire nickte und wartete.

»Ich bin neidisch auf dich und Josh, weißt du? Ihr seid so … stabil. Selbst während all der Behandlungen und negativen Ergebnisse gab es bei euch kein Schwanken. Ihr wart füreinander da, wie ein Team. Josh ist einer der Guten. Solche Männer sehe ich nicht oft. Er hat zu dir gehalten. Er ist auf deiner Seite, egal was … Ich bin mir nicht sicher, dass Derek das wäre.«

»Natürlich wäre er das.«

Abby schüttelte den Kopf. »Nein. Ich weiß, dass er es nicht wäre. Du hast keine Ahnung, wie oft er mir das gesagt hat.« Für einen Augenblick sah es so aus, als würde sie wieder weinen. »Er sieht zu Josh auf und ich glaube, das liegt daran, dass er weiß, dass Josh ein besserer Mann ist als er.«

Das hörte Claire gar nicht gern. »Das stimmt nicht. Derek ist ein guter Mann, Abby. Er mag das eine jetzt sagen, aber man weiß erst, wie eine Person reagiert, wenn man sich tatsächlich in der Situation befindet. Er könnte dich überraschen.«

Ein Blick der Zuneigung erschien in Abbys Gesicht. Sie nahm Claires Hand. »Weißt du, was ich weiß? Dass egal, was wir im Leben durchmachen, ich immer dich an meiner Seite haben werde und umgekehrt. Ich weiß nicht, was ich ohne dich tun würde, Claire Turner.« Sie legte ihren Kopf wieder auf Claires Schulter ab.

»Und du wirst es niemals herausfinden müssen.« Claire legte ihre Wange an Abbys Haare. »Mir geht es nämlich genauso.«

16
JOSH

Heute

In dem Augenblick, in dem Josh das *Last Call* für seinen wöchentlichen Abend mit Derek betrat, wurde er schon von Fran, der Besitzerin, aufgehalten.

»Ich habe gehört, dass Glückwünsche angebracht sind.« Sie schnappte sich Josh und drückte ihn an ihre Brust. Sie roch noch Bier, frittiertem Essen und – Josh schnüffelte – Zitrone?

»Äh … danke, aber …« Josh tat so, als wüsste er nicht, worüber sie redete. »Hey, du riechst zitronig. Neues Shampoo?« Er beugte sich vor, um noch einmal zu schnuppern. Ja, es waren ihre Haare. Sie rochen genau wie die von Claire, was gleichzeitig angenehm, seltsam und verstörend war.

Sie errötete. »Ich benutze immer noch das, was du und Claire mir geschenkt habt. Es ist mein Lieblingsshampoo.«

»Claires auch.« Er schüttelte den Kopf. Was tat er da, an den Haaren anderer Leute zu riechen? Und dann auch noch bei Fran. Sie war Mikes Mutter. Sie hatte ihm damals in die

Wangen gekniffen und seine Ohren lang gezogen, wenn er als Teenager mit Mike versucht hatte, sich ins Pub zu schleichen.

»Der Geruch stört sie nicht?«, fragte Fran.

»Wen? Claire? Nein, warum sollte er? Du weißt doch, dass sie alles mit Zitrone liebt. Sie ist süchtig nach deinen Zitronendrops.«

»Sie sollte aber in nächster Zeit lieber nicht herkommen.« Sie schaute ihn streng an. »Einige Frauen haben Probleme mit starken Gerüchen, wenn sie« – sie beugte sich vor und flüsterte – »du weißt schon.«

Josh kicherte. »Ich weiß was?«, flüsterte er zurück.

»Spiel jetzt keine Spielchen mit mir, Josh Turner. Ich kenne dich gut genug.« Fran knuffte ihm in den Arm. »Vergiss nicht, wer deine Tränen getrocknet hat, als du dir beim Runterspringen von Bäumen zusammen mit Mikey die Knie angeschlagen hast.«

»Ach, komm schon, Fran. Du musst aufhören, das immer wieder aufzuwärmen. Ich bin jetzt ein erwachsener Mann. Ich weine nicht mehr wegen angeschlagener Knie.« Josh errötete. Insgeheim liebte er die Neckereien. Er hatte seine Mutter vor Jahren verloren, und Fran hatte ihn aufgenommen und wie ihren eigenen Sohn behandelt.

»Wirst du es mir dann erzählen oder muss ich es aus dir rausquetschen?« Sie verschränkte die Arme vor der Brust und starrte ihn an.

Josh rieb sich den Nacken. »Claire wird mich bei lebendigem Leibe häuten. Das ist dir klar, oder?«

»Weil du mir euer kleines Geheimnis verraten hast? Ach was. Sie wird sich wundern, warum du so lange gebraucht hast, und das weißt du auch.« Sie tätschelte seine Wangen und umarmte ihn dann erneut. »Ich freue mich ja so für euch beide.« Sie küsste ihn auf die Wange und wischte dann den Lippenstift ab.

»Und wenn ihr nach Namen sucht, ich fand ja Britney oder Jackson immer toll.«

»Britney oder Jackson.« Er dachte über die Namen nach, war aber nicht sonderlich begeistert. »Verstanden. Ich füge sie der Liste hinzu.«

Sie nickte beifällig.

»Wie hast du es herausgefunden?«, fragte Josh.

»Oh Herzchen. Was glaubst du, wie sich so etwas in unserer kleinen Stadt verbreitet? Ich glaube, es gibt niemanden, der es nicht weiß. Wir tun nur Claire zuliebe alle so.« Und damit ließ Fran ihn stehen, um mit einem Pärchen zu plaudern, das sich gerade in eine Ecke gesetzt hatte.

Kopfschüttelnd begab sich Josh zur Bar.

»Also, wie willst du es haben?«, fragte Mike, während er einen Bierkrug abtrocknete.

»Wie bitte?« Josh war noch leicht verdattert von Frans Worten und hatte keine Idee, wovon Mike da redete.

»Willst du, dass er so tut, als hätte er keine Ahnung von deinen Neuigkeiten?«, erklärte Derek.

Josh setzte sich auf den Barhocker und wartete darauf, dass Mike ihm ein Bier einschenkte.

»Na?« Mike stellte ihm den Krug hin.

Josh nahm einen großen Schluck und wischte sich den Schaum vom Mund.

»Ich denke gerade nur darüber nach, wie ich das meiner Frau erklären soll. Sie hat so sehr versucht, es geheim zu halten.«

»Sie wartet darauf, dass die ersten drei Monate rum sind, oder?«, fragte Mike.

Josh nickte.

»Das hat Mom gesagt.« Mike nickte in Richtung Fran. »Warum nicht Claire einfach im Dunkeln lassen? Ihr nicht erzählen, dass es jeder weiß? Das kann doch nicht schaden.«

Derek begann zu lachen.

»Was ist daran so lustig?« Mike runzelte die Stirn.

»Du brauchst eine Frau, Mann. Das kann nicht schaden? Wenn du solch ein Geheimnis vor deiner Frau hast und sie es herausfindet … dann darfst du für immer draußen im Schuppen schlafen.« Derek schlug Josh auf die Schulter. »Wenn du es ihr nicht sagst, wird es jemand anderes tun, und wenn sie erfährt, dass du es wusstest …« Er schüttelte den Kopf und sprach nicht weiter.

Er hatte allerdings recht. Claire wäre aufgebracht, nicht weil es die Leute wussten, sondern weil er gewusst hatte, dass sie es wussten, und ihr nichts gesagt hatte. Außerdem war sie mittlerweile in der zwölften Woche, also dürfte sie damit einverstanden sein, die Neuigkeit zu erzählen.

Er zog sein Handy hervor, aber Derek nahm es ihm sofort ab.

»Ha! Du schuldest mir einen Drink. Mike, du hast das gesehen, oder? Er hat sein Handy herausgeholt und wollte vermutlich Claire eine SMS schicken.« Er drehte den Kopf von Mike zu Josh, zurück zu Mike und wieder zu Josh. »Stimmt's?«

Er nickte.

»Es stimmt. Du hast es gesehen.« Derek grinste, gab Mike Joshs Handy und nahm dann seins heraus, um es ebenfalls zu übergeben.

Vor Monaten hatten sie die Abmachung getroffen, niemals auf ihre Handys zu sehen, wenn sie zusammen unterwegs waren. Wenn ihre Frauen sie brauchten, wussten sie, dass sie die Bar oder Fran anrufen konnten.

Normalerweise verlor meistens Derek.

»Mann, es bringt doch nichts, das deiner Frau gleich jetzt zu erzählen. Außerdem entspannt sie sich gerade und wird verwöhnt, und das Letzte, was Abby heute Abend braucht, ist eine gestresste schwangere Freundin.« Derek saß über sein Bier gebeugt, die Schultern nach vorn gezogen. Er runzelte die Stirn.

»Was ist los?« Josh nahm noch einen Schluck und beobachtete seinen Freund.

Für eine Minute sagte Derek nichts und starrte nur zur Seite.

»Sie ist seit einer Woche oder so ziemlich schlecht drauf. Zuerst dachte ich, es wäre diese monatliche Sache, du weißt schon, aber ich glaube, da steckt mehr dahinter. Bin mir nicht sicher, ob sie Mark vermisst oder weil deine Frau schwanger ist oder was auch immer.«

»Mir war nicht klar, dass ihr auch Kinder wolltet.«

»Das ist ja das Seltsame.« Derek nahm sich eine Handvoll Erdnüsse aus einem Körbchen an der Bar. »Wollen wir nicht. Oder zumindest dachte ich das. Abs redet sehr oft von Adoption, aber es geht immer um die Zukunft, nie um das Jetzt. Ich dachte, wir wären zufrieden mit unserem Leben, aber dann musstet ihr uns das verderben.«

Josh knuffte Derek in die Schulter, sodass der die Erdnussschalen in seiner Hand verstreute. »Wir haben nichts verdorben, also schieb das nicht uns in die Schuhe, Mann.«

Josh beäugte das Bier vor Derek und fragte sich, wie viel er wohl schon getrunken hatte.

»Ich weiß. Tut mir leid.« Derek verschränkte die Hände hinter seinem Kopf und streckte sich. »Hör nicht auf mich. Wir sind absolut begeistert, dass ihr endlich ein Baby bekommt. Und euch ist schon klar, dass ihr uns zu Taufpaten machen solltet, oder? Denn das wäre sonst echt unfair.«

»Hey, ich dachte, ich würde Taufpate werden. Du willst doch bestimmt jemand Lustigen, der dem Kind beibringt, stressfrei durchs Leben zu kommen.« Mike füllte das Erdnusskörbchen wieder auf.

»Mike, nichts für ungut, aber du bist der letzte Mensch, von dem ich will, dass er meinem Kind beibringt, wie es Spaß haben kann.« Josh dachte an die Zeit zurück, als sie Teenager gewesen und oft in Schwierigkeiten geraten waren. Mike war immer derjenige mit den Ideen und Josh machte einfach mit. Wie zum Beispiel, als Mike dachte, es wäre eine gute Idee, die Laternenmasten für Halloween zu schmücken, indem er die Unterwäsche der Nachbarn von der Wäscheleine »ausborgte«. Aber nicht Mike wurde mit einem BH in einer Hand und einem Tacker in der anderen erwischt.

»Du bist immer noch sauer auf mich wegen dieses ›Helft mir‹-Zettels, den ich an deinem Hochzeitstag an den Rücken deines Anzugs geheftet habe, oder?« Mike rollte mit den Augen.

»Warte du nur. Wenn du eine Frau findest, die es mit dir aushält, werde ich eine Junggesellenparty schmeißen, die du niemals vergisst. Ich bin mir sicher, ich kann ein paar Frauen aus dem Seniorenheim als Stripperinnen anheuern.« Er duckte sich, als Frans Hand gegen seinen Hinterkopf klatschte.

»Nicht so respektlos, Joshua Turner. Du wurdest ja wohl besser erzogen.« Erbost zog Fran die Stirn in Falten.

»Sorry, Ma'am.« Josh versuchte, ein Lächeln zu unterdrücken. *Erbost zog Fran die Stirn in Falten.* Das war eine gute Zeile. Jetzt brauchte er nur noch einen Charakter mit einem Namen, der mit F begann … Frankie vielleicht? Würde Jack einem Frankie in Europa begegnen? Klar würde er das. Er …

»Erde an Josh, hörst du mich?« Derek stupste ihn an, sodass er auf dem Barhocker fast sein Gleichgewicht verlor. »Hey, du hast gerade deinen Jack-Blick drauf. Du hast wieder an dein Buch gedacht, oder? Ich glaube, wir brauchen noch eine Regel. Nicht über Arbeit reden und auch nicht daran *denken.* Da du sie zuerst gebrochen hast, schuldest du mir noch einen Drink.« Er nahm sein Bier, kippte es runter und stellte den leeren Krug mit einem Knall auf der Bar ab.

»Ich bin mit dieser Regel nicht einverstanden, und außerdem glaube ich, du solltest mal langsam machen. Wie viele hattest du heute Abend schon?« Josh sah zu Mike, der drei

Finger hochhielt. »Wie wär's, wenn wir etwas essen? Ich bin am Verhungern.«

»Setzt euch doch schon mal an einen Tisch. Ich gebe die übliche Bestellung für euch auf und ihr könnt meinen Sohn in Frieden lassen, damit er weiterarbeiten kann.« Fran rieb über die Thekenfläche mit dem Handtuch, das sie immer auf ihrer Schulter hängen hatte.

Es war zwar als freundlicher Vorschlag formuliert, aber Fran meinte es ernst. Sie stand da und behielt sie im Auge, bis Josh Dereks Arm ergriffen und ihn zum Tisch gezerrt hatte. Sie brachte einen Krug mit Wasser, zwei weitere Bierkrüge und ein Körbchen Erdnüsse. »Das ist für eine Weile dein letztes, also genieße es«, warnte sie Derek und ging.

»Sie kann mir nicht vorschreiben, wie viel ich trinken darf«, murmelte Derek. »Ich bin zahlender Kunde und ich fahre nicht. Wenn ich auf dem Weg nach Hause auf die Nase fallen will, ist das meine Sache.«

»Niemand fällt hier auf die Nase. Was stimmt denn nicht mit dir?« Das sah Derek gar nicht ähnlich.

Derek rieb sich den Nacken und lehnte sich zurück. »Ich weiß es nicht, Mann. In letzter Zeit war es zu Hause irgendwie … anders. Ich glaube, es ist wegen Mark. Es ist zwei Jahre her, Mann. Wie lange wird sie noch trauern?« Er starrte an die Decke. »Wusstest du, dass ihre Mom immer noch nachts anruft? Immer noch. Nach zwei Jahren. Nicht mehr so schlimm wie anfangs, da war es jede Nacht. Jetzt ruft sie vielleicht einmal die Woche an.«

»Immer noch?« Wusste Claire davon? Falls ja, hatte sie ihm nie davon erzählt.

»Immer noch.« Er schüttelte den Kopf, was Josh als Abscheu interpretierte. »Behauptet, sie hätte einen schwachen Moment, wenn sie anruft. Sie bittet Abby dann nur, die letzten Worte zu wiederholen, die er zu ihr gesagt hat. Also bitte. Das reicht doch langsam.«

Josh wusste nicht, was er sagen sollte. Er war überrascht von Dereks Gefühllosigkeit. Er hatte Mark gekannt, wenn auch nicht gut. Mark hatte sich der Army und dem Dienst an seinem Land verschrieben, und sobald er sich verpflichten konnte, hatte er es getan. Es war nicht nur seine Karriere gewesen. Es war sein Leben. Natürlich, er war vor zwei Jahren gestorben, aber man konnte niemandem sagen, wann er mit dem Trauern aufhören sollte.

»Ich weiß nur, wenn die Mädels morgen nach Hause kommen, will ich, dass Abigail glücklich ist. Ab jetzt ziehe ich jede Nacht das Telefon heraus und schalte unsere Handys aus. Ist mir egal, ob meine Schwiegermutter einen schwachen Moment hat und Ermutigung braucht«, grummelte Derek.

»Junge, das ist aber hart.« Josh beobachtete, wie die Kondenstropfen außen an seinem Bierkrug nach unten liefen. Normalerweise war Derek der Weise, der Kerl, der ihn nach einem weiteren negativen Ergebnis eines Schwangerschaftstests aufmunterte. Diese Seite von Derek sah er nicht oft – den kalten, harten Mann. Was war mit ihm passiert?

»Hast du mit Liz geredet?«, fragte er.

Derek schnaubte. »Bis ich blau im Gesicht war. Ich habe sogar ihren Pastor angerufen und ihn dazu gebracht, an einem Abend vorbeizukommen und ihr zu helfen. Ich weiß, dass sie trauern muss, und ich will ihr das nicht nehmen. Aber … ich weiß nicht. Vielleicht bin ich einfach selbstsüchtig. Bin ich das? Bin ich selbstsüchtig?« Derek schüttelte den Kopf. »Jetzt fühle ich mich wie ein Mädchen, total unsicher und diesen ganzen Scheiß.«

»Das reicht jetzt.« Fran erschien aus dem Nichts und schlug mit der Hand auf den Tisch. Sie bedeutete Josh, rüberzurutschen, und setzte sich dann neben ihn.

»Elizabeth hat ihren Sohn verloren und keine Gelegenheit bekommen, sich von ihm zu verabschieden. Diese Frau hat versucht, stark zu wirken, genau wie ihre Tochter, deine Frau. Du musst ihr etwas Freiraum einräumen.«

»Aber wie viel? Es ist zwei Jahre her, Fran«, sagte Derek.

»Da gerade erst der Jahrestag vorbei ist, findest du nicht, du könntest den Frauen in deiner Familie etwas Frieden gönnen? Sei nicht so ein Idiot, Derek. Du bist doch eigentlich ein guter Mensch.«

Derek senkte den Blick. »Du hast recht.«

»Ich weiß. Also, wenn Liz anruft, gehst du jemals ans Telefon oder lässt du das deine Frau machen?«, fragte Fran.

»Sie ist Abbys Mom. Ich lasse sie rangehen.«

Fran schnaubte. »War ja klar«, sagte sie. »Wie wär's, wenn du das mal für eine Weile übernimmst? Du sagst, deine Frau trauert noch … vielleicht wird es Zeit, dass du stark für sie bist. Sprich mit ihrer Schwiegermutter. Hör dir ihr Flehen an. Sei der Sohn, den sie jetzt braucht. Du wirst Mark niemals ersetzen, aber du kannst ihr helfen, sich weniger allein zu fühlen.« Abrupt stand Fran auf und wischte sich die Hände an der Schürze ab. »Du weißt das, Derek Cox. Komm zur Vernunft und hör auf, dich hinter deiner Frau zu verstecken. So, euer Essen ist fertig. Ich bin gleich wieder da.«

Josh hatte dem Gespräch mit wachsendem Erstaunen zugesehen. Er hatte das leichte Zittern in Frans Händen gesehen und gewusst, dass er Zeuge von etwas Wahrhaftigem gewesen war, von liebevoller Strenge.

»Sie hätte nicht so hart mit mir ins Gericht gehen müssen«, murmelte Derek, nachdem Fran gegangen war. »Aber sie hat recht.« Er hob den Kopf und Josh sah zum ersten Mal an diesem Abend eine Festigkeit in seinem Blick. »Sie hat recht.«

»Ich kann mir nicht vorstellen, wie es wäre, ein Kind zu verlieren«, sagte Josh.

»Mark war ein guter Kerl«, sagte Derek.

Josh hob sein Bier. »Er war der Beste. Jemand, zu dem man aufschauen konnte. Ein echter Held.«

Derek hob sein eigenes Bier. »Ein echter Held.«

Sie tranken auf Mark und sagten dann nicht mehr viel, bis Fran ihr Essen brachte. Sie brachte nicht nur die Chicken Wings, sondern auch noch zwei Burger. »Unser Spezialangebot heute Abend. Ich hoffe, ihr habt Hunger.«

»Absolut.« Derek machte sich direkt darüber her, Josh ließ sich noch Zeit.

»Hör mal, Derek, Mann, es tut mir leid.«

»Was denn?« Derek nahm sich ein Chicken Wing in scharfer Soße.

»Dafür, dass ich so selbstsüchtig war. Ich bin nicht wirklich als Freund für dich da gewesen. Ihr habt mich gebraucht. Ihr habt uns gebraucht und wir haben euch im Stich gelassen.« Er dachte an all die Male, an denen sie zum Abendessen oder Nachtisch herübergekommen waren, oder wenn Abby vorbeikam, um nach Claire zu sehen … nicht ein Mal hatten sie daran gedacht, sich auf etwas anderes als Claire zu konzentrieren.

Was für Freunde waren sie eigentlich?

»Die besten«, sagte Derek und Josh zuckte zusammen, weil ihm nicht klar gewesen war, dass er den Satz laut ausgesprochen hatte.

»Hör mal, zu euch zu kommen war für uns wie … ein Freiraum.« Er spielte mit seiner Serviette. »Es hat keine unangenehmen Augenblicke des Schweigens gegeben oder Momente, in denen keiner von uns wusste, was er über Marks Tod sagen sollte, obwohl er immer zwischen uns im Raum schwebt. Abby konnte lachen und musste sich nicht schuldig fühlen, weil das Ziel war, Claire zum Lächeln zu bringen. Oder sie konnte schweigen und musste sich keine Sorgen machen, dass ich sie zum millionsten Mal frage, ob es ihr gut geht. Also fühl dich nicht schlecht.« Derek schob sein halb getrunkenes Bier beiseite und griff nach seinem Wasserglas.

»Ein Freiraum?«, fragte Josh.

»Glaub mir«, sagte Derek. »Du hast keine Ahnung.«

»Nun ja.« Josh räusperte sich. »So oder so, es tut mir leid, dass ich nicht zumindest etwas aufmerksamer war. Aber du kannst jederzeit Bescheid geben, wenn du den Freiraum brauchst, und rüberkommen.«

»Du stehst also hinter mir?«

Josh nickte. Ein Mann konnte sich keinen besseren Freund wünschen. »Jederzeit.«

Derek reckte seine Faust. »Ich ebenso. Wenn dieses Schwangerschaftsding zu viel wird, du weißt schon, Hormone und so, sag's einfach.«

Josh stieß mit seiner Faust gegen Dereks. »Abgemacht.«

Er schlang die Hälfte seines Burgers herunter, erstaunt, wie gut er schmeckte, und fragte sich, warum Burger in einem Pub immer besser schmeckten als zu Hause.

»Du bist aber schon aufgeregt, oder?«, fragte Derek.

Josh nickte. »Es ist, als würde man … im Lotto gewinnen. Wir hatten alle Hoffnung aufgegeben und dann ist es einfach passiert.«

Derek hob sein Glas. »Auf Wunder, den Lottogewinn und dass du endlich Dad wirst.«

Sie ließen ihre Gläser klirren und in diesem Augenblick fühlte sich Josh wie der glücklichste Mensch auf Erden.

17
CLAIRE

Eine Erinnerung an Brügge, erste Aprilwoche

Claire zog sich die Decke über den Kopf und vergrub sich so tief sie konnte im Bett.

»Lass mich einfach ein paar Stunden allein, okay?«, murmelte sie. Ihre Seite des Bettes sackte nach unten und eine Sekunde später wurde ihr die Decke weggezogen.

»Ich habe dich gerade eine Stunde allein gelassen. In der Zeit hättest du eigentlich duschen und dich anziehen sollen. Was ist denn los?« Er wischte die Tränen von ihren Wangen. »Du hast beinahe die gesamte Nacht im Schlaf geweint, wusstest du das?«, fragte er leise.

»Ich habe ein Baby weinen gehört.« Sie griff nach der Decke, aber Josh zog sie weiter nach unten.

»Die Frühstückszeit ist bald beendet, aber ich habe dem Koch versprochen, dass du auf dem Weg nach unten bist. Er hat dir etwas Champagner reserviert.« Er wackelte mit den Augenbrauen.

»Champagner zum Frühstück?« Ihr gefiel dieses kleine belgische Luxushotel, das in einer Seitenstraße verborgen lag.

»So viel Sekt mit Orangensaft, wie dein Herz begehrt. Aber trink nicht zu viel – wir müssen heute noch eine Menge laufen. Denk dran, wir wollten den Rest der Stadt erkunden, abgesehen von all den Chocolaterien.«

Sie waren gestern am frühen Nachmittag in Brügge angekommen und hatten Stunden damit verbracht, die Hauptstraßen entlangzuwandern und in sämtliche Chocolaterien einzukehren, auf die sie dabei stießen.

Schokolade in jeder Chocolaterie in Brügge zu kosten, war ein Punkt auf Joshs Wunschliste. Bei einer Stadt mit mehr als fünfzig solcher Läden gab es da eine Menge Zwischenstopps und Kostproben. Das hatte er gestern Abend dann stolz abhaken können, auch wenn er sich dabei gleichzeitig über Magenschmerzen beklagte.

»Geh du allein«, sagte Claire.

Josh stand auf, griff nach ihren Händen und zog sie mit sich hoch. »Auf keinen Fall, du kommst mit.«

Claire ließ sich hochziehen und drückte sich für eine kurze Umarmung an ihren Mann. Die Erinnerung an dieses Weinen verfolgte sie noch immer. Sie konnte nicht loslassen.

»Ich habe eine Idee.« Josh führte sie durch das große Zimmer die Treppe nach oben zum Whirlpool. Sie hatten ein Upgrade für eine spektakuläre Suite erhalten.

»Und die wäre?«

»Nehmen wir uns heute frei. Von allem.«

Überrascht sah sie ihn an. »Von allem?«

Er nickte. »Wir können einfach nur auf Entdeckungstour gehen. Kein Jack. Keine Geschichten. Keine Zeichnungen. Keine Erinnerungen. Kein Trauern. Nur das, was jede Minute uns bringt.«

Sie ließ das sacken. »Verstehe. Von allem.«

»Von allem. Wir leben einen Tag lang von einem Augenblick zum nächsten, Stunde für Stunde. Weißt du noch, wie wir das früher immer getan haben?«

Das Weinen aus ihren Träumen ließ nach, als das, was ihr Mann vorschlug, in ihren Gedanken langsam Form annahm. »Das kann ich tun. Von einem Augenblick zum nächsten.«

»Gut.« Das Lächeln auf seinem Gesicht war breit und strahlend, und seine Augen leuchteten vor Aufregung. »Ich habe gehört, es gibt ein Kloster, das wir uns ansehen sollten, und dann müssen wir zur Church of Our Lady, um *Madonna und Kind* anzusehen. Und wenn wir Zeit haben, könnten wir bei Choco-Story vorbeischauen, dem Schokoladenmuseum …«

Claire schüttelte den Kopf. »Oh nein. Keine Schokolade mehr. Das hast du gestern versprochen.« Sie drohte ihm mit dem Finger. »*Ein Tag*, hast du gesagt, ein Tag, und deinen Willen bekommen. Ein Tag, um eine Schokostadt zu erkunden. Nicht mehr.« Wenn sie noch einmal den Duft einer Chocolaterie riechen musste, würde ihr übel werden.

»Aber falls wir zufällig vorbeikommen …« Er ließ den Satz unvollendet.

»Natürlich werden wir an einem Laden vorbeikommen, die gibt es hier alle naselang. Nein, Josh.« Sie klopfte auf seinen Bauch. »Denk nur, wie viel wir schon laufen müssen, nur um die Schokolade von gestern abzutrainieren. Auf keinen Fall. Aber hast du mir nicht ein paar original belgische Waffeln und Bier versprochen?«

Er leckte sich übertrieben die Lippen und rieb über seinen Bauch, was sie zum Kichern brachte. Sie wusste, dass er versuchte, sie von ihrer Traurigkeit abzulenken und wieder ein Lächeln auf ihr Gesicht zu zaubern.

Für einen Augenblick fühlte sie sich schuldig, gelächelt zu haben.

»Nur ein Tag«, sagte Josh leise, als würde er ihre Gedanken lesen.

»Ein Tag.«

* * *

Wenn Claire sich jemals in eine Stadt verliebt hatte, dann in Brügge. Diese mittelalterliche Kleinstadt war voller Charme, Charakter und erfüllt von einer Ruhe, die ihre Seele besänftigte. Was wäre nötig, damit sie hier leben könnten, wenigstens teilweise, oder jedes Jahr zu Besuch kommen könnten? Sie brauchte nur einen Monat, wenigstens einen Monat, damit der Frieden, den sie hier gefunden hatte, sie so erfüllen konnte, dass sie ihr Alltagsleben fortführen konnte.

Insbesondere einen Ort gab es, den sie wieder besuchen wollte, wieder und immer wieder: der Beginenhof. Das Gelände strahlte einen Frieden aus, der ihr fast den Atem raubte. In dem Augenblick, in dem sie durch das riesige Portal in den Gartenbereich schritten, spürte sie es. Die Ruhe. Die Stille. Sie besänftigte ihr Herz und füllte sie mit Wärme. Claire wollte nur zwischen den gelben Narzissen sitzen und einfach sein.

Der quadratische Garten war umgeben von einer Gruppe weißer Gebäude. Ein paar Türen standen offen, und wenn man neugierig genug war, um hineinzuschauen, sah man Nonnen, die ihrem Tagwerk nachgingen.

Sie wollte die Szene zeichnen, die Blumen, die Bäume, den Schatten der Häuser … und vielleicht würde sie das eines Tages. Sie wusste, dass Josh einige Fotos vom Garten und den Häusern gemacht hatte, sogar von einer Nonne, die den Weg entlangging. Vielleicht würde sie heute Abend in ihrem Skizzenbuch an einer Zeichnung arbeiten. Sie sollte versuchen, einen Laden für Kunstbedarf zu finden, da ihr Skizzenbuch fast voll war.

»So, wir haben die *Madonna und Kind* und jetzt das Kloster gesehen. Was möchtest du heute sonst noch machen?« Josh hielt ihre Hand, während sie auf einer Brücke stehen blieben und auf die Boote voller Touristen herablächelten, die unter ihnen entlangfuhren.

»Lass uns einfach nur herumspazieren.« Claire steckte die kleine Stadtkarte in ihre Handtasche. »Ich will eine Postkarte kaufen, um sie am Schwarzen Brett im Hotel zu lassen – unseren eigenen kleinen Touch hinterlassen und auch etwas zum urigen Ambiente beitragen. Wer weiß? Vielleicht kommen wir eines Tages zurück, wenn wir alt und grau sind, und finden sie immer noch vor. Danach können wir ein Pub oder Restaurant aufsuchen, etwas belgisches Bier trinken, uns lokale Musiker anhören … lass uns einfach nur herumlaufen. Für einen Augenblick.«

»Für eine Stunde«, sagte Josh.

»Für den Rest des Tages.« Claire lächelte zu ihm hoch. Sie war nicht mehr von Traurigkeit belastet. Ihr Herz war leicht und glücklich, und so sollte es auch sein. Sie waren in dieser beeindruckenden mittelalterlichen Stadt umgeben von Geschichte, und sie sollten das genießen, anstatt in der Vergangenheit zu leben.

Sie atmete tief ein.

Sie würde im Augenblick leben. Wenn auch nur für heute.

18
CLAIRE

Heute

Claire saß zusammengerollt in ihrem großen Lesesessel im Büro, kritzelte in den Rändern ihres Notizbuchs und las noch einmal die letzte Seite, die sie gerade geschrieben hatte.

Sie war heute Morgen zum ersten Mal seit über einer Woche ohne Kopfschmerzen aufgewacht und hatte sich gleich an die Arbeit gemacht. Josh war unterwegs, also hatte sie das Haus für sich, was befreiend war. Zum ersten Mal seit Langem war nicht ständig jemand bei ihr, um sicherzustellen, dass es ihr gut ging.

Es ging ihr mehr als gut und sie wünschte, die Leute würden anfangen, das zu glauben.

Bewaffnet mit Kaffee und frischem Obst hatte Claire zwei Designs für das neueste Jack-Buch beendet und fand nun, dass es Zeit war, ihr eigenes Projekt zu starten. Sie konnte kaum glauben, dass sie es wirklich in Angriff nahm.

Erneut las sie die Zeilen, die sie geschrieben hatte, und fragte sich, wie Josh das jeden Tag tun konnte. Wie fielen ihm die Worte ein, die die Kinder nicht nur zum Lesen ermutigten, sondern gleichzeitig auch ihre Fantasie beflügelten?

Das hier war kein Jack-Buch. Das konnte es auch gar nicht sein. Sie wollte eine Geschichte über ein kleines Mädchen namens Zoe oder Lilly oder Rose oder etwas anderes schreiben. Sie konnte sich für keinen Namen entscheiden. Er musste haargenau stimmen, ein Name, der einen Eindruck hinterließ. Aber sich den perfekten Namen für einen Charakter auszudenken, erwies sich als ebenso schwierig, wie einen Namen für ihr eigenes Baby zu finden.

Joshs neueste Vorschläge waren Zara oder Tyone.

Aber auch die waren nicht perfekt.

»Wer bist du da drin, Kleines?« Claire streichelte ihren Bauch und dachte über all die Namen nach, die Josh bisher seiner Liste hinzugefügt hatte. Er wollte das Geschlecht nicht wissen. Er würde es bevorzugen, überrascht zu werden, aber Claire nicht. Sie wollte es wissen. Sie musste es wissen.

Sie glaubte, oder hoffte zumindest, dass es ein Mädchen sein würde. Eine Tochter, die sie hübsch anziehen und mit Schleifen im Haar ausstatten konnte, ein kleines Mädchen, das ihren Daddy um den Finger wickeln würde, ein wunderhübsches Engelchen, das alle Herzen mit ihrem süßen Lächeln zum Schmelzen brachte.

Dies war keine Wiederholung für sie. Es war kein Weg für sie, um Buße zu tun oder ein Loch in ihrem Herzen zu stopfen, nachdem sie ihren kleinen Jungen weggegeben hatte. Sie sorgte sich, dass sie bei einem Jungen nach demselben Blick in seinen Augen suchen würde, den ihr Sohn gehabt hatte, nach dem vertrauten Verziehen seines Gesichts, wenn er gähnte, oder dem kleinen Grübchen in seinem Kinn.

Das wäre nicht fair, weder für Josh noch für das Baby.

Claire rieb sich den Nacken, neue Kopfschmerzen kündigten sich an. Sie stöhnte, als sie einen verspannten Bereich massierte, und fragte sich, wie lange sie wohl ohne Tylenol durchhalten würde. Sie begann langsam wirklich, diese Kopfschmerzen zu hassen, hasste das beständige dumpfe Pochen, mit dem sie erwachte, und den durchdringenden Schmerz, der sich im Laufe des Tages immer weiter verstärkte. Sie versuchte jedoch, sich nicht zu beschweren, denn wenn das der einzige Nachteil ihrer Schwangerschaft war, ging es ihr ziemlich gut. Zumindest konnte sie essen, wenn sie Hunger hatte, und sie hatte nicht mit der Übelkeit zu kämpfen, über die sich die meisten Frauen beschwerten.

Sie blickte hinunter auf die Worte, die sie geschrieben hatte.

Wenn xxx (Notiz an mich selbst: perfekter Name gesucht, aber nicht Josh fragen) träumte, dann von Schlössern und Einhörnern und winzigen kleinen Feen, die sie an den Zehen kitzelten, sodass sie lachen musste. Ihr Lachen war magisch und die kleinen Feen brauchten ihre Magie.

Irgendetwas an ihrer Idee stimmte nicht. Warum musste sie träumen? Warum konnte das kleine Mädchen, über das sie schrieb, nicht in einem Land leben, in dem ihr Lachen tatsächlich magisch war?

Claire klopfte mit dem Stift gegen das Notizbuch und dachte das durch. Vor ihrem geistigen Auge konnte sie die passenden Bilder zur Geschichte sehen – Schlösser mit Türmen, die vor rosa Diamanten glitzerten, und Einhörner, die durch den Himmel flogen. Sie konnte sich vorstellen, wie Josh ihrer Tochter die Geschichte vorlas und innehielt, um ihre Zehen zu kitzeln, sodass ihr kleines Mädchen lachen würde, genau wie in der Geschichte.

Claire lehnte sich in ihrem Sessel zurück und drehte leicht den Kopf hin und her, um eine Blockade in ihrem Nacken zu lösen, dann lächelte sie.

Sie legte das Notizbuch beiseite und ging ins Babyzimmer, in dem sie das Tagebuch abgelegt hatte, das Josh ihr gekauft hatte. Jeden Tag fügte sie ihrer Wunschliste mehr Sachen hinzu, sobald sie ihr in den Sinn kamen, und ihr würden zweifellos die Seiten im Tagebuch ausgehen, bevor ihr Baby da war. Vielleicht sollte sie eine jährliche Wunschliste für das Baby erstellen – Dinge, die sie tun sollten, bevor es ein Jahr wurde, dann zwei und so weiter. Das wäre möglicherweise eine bessere Idee und würde für etwas Ordnung sorgen.

Es klingelte an der Tür, und noch bevor sie die Treppe nach unten gegangen war, hörte sie schon, wie sich die Tür öffnete und ihre Mutter nach ihr rief.

»Du musst nicht aufstehen. Ich komme nur vorbei, um dir etwas frischen Obstsalat zu bringen.« Millie machte vor Schreck beinahe einen Satz, als sie die Treppe erreichte und Claire dort erblickte.

»Zu spät«, sagte Claire. Sie nahm Millie die Schüssel ab und ging voraus in die Küche. »Danke für den Obstsalat. Ich habe aktuell ein Verlangen nach Kiwi und Erdbeeren. Bitte sag mir, dass da Kiwis und Erdbeeren drin sind.« Sie lächelte ihrer Mutter zu, öffnete den Deckel und schob sich eine Beere in den Mund.

»Gloria hat sogar einen kleinen Behälter mit noch mehr dazugepackt, falls das hier drin nicht ausreicht.« Millie zog einen kleinen Essensbehälter aus ihrer Tasche und stellte ihn in den Kühlschrank.

»Ich muss mich heute Abend bei ihr bedanken.« Claire nahm eine Gabel aus dem Küchenschrank und begann den Salat zu essen, plötzlich wie ausgehungert.

»Hast du Pläne fürs Abendessen?«

»Ich hoffe es. Josh kommt erst spät nach Hause und ich möchte nicht kochen. Außerdem ist es schon eine Weile her, dass wir dort waren, und jetzt habe ich eine gute Entschuldigung.« Sie schlang weiterhin den Obstsalat herunter und war erstaunt, wie köstlich er schmeckte.

»Wie fühlst du dich heute?« Millie füllte den Teekessel und stellte ihn auf den Herd. Claire nahm an, das bedeutete, dass ihre Mom länger bleiben wollte.

»Gar nicht so schlecht. Nicht so müde, und das ist toll.«

»Wieder Kopfschmerzen?« Ihre Mom drehte das heiße Wasser auf und spülte die Teekanne aus, die auf der Theke stand.

»Im Moment, ja, aber heute Morgen noch nicht. Es war schön, mal nicht sofort mit dem Gefühl eines Vorschlaghammers in meinem Gehirn aufzuwachen, sobald ich mich bewegte.« Sie erkannte schon, wohin dieses Gespräch führen würde, denn es war zweifellos dasselbe, was auch Josh und Abigail ihr gesagt hatten.

»Ich glaube nicht, dass diese Kopfschmerzen normal sind, Claire. Wie gut kannst du sehen? Du solltest deswegen zu Abigail gehen.« Millie stellte die Teekanne ab, die jetzt mit heißem Wasser gefüllt war, und wartete darauf, dass das Wasser im Teekessel kochte.

Millie machte ihren Tee auf ganz spezielle Weise und Claire liebte das. Sie war begeistert gewesen, als sie im *Blossom Lane Bed and Breakfast* in London übernachtet und gesehen hatte, dass ihre Mutter den Tee richtig zubereitete.

»Was hat mein Sehvermögen mit meinen Kopfschmerzen zu tun?« Es ging ihr gut. Warum wollten die Leute ihr nicht glauben? Erst gestern hatte sie gelesen, dass Kopfschmerzen bei schwangeren Frauen ziemlich häufig auftraten.

»Ich meine es ernst«, wiederholte ihre Mutter. »Warum rufst du nicht gleich mal in der Klinik an und erkundigst dich, ob sie Zeit für dich hat? Ich fahre dich auch hin.«

»Es geht mir gerade gut, aber danke.« Claire griff nach der kleinen Tablettenflasche, die sie auf der Theke stehen hatte, und schüttete zwei auf ihre Hand.

»Wenn du es nicht tust, mache ich es.« Mit schmalen Lippen beobachtete Millie, wie Claire die Tabletten schluckte.

»Es sind nur Kopfschmerzen. Ich wünschte, alle würden mich deswegen in Ruhe lassen.«

Millie hob nur eine Augenbraue und warf ihr diesen Blick zu, der sagte: *Wen willst du davon überzeugen*?

»Ich hatte auch vorher schon Kopfschmerzen, wie du vielleicht weißt.«

Millie schüttelte streng den Kopf und sah weg.

Claire seufzte. »Na schön. Ich rufe an.«

»Danke.« Millie reichte ihr das Telefon und wartete darauf, dass sie wählte.

Claire rollte die Augen. Rebecca ging ran und sagte ihr, dass Abigail heute keinen Termin mehr freihatte. Claire wollte nach dem nächsten Tag fragen, aber Rebecca überraschte sie mit der Aussage, Dr. Shuman könnte sie empfangen. Normalerweise war Dr. Shuman derjenige, der immer überfüllt war, da er in der Stadt bei Jung und Alt beliebt war.

Millie war entzückt. Sie griff nach ihren Schlüsseln und schob Claire schneller aus dem Haus, als sie jemals ihre Mutter sich hatte bewegen sehen.

»Wenn irgendjemand herausfindet, was los ist, dann Dr. Shuman.« Millie drückte Claires Hand. »Bald ist alles wieder gut.«

* * *

Claire nahm sich einen Erdbeerlolli von Dr. Shumans Schreibtisch. Manche Dinge änderten sich nie, genau wie sein Büro. Seit sie ein Kind war, war er der Hausarzt der Stadt gewesen, bis das Krankenhaus gebaut wurde und mehr Ärzte dazukamen. Er behielt seine kleine Klinik am Rand der Innenstadt und dann schloss Abby sich ihm an. Abgesehen von einem Glas halb voll mit Lollis und einem Notizblock war sein Schreibtisch makellos. Sie glaubte auch nicht, bei ihm jemals einen chaotischen Schreibtisch gesehen zu haben. Seine Wände waren voll mit Bildern, gezeichnet auf seinem Notizblock von seinen Patienten, sowohl Kindern als auch Erwachsenen.

Während sie auf ihn wartete, nahm Claire sich das Notizbuch und den Bleistift daneben und begann zu zeichnen. Von ihr hingen bereits ein paar Bilder an der Wand, aber sie konnte einfach nicht anders.

Bis er ankam, hatte sie nicht nur ihr Bild gemalt, sondern es auch mit an die Wand zwischen die anderen Bilder gehängt.

Ihr gefiel ihr Bild von heute ziemlich gut.

»Ich konnte es kaum glauben, als ich deine Mutter da draußen gesehen habe. Erinnert mich an die Zeit, als du ein kleines Mädchen mit Zöpfen warst. Und jetzt bist du kurz davor, ein eigenes Kind zu bekommen.« Dr. Shuman schüttelte den Kopf. »Die Zeit fliegt wirklich, oder?«

»Wer hätte gedacht, dass Millie mich noch immer herschleppen müsste, um Sie zu sehen?« Sie lächelte, während er sich mit ihrer Akte in der Hand auf den Rand seines Schreibtischs setzte.

»In der Tat. Muss ziemlich ernst sein, wenn du so stur bist. Aber du bist ja immer nur sehr ungern hergekommen.« Er hob die linke Augenbraue.

»Ich mag einfach keine Ärztezimmer, das ist alles.« Claire zuckte mit den Schultern.

»Und was führt dich heute her?«

»Meine Kopfschmerzen. Abigail hat gesagt, ich soll herkommen, wenn sie schlimmer werden.«

Dr. Shuman setzte sich auf den Stuhl hinter dem Schreibtisch und öffnete ihre Akte.

»Wie oft bekommst du die?«

»Jeden Tag. Es ist tatsächlich selten, dass ich keine habe.«

»Hast du jetzt auch welche?« Er kritzelte in ihre Akte.

Claire nickte. »Sie haben gerade angefangen. Heute war vermutlich das erste Mal seit ein paar Wochen, dass ich nicht gleich damit aufgewacht bin.«

Er lehnte sich zurück. »Was nimmst du dagegen und wie viel?«

»Tylenol, extrastark, und Abigail hat mir gesagt, dass ich nur sechs pro Tag nehmen soll, falls es nötig ist.« Sie konnte ihm nicht in die Augen sehen.

»Ich habe dich nicht gefragt, wie viele Abby dir erlaubt hat zu nehmen, oder?« Er nahm die Brille ab und hielt sie in der Hand.

Sie zuckte zusammen. »Wenn sie sich zu einer Migräne entwickeln, nehme ich manchmal bis zu acht oder zehn Tabletten. Na ja … ich könnte auch noch mehr nehmen, aber – ich trinke auch noch Tee. Viel Tee.«

»Tee ist gut. Du hast ein Baby in dir, auf das du achten musst. Du musst darüber nachdenken, was du tust, was du isst oder einnimmst und welche Auswirkungen das auf das Kleine in dir hat.«

Claire ließ den Kopf hängen, sah dann aber wieder auf und lächelte. »Es ist ziemlich erstaunlich, oder?«

Dr. Shuman nickte. »Ziemlich erstaunlich. Ich habe geholfen, dich auf die Welt zu bringen, und du kannst darauf wetten, dass ich mit Abigail auch im Raum sein werde, um dieses Kind zu sehen. Ich muss deine Fotos dann mit an meine Familienwand hängen.«

Eine der Wände der Klinik war voll mit Fotos von Babys, die entweder von Abby oder Dr. Shuman gehalten wurden. Auf diese Wand war die Klinik sehr stolz, und Claire konnte es kaum erwarten, dass ihr Baby auch dort zu sehen war.

»Hast du von den Kopfschmerzen abgesehen irgendwelche anderen Symptome? Bist du immer noch müde? Wie ist dein

Appetit? Leidest du unter morgendlicher Übelkeit?« Der Blick des älteren Arztes war ziemlich ernst.

»Ich bin erschöpft, aber nicht so schlimm wie vorher. Mir ist überhaupt nicht übel, aber das ist gut, oder?« Sie biss sich auf die Lippe.

»Alte Frauen erzählen sich, je stärker die Übelkeit, desto gesünder das Baby, aber deine eigene Mutter ist der Beweis dafür, dass das nicht immer der Fall ist. Du machst dir doch keine Sorgen, oder?« Er beugte sich vor und verschränkte die Hände.

»Was ist mit den Kopfschmerzen? Die hatte ich früher nie, könnten es also einfach nur …?« Sie ließ den Satz unvollendet.

»Schwangerschaftshormone sein?«, fragte er.

Sie nickte.

»Das ist möglich. Dein zweites Trimester fängt an und es ist ziemlich häufig …« Er zögerte, als er sich ihre Akte weiter ansah. »Dein Blutbild sieht gut aus. Abigail hat allerdings eine Notiz hinterlassen, dass sie sich Sorgen wegen deiner Kopfschmerzen macht.« Er seufzte und lehnte sich zurück. »Ich möchte dich zum MRT schicken.«

Das traf Claire unerwartet. »Ein MRT? Wegen Kopfschmerzen? Finden Sie nicht, dass das ein bisschen übertrieben ist? Schadet das dem Baby?«

Dr. Shuman stand auf und setzte sich wieder auf den Rand seines Schreibtischs.

»Es existieren Studien, dass MRTs völlig sicher bei Schwangerschaften sind. Deswegen musst du dir keine Sorgen machen. Ich lasse Rebecca einen Termin vereinbaren.« Er beugte sich vor und legte seine Hand auf ihre Schulter. »Ich bin gleich wieder da.«

Claire atmete ein paarmal tief durch, um sich zu beruhigen. Alles war gut. Ihrem Baby ging es gut. Ihr ging es gut.

Mit leicht zittrigen Händen zog sie ihr Handy heraus und schrieb ihrem Mann eine SMS.

Bin wegen der Kopfschmerzen beim Arzt. Millie hat mich hergeschleppt. Ich bekomme ein MRT.

Sie wusste, dass Josh unterwegs war, aber war nicht sicher, wo er sich gerade aufhielt.

Brauchst du mich? Ich kann in zehn Minuten da sein. Geht's dir gut?

Ging es ihr gut? Gute Frage.

Sie war niemand, die wegen Kleinigkeiten Panik schob, aber das hier fühlte sich nicht wie eine Kleinigkeit an. Sie blickte zu ihrer Akte auf dem Schreibtisch und zog sie heran. Die Tatsache, dass Abby Notizen über ihre Kopfschmerzen gemacht hatte, störte sie.

Auf einem Klebezettel hatte Abby Folgendes notiert: *Schlimmer werdende Kopfschmerzen. Falls sie wiederkommt, Scan machen. Sicher.*

Claire schob die Akte wieder zurück und versuchte, sich zu beruhigen, aber bei dem leichten Klopfen an der Tür zuckte sie zusammen.

»Geht's dir gut hier drin?« Abby steckte den Kopf herein.

Claire drehte sich etwas in ihrem Stuhl und schüttelte den Kopf. Sie versuchte zu antworten, aber sie wusste, wenn sie das tat, würde sie anfangen zu weinen.

»Tut mir leid, dass ich keine Zeit für dich hatte, aber ich bin froh, dass du hier bist. Ich habe Will gerade Rebecca bitten hören, dir noch heute einen Termin im Krankenhaus für ein MRT zu besorgen.« Abby trat ein und schloss die Tür hinter sich. Sie hockte sich hin, sodass sie auf einer Höhe mit Claire war, und griff nach ihren Händen.

»Ich habe deine Notiz gelesen.« Claire war stolz auf sich, dass keine Tränen kamen. »Du machst dir Sorgen um mich?«

Abby verstärkte ihren Griff. »Ich möchte lieber auf Nummer sicher gehen. Mir gefallen deine Kopfschmerzen nicht.«

»Aber sie sind normal für schwangere Frauen.«

Abby zuckte mit den Achseln. »Ich hoffe, es ist nur eine hormonelle Sache, aber lass mich jetzt einfach mal Ärztin sein, ja? Wir müssen sichergehen.«

Claire sah zur Decke und stieß die Luft aus. »Also muss ich mir keine Sorgen machen?«

Abigail stand auf. »Ich sag dir was: Wenn nichts dabei herauskommt und es nur die Hormone sind, verspreche ich, dir die absolut beste Babyparty zu schmeißen, die es in dieser Stadt je gegeben hat.«

»Das wirst du doch sowieso tun.« Claire gelang ein Lächeln.

»Stimmt. Okay, wie wär's, wenn ich die beste Babyparty aller Zeiten schmeiße und wir das ultimative Mädelswochenende machen, bevor du in deiner Schwangerschaft zu weit fortgeschritten bist?« Sie hielt ihr die Hand hin.

»Na schön.« Claire schüttelte die Hand. »Aber du schuldest mir außerdem dein berühmtes Brathähnchen zum Abendessen. Heute Abend.«

»Heute Abend?« Abby hob die Stimme. »Habe ich vergessen zu erwähnen, dass ich heute völlig ausgebucht bin und völlig kaputt sein werde, wenn ich zu Hause ankomme?«

»Mir egal. Ich bin die schwangere Freundin, die du stresst. Brathähnchen. Heute Abend.« Claire sah sie streng an.

Abby seufzte. »Na schön. Wenn das bedeutet, dass du etwas isst, dann kann ich mich nicht beschweren. Aber erst nach acht. Und ich erwarte, dass du Wein und Nachtisch mitbringst. Vielleicht Kuchen von *Sweet Bites*?«

Die Tür öffnete sich und Dr. Shuman trat ein. »Abigail, du belästigst doch nicht die süße Claire, oder?«

Abby lächelte. »Ganz und gar nicht. Ich konnte meiner lieben Freundin hier nur gerade einen Kuchen aus dem Kreuz leiern, das ist alles. Ich sollte gehen. Mrs Getschen wartet vermutlich schon darauf, dass ich wieder einen Blick auf ihre entzündeten Fußballen werfe.«

»Zimmer fünf«, sagte Dr. Shuman. Er hielt die Tür auf und wartete, bis sie wieder nur zu zweit waren. »Also, Rebecca konnte ihre Magie wirken und man kann dich sofort dazwischenschieben. Es ist völlig schmerzlos. Du musst dreißig bis vierzig Minuten stillliegen und dann dürfte ich das Ergebnis innerhalb von ein paar Tagen bekommen.«

»Aber dem Baby kann ganz bestimmt nichts passieren?« Claire brauchte diese Zusicherung.

»Gar nichts, das verspreche ich dir. Aber tu mir einen Gefallen: nicht mehr als sechs Tylenol, wenn es geht, okay?«

Claire stöhnte. Er hatte ganz offensichtlich keine Ahnung, wie schlimm ihre Kopfschmerzen werden konnten.

Ihr Handy summte. *Ich bin da. Rede mit deiner Mom.*

»Josh ist da.« Sämtliche Anspannung in Claire schwand in dem Wissen, dass er hier bei ihr war.

»Guter Mann. So sehe ich das gern.« Dr. Shuman öffnete seine Tür für sie. »Pass auf, dass er gut für dich sorgt, sonst bekommt er es mit mir zu tun. Vertrau mir, ich könnte dafür sorgen, dass sein nächster Check-up nicht so sanft abläuft.«

19
CLAIRE

Heute

Claires Hände zitterten sichtlich. Würde Josh sie nicht aufrecht halten, würde sie vermutlich zusammenbrechen.

Seit dem MRT war sie das reinste Nervenbündel.

Sie wusste, dass alles gut war. Aber sie fühlte sich nicht so.

Diesen Nachmittag hatte sie einen Termin für eine weitere Blutabnahme. Abby ging davon aus, dass das Ergebnis ihres Hirnscans vorliegen würde, und versicherte ihr, dass sie sich keine Sorgen machen musste.

Leicht für sie zu sagen.

»Möchtet ihr noch mehr?« Julie Peters, Besitzerin des Coffeeshops *Odd Cup*, stand mit einer Kanne Kaffee an ihrem Tisch.

Claire schüttelte den Kopf und hielt eine Hand über ihre Tasse, aber Josh hielt seine hoch.

»Du machst den besten Kaffee, Julie.« Josh nippte an seinem flüssigen Gold. »Wann lässt du uns hier Kaffeebohnen kaufen?«

Dasselbe fragte er schon seit zwei Jahren. Und seit zwei Jahren gab Julie ihm dieselbe Antwort.

»Damit ich dein hübsches Gesicht dann nicht mehr sehe? Niemals.« Sie zwinkerte Claire zu. »Wie geht's dir? Ich habe einen speziellen Rooibos-Tee, der gegen Übelkeit hilft. Den solltest du probieren.«

»Danke, Julie, aber ich glaube, ich bin jetzt weit genug, dass das nicht mehr auftritt. Drück mir die Daumen.«

»Wirklich?« Julie klang überrascht. »Hast du darüber mit Abigail geredet? Meine Mom hat immer gesagt, je mehr man unter Übelkeit leidet, desto besser.«

Claire bemühte sich, ihr Lächeln aufrechtzuerhalten. Seit ihre Schwangerschaft bekannt worden war, hatte sie von allen Seiten alle möglichen Ratschläge bekommen.

»Meiner Mom war nie übel, also ist das hoffentlich eine Familiensache.«

Das schien Julie zu besänftigen. »Das ergibt Sinn. Ich kann dir gar nicht sagen, wie aufgeregt alle wegen deines Babys sind. Wenn es jemand verdient, Eltern zu werden, dann ihr zwei. Habt ihr schon über Namen nachgedacht?« Sie beugte sich vor. »Im *Last Call* läuft eine Wette, was Geschlecht und Name angeht. Wusstet ihr das?«

»Wirklich?«, fragte Josh.

»Wirklich. Mike organisiert das Ganze. Ich habe Geld auf ein Mädchen namens Emily gesetzt«, sagte Julie, während Claire auf die Uhr sah und dann zum Fenster hinausstarrte. Die Sekunden zogen sich in die Länge und sie war unruhig.

»Lass mich meinen Kaffee austrinken, dann können wir rübergehen.« Josh beobachtete sie, und sie sah neue Sorgenfalten um seine Augen und auf seiner Stirn.

Das hier war vermutlich für ihn ebenso stressig wie für sie, aber er gab sein Bestes, um für sie optimistisch zu bleiben.

»Was, wenn mit dem Baby etwas nicht stimmt?«, flüsterte Claire.

Bei ihren Worten weiteten sich Joshs Augen, dann schüttelte er den Kopf.

»Es ist alles in Ordnung. Wenn etwas wäre, hätten sie uns sofort herbestellt.« Josh zwang sich zu einem Lächeln, aber Claire hörte die falsche Hoffnung. Sogar er machte sich Sorgen.

Als sie endlich durch die Vordertür der Klinik traten, zitterten Claires Hände noch stärker, ihr Mund war trocken und sie konnte nur noch daran denken, dass irgendetwas mit dem Baby nicht stimmte.

»Mit dem Baby ist alles in Ordnung.« Abigail kam sofort auf Claire zu, als sie das leere Wartezimmer betreten hatte, und umarmte sie fest.

Claire sah fragend in Abbys rot umrandete Augen. »Warum dann die Tränen?«

Abby schüttelte den Kopf, berührte sie leicht am Arm und kämpfte um Worte. Das war nicht die Dr. Abigail Cox, die alle kannten und liebten. Die Frau, die ruhig und stark für ihre Patienten blieb, die es zu ihrer Mission gemacht hatte, niemals im Büro zusammenzubrechen – die fest daran glaubte, dass ihre Patienten sie stark brauchten und sie daher auch stark sein würde.

»Abigail, was ist los?«, fragte Josh.

Abby schüttelte den Kopf und krallte sich am weißen Kittel fest, den sie über ihrem Shirt und der Jeans trug.

»Ich habe dich aus dem Fenster heraus gesehen und wollte dich nur kurz drücken. Na los, nehmen wir dir Blut ab, bevor du zu Dr. Shuman reingehst.«

Abigail sah ihr nicht in die Augen. Claire blickte zu Josh, um zu sehen, ob es ihm aufgefallen war.

Sie hatte nie gedacht, dass Abigail sie anlügen würde. Sie hatte es nie getan, wenn die Fruchtbarkeitsbehandlungen sich als negativ herausstellten. Aber jetzt, in diesem Augenblick, wusste Claire tief in ihrem Herzen, dass sie angelogen wurde.

Ihre Beine zitterten, als sie zu einem der Behandlungsräume gingen. Keine von ihnen redete, während Abby fünf Röhrchen Blut abnahm, Claires Herz abhorchte und ihren Blutdruck überprüfte.

»Wie fühlst du dich? Immer noch erschöpft? Wie sind die Kopfschmerzen? Irgendwelche Krämpfe oder Übelkeit?« Abigail ratterte ihre Fragen herunter.

»Nicht sicher. Ich habe jetzt gerade Kopfschmerzen. Keine Krämpfe, und Julie sagt, dass Übelkeit während einer Schwangerschaft sogar ein gutes Zeichen wäre. Sollte ich mir Sorgen machen?«, fragte Claire.

»Hattest du beim ersten Mal morgendliche Übelkeit?«

Nur wenige Menschen wussten von ihrer ersten Schwangerschaft. Abigail war einer davon. Sie als ihre Ärztin sollte es auch wissen, besonders, da sie jahrelange Fruchtbarkeitsbehandlungen zusammen mitgemacht hatten.

Claire schüttelte den Kopf.

»Dann würde ich mir keine Sorgen machen. Was weiß Julie schon? Und was meinst du mit *nicht sicher*?«

»Du hast gefragt, wie ich mich fühle. Ich bin mir nicht sicher. Wie soll ich mich denn fühlen? Ich bin nervös, ängstlich, müde und ärgerlich. Sind das nur Schwangerschaftshormone oder etwas anderes? Sollte ich Angst haben? Ich kann das Gefühl nicht abschütteln, dass etwas nicht stimmt. Hast du dich geirrt? Hätten wir das MRT wegen des Babys doch nicht machen sollen?« Claires Stimme wurde immer höher, je mehr Fragen sie stellte.

»Ich glaube, was du fühlst, ist normal. Tut mir leid, dass das so stressig für dich war. Bitte glaub mir – dem Baby geht es gut. Dein Ultraschall steht in einigen Tagen an und dann wirst du es selbst sehen. Habt ihr schon darüber nachgedacht, ob ihr das Geschlecht wissen wollt?«

Da war wieder die Dr. Abigail Cox, die Claire erwartete. Ihre Stimme war gefasst, autoritär und mit der Andeutung eines Lächelns darin, um sie zu beruhigen.

»Wir wollen überrascht werden«, sagte Claire. »Na ja, Josh zumindest.«

»Seid ihr sicher? Es ist okay, wenn ihr eure Meinung kurz vorher ändert, das geht vielen Pärchen so.«

»Und uns den Spaß verderben?«, fragte Josh. »Wusstest du, dass eine Wette über Geschlecht und Name läuft?«

Abigail errötete.

»Was hast du getippt?«, fragte er.

»Ich kann mir ein kleines Mädchen mit ihrem Daddy vorstellen, du nicht?« Abby grinste, wurde aber schnell wieder ernst. »Will wartet vermutlich in seinem Büro auf euch. Wir sehen uns dann später, okay?«

»Klar.« Claire räusperte sich. »Kennst du die … äh … Ergebnisse?«

Sie war allerdings nicht sicher, ob Abby sie gehört hatte. Sie öffnete die Tür und eilte hinaus, bevor Claire überhaupt Gelegenheit zum Aufstehen hatte.

»Bringen wir es hinter uns.« Josh seufzte und ging ihr voraus. Sie folgten Abby zu Dr. Shumans Büro am Ende des Ganges.

Dr. Shuman saß an seinem Schreibtisch und sah sich eine Akte an, von der Claire vermutete, dass es ihre war. Die Tür zum Buchregal hinter seinem Schreibtisch stand offen und der Monitor, der normalerweise verborgen war, war herausgezogen und angeschaltet worden. Zwei Scans von Claires Gehirn waren dort zu sehen.

Er stand auf, als sie eintraten.

»Abigail, wenn du gerade keine Patienten hast, würde ich dich bitten, auch hierzubleiben«, sagte Dr. Shuman.

Claire blieb ruhig und beobachtete den Gesichtsausdruck ihrer Freundin und ihres Hausarztes. Etwas stimmte nicht. Sie wandte ihre Aufmerksamkeit den Scans auf dem Monitor zu und versuchte irgendetwas an ihrem Gehirn zu entdecken, das falsch aussah.

»Wie sind die Kopfschmerzen heute, Claire?«, fragte Dr. Shuman, als er sich wieder hinter seinen Schreibtisch setzte. »Auf einer Skala von eins bis zehn.«

»Vier.« Was bedeutete, dass sie bis jetzt auch schon vier Tabletten genommen hatte, um das Pochen zu unterdrücken, mit dem sie aufgewacht war.

»Die Kopfschmerzen sind nur hormonell bedingt, oder?«, fragte Josh.

Claire wartete darauf, die Bestätigung zu hören. Sie musste hören, dass Dr. Will Ja sagte. Sie beugte sich vor, bereit für seine Antwort.

»Nicht wirklich.«

Claire setzte sich zurück und seufzte.

Dr. Shuman tippte seine Zeigefinger aneinander, als würde er über seine nächsten Worte nachdenken.

»Ich habe in meinen Jahren als Arzt gelernt, dass man unerwartete Nachrichten nicht schönreden kann. Claire, du hast das, was man ein anaplastisches Meningeom nennt, einen Hirntumor Grad drei.«

Die Worte zogen Claire den Boden unter den Füßen weg. Sie hatte das Gefühl zu ertrinken. Dr. Shuman sprach weiter, aber sie konnte die Worte nicht mehr hören. Sie waren verzerrt und entstellt.

Ihre Fingerspitzen begannen zu kribbeln und kalt zu werden, die Kälte kroch ihre Adern hoch, in ihre Arme und ihre Brust. Sie konnte nicht mehr atmen. Sie kämpfte darum, ihre Lunge zum Funktionieren zu bringen, Luft einzuatmen und wieder auszustoßen, aber auch diese war eingefroren. Ihr Körper schwebte über dem Stuhl, auf dem sie gesessen hatte, bevor sich alles um sie herum zu drehen begonnen hatte. Sie versuchte, nach Josh zu greifen, aber er schien so weit weg. Und dann verschwand alles.

20
JOSH

Heute

Er fing sie auf, bevor sie fallen konnte.

»Claire.« Ihr Arm war kalt. »Claire.« Er rief ihren Namen wieder und immer wieder, während er sie in einem seltsamen Winkel hielt. Sie war nach vorn und rechts gekippt, in seine Richtung.

Abby stürzte vor, half ihm, sie wieder in ihren Stuhl zurückzulehnen, und sah sie dann nur an.

»Tu doch etwas.« Seine Frau war gerade ohnmächtig geworden. Sie hatte einen Hirntumor und sie war ohnmächtig geworden. Das musste doch etwas bedeuten. Warum half Abby ihr nicht?

»Claire? Claire, Schatz? Kannst du mich hören?«, fragte Abigail sanft und strich mit ihren Händen sanft Claires Arme auf und ab, als versuchte sie, sie aufzuwärmen.

Josh sah Dr. Shuman an und fühlte sich gleichzeitig hilflos und wütend. »Ist das, weil … weil sie …« Er konnte nicht einmal die Worte aussprechen.

Er hatte Dr. Shuman laut und deutlich gehört. Er wusste genau, was »anaplastisches Meningeom, Hirntumor Grad drei« bedeutete. Krebs. Eine Krankheit, an der seine eigene Mutter gestorben war. Allerdings war ihrer Grad vier gewesen, und als man ihn entdeckt hatte, war es bereits zu spät.

»Ist sie vor heute schon einmal ohnmächtig geworden?«, fragte Dr. Shuman.

»Nein. Sie hat nur Kopfschmerzen, und sie schläft sehr viel.« Josh beugte sich vor und vergrub sein Gesicht in den Händen. »Warum habe ich das nicht früher gesehen? Ich kenne die Zeichen. Ich hätte das sehen sollen.« Seine ganze Welt wurde gerade auf den Kopf gestellt, und es gab nichts, was er tun konnte.

Seine Frau regte sich und Josh setzte sich abrupt wieder aufrecht hin.

Ihre Lider flatterten und sie drehte sich zu ihm, ihre Augen flehend auf ihn gerichtet.

»Na also.« Abigail stand auf, hielt Claires Hand aber weiter in ihrer. »Ich glaube, das ist das erste Mal, dass ich dich habe ohnmächtig werden sehen.«

Er konnte die falsche Fröhlichkeit in Abigails Stimme hören, aber es war der Ausdruck von Besorgnis in ihrem Gesicht, der ihm am meisten Angst machte.

Wenn Abigail sich Sorgen machte, stand es nicht gut.

»Josh? Ich will nach Hause gehen. Bitte.« Claire entzog Abigail ihre Hand und streckte sie nach ihm aus.

Er stand auf, nahm seine Frau in den Arm und hielt sie ganz fest. »Geht es dir gut?« Er küsste ihre Stirn. »Ich muss wissen, dass es dir gut geht«, flüsterte er so, dass nur sie es hören konnte.

Sie nickte, aber ihr Körper verspannte sich, als sie Dr. Shuman anstarrte.

»Claire, setz dich doch bitte hin.«

Der Körper seiner Frau zitterte in seinen Armen. »Lassen Sie mich sie nach Hause bringen«, sagte Josh.

»Wir müssen darüber reden.« Dr. Shuman schüttelte den Kopf, stand auf und stützte sich mit den Händen auf dem Schreibtisch ab. »Bitte, ich weiß, das ist überwältigend und« – er atmete tief ein – »furchteinflößend, aber ihr seid nicht allein.«

»Es ist schon gut«, flüsterte Claire. »Es geht mir gut.« Sie kehrte zu ihrem Stuhl zurück, hielt seine Hand aber weiterhin. Kleine Schauer durchfuhren ihren Körper.

»Es tut mir leid.« Sie schüttelte den Kopf. »Das Letzte, was ich Sie habe sagen hören, war, dass ich einen Tumor habe.« Sie schluckte hart bei diesem Wort, aber sie hielt seinem Blick stand. Ihr Griff um Joshs Hand wurde allerdings fester.

»Claire, deine Kopfschmerzen sind das Ergebnis eines Tumors dritten Grades, der Druck auf deine Schädelbasis ausübt. Ich wünschte, ich könnte dir sagen, dass sie von den Schwangerschaftshormonen kommen, aber das kann ich nicht.« Der Arzt setzte sich wieder hin, beugte sich aber vor, legte die Ellbogen auf dem Schreibtisch ab und beobachtete Claire aufmerksam.

»Was bedeutet *Grad drei*?«, fragte sie.

»Einige Krebsarten verschwinden nach der Behandlung – ob nun durch einen chirurgischen Eingriff, Strahlenbehandlung oder sogar Chemotherapie. Einige kommen zurück. Grad drei bedeutet, dass die Chancen trotz Behandlung hoch stehen, dass er wiederkommt.«

Die Stille im Raum, während alle zusahen, wie Claire seine Worte verarbeitete, war greifbar.

»Ich habe also einen Hirntumor und Sie sagen mir, dass er nicht weggehen wird.« Sie nickte leicht. »Was ist mit meinem Baby? Gibt es da Bedenken? Können wir sofort einen Ultraschall machen, um das zu überprüfen?« Sie legte ihre freie Hand auf ihren Bauch.

»Was sind unsere Optionen?« Josh drehte sich in seinem Stuhl, um Abigail und Dr. Shuman anzusehen. Er las zwei verschiedene Szenarien in ihren Gesichtern. Abigail schien unsicher und Dr. Shuman entschlossen.

»Claire, dem Baby geht es gut.« Zumindest Abbys Stimme klang zusichernd.

»Ich werde ehrlich zu euch sein.« Dr. Will räusperte sich. »Wenn du nicht schwanger wärst, würde ich eine sofortige Operation und danach Bestrahlung empfehlen.«

»Aber?«, fragte Josh.

»Josh, Bestrahlung ist für das Baby zu gefährlich. Es gibt dabei zu viele Risiken.«

»Was meinen Sie mit Risiken?« Claire setzte sich auf die Stuhlkante und war ganz auf den Arzt konzentriert.

Josh legte seine Hand auf ihren Rücken. Er musste sich jetzt mit ihr verbunden fühlen.

»Du bist jetzt in« – Dr. Will prüfte die Akte, bevor er aufsah – »der zwölften Woche, was bedeutet, wir haben fast die Zeit überstanden, in der die normalen Fehlgeburten auftreten, aber die Schwangerschaft ist noch nicht weit genug fortgeschritten, um diese Möglichkeit auszuschließen. Ich …«

»Fehlgeburt?« Die Worte klangen, als würden sie Claire ersticken. »Wann ist das Risiko dafür vorbei?«

»Ungefähr in der zwanzigsten Woche. Ich würde vorschlagen, dass wir warten, bis die Schwangerschaft weiter fortgeschritten ist, aber die Strahlendosis, die du brauchst, ist zu hoch.«

»Zu hoch für …?«

»Es besteht ein Risiko für starke Deformationen wie neurologische oder motorische Defizite.«

Claire nickte, lehnte sich zurück und sammelte sich.

»Wir warten also, bis das Baby geboren ist. Richtig?«

»Warten?« Josh gefiel nicht, was er da hörte. »Können wir das? Wächst der Tumor?« Er schüttelte den Kopf. »Das ist das Risiko nicht wert.«

Claire drehte sich zu ihm. »Das Baby ist das Risiko nicht wert? Willst du das etwa sagen?«

Josh rieb sich mit der Hand übers Gesicht. »Das habe ich nicht gesagt.«

»Was wir tun werden, nennt sich aktive Überwachung. Wir werden den Tumor beobachten und herausfinden, ob er wächst. Wenn er das nicht tut, haben wir Zeit.« Dr. Shumans Blick wurde sanft, als er Claire ansah.

Josh versuchte, seine Worte zu verarbeiten.

»Sie wollen damit also sagen, dass wir *nichts tun*. Sie könnte sterben, aber wir tun nichts?« Seine Stimme wurde lauter, als die Realität dessen, was gerade passierte, ihm einen Schlag in die Magengrube versetzte. Er könnte seine Frau verlieren, seine Gefährtin, die einzige Person, die seinem Leben Sinn gab – weil sie schwanger war.

»Sie wird nicht sterben, Josh. Das lasse ich nicht zu.« Abigail sagte die Worte, die er hören wollte, aber in diesem Augenblick war er nicht sicher, ob er sie glaubte.

»Ich werde nicht sterben, Josh.« Sie sah ihn an, und was Josh in ihrem Blick las, ließ ihn verstummen.

Sie war diejenige mit dem Hirntumor, die sterben konnte, und sie tröstete *ihn*.

Was stimmte mit ihm nicht?

»Wenn Sie beobachten sagen, meinen Sie noch mehr MRTs?«, fragte sie.

»Ja. Und wir behalten auch deine Symptome genau im Auge, wie du dich fühlst. Ich möchte, dass du ein Tagebuch führst.« Dr. Shuman zog ein kleines Notizbuch aus einer Schublade seines Schreibtischs und reichte es ihr. »Ich möchte, dass du für jeden Tag aufschreibst, wann du Kopfschmerzen bekommst, wie lange sie andauern, und dass du sie von eins bis zehn einstufst. Schreib auch genau auf, wie du dich fühlst, dein Energielevel, was du isst und so weiter. Es gibt nie zu viele Informationen. Abigail und ich werden zusammenarbeiten, du kannst es ihr also jede Woche zeigen und mir jeden Monat, wenn du herkommst. Wenn sie irgendetwas sieht, das wir uns genauer ansehen müssen, kümmern wir uns dann darum.«

Claire blätterte durch das Notizbuch und nickte. Sie reichte es Josh, damit er es sich ansehen konnte. Es war eine Art Tagebuch, oben mit Abschnitten für Datum, Symptome und Ernährung, und dann mit einem kleineren Abschnitt unten auf jeder Seite für besondere Notizen. Es war praktisch angeordnet und für seine ständig Notizen schreibende Frau genau das Richtige.

»Ich weiß, es ist eine Menge zu verarbeiten, und ich bin sicher, ihr habt viele Fragen. Am besten geht ihr jetzt erst einmal nach Hause und ruht euch aus, und Abigail kommt dann später vorbei.« Dr. Shuman sah zu Abigail hoch.

»Auf jeden Fall. Wie wär's, wenn Derek und ich kommen und Abendessen mitbringen? Wir können das dann durchsprechen und einen Plan aufstellen. Es wird alles gut, Claire. Ich verspreche es.« Abigail trat von der Theke weg, an der sie gelehnt hatte, und zog Claire hoch, um sie zu umarmen. »Ich verspreche es.«

Josh stand ebenfalls auf, blieb aber stehen, während Abigail Claire aus dem Zimmer führte. Er drehte sich zum Arzt um und starrte ihn an, bis er wusste, dass Claire sie nicht mehr hören konnte.

»Sagen Sie es mir geradeheraus. Meine Mutter ist an einem Hirntumor Grad vier gestorben, ich weiß also, wie das aussieht. Sie wird sterben, nicht wahr?«

Dr. Shuman presste einen Finger auf den Nasenrücken und stieß die Luft aus.

»Ich liebe dieses Mädchen, als wäre sie meine Tochter. Das weißt du, oder? Ich werde nicht zulassen, dass sie stirbt, Josh. Das verspreche ich dir.«

»Was ist mit dem Baby?«

Dr. Shuman ließ die Schultern sacken und in diesem Augenblick wirkte der ältere Arzt wirklich alt.

»Ich will nicht lügen. Es wäre alles einfacher, wenn sie nicht schwanger wäre. Wie gesagt, ich würde sie sofort operieren lassen und dann die Bestrahlung starten. Dann hätte sie eine bessere Chance.«

Für einen Augenblick war Josh sprachlos.

»Sie sagen also, sie sollte abtreiben?«

Dr. Shuman schüttelte den Kopf. »Nein, das sage ich nicht. Wenn ihr beide das entscheidet, könnten wir besprechen, wie es damit aussieht. Aber ich glaube, die aktive Überwachung ist im Moment unsere beste Option.« Er klopfte John auf die Schulter. »Es ist viel zu verarbeiten. Wenn du mich brauchst, ruf mich jederzeit an. Wir stehen das durch, Josh, und Claire und euer Baby schaffen das.«

Die Erinnerung an seine Mutter, wie sie dahingesiecht war, wie ihr Leben in diesen letzten Monaten gewesen war, traf ihn hart.

»Aber das können Sie nicht versprechen. Das weiß ich. Ich habe es miterlebt. Ich weiß, wie ein Hirntumor ist. Claire …« Seine Kehle war wie zugeschnürt, und es war schwer, die Worte herauszubekommen. »Sie ist mein Leben. Sie darf nicht sterben. Verstehen Sie das? Es ist mir egal, wie das klingt, aber sie darf nicht sterben.«

Er war überglücklich, Vater zu werden, zu wissen, dass ihr Traum, Eltern zu werden, endlich wahr wurde, aber noch mehr liebte er seine Frau. Er betete, dass er die Wahl nicht treffen musste, dass er das Beste aus beiden Welten haben konnte. Aber wenn er es musste, wenn es Claires Leben oder das des Babys bedeutete?

Da gab es keine Wahl. Nicht für ihn.

21
CLAIRE

Heute

Josh und sie sprachen auf dem Nachhauseweg nur wenig. Sobald sie im Haus waren, lief Josh wie ein Welpe ständig hinter ihr her, während Claire sich einen Eistee eingoss.

Dr. Shumans Worte wirbelten in ihrem Kopf und sie versuchte mit aller Macht, sie zu ignorieren.

»Warum legst du dich nicht hin und ich bringe dir deinen Tee nach draußen?« Josh wich ihr nicht von der Seite.

»Es geht mir gut«, schnappte sie.

»Tut es nicht. Deine Hände zittern so stark, dass du den Tee auf der ganzen Theke verschüttest.« Josh nahm ihr die Kanne ab und stellte sie hin. Er machte sauber, während sie nur wie betäubt dastand.

Sie streckte ihre Hände nach ihm aus. Er hatte recht.

»Es geht mir gut«, wiederholte sie.

Josh warf das Papiertuch in den Mülleimer. »Es geht dir nicht gut. Und mir geht's nicht gut. Nichts daran ist gut.«

»Nicht«, flüsterte Claire wie ein Gebet. *Tu das nicht. Verlier nicht die Hoffnung. Lass nicht zu, dass es dich überwältigt. Lass es uns nicht zerstören. Akzeptiere es nicht.*

Akzeptiere es nicht. Denn sie konnte es nicht.

Sie hatte keinen Hirntumor. Das konnte nicht sein. Sie hatte nur Kopfschmerzen, die von der Schwangerschaft verursacht wurden. Zu dem Zeitpunkt hatten doch auch die Kopfschmerzen begonnen – ungefähr, als sie schwanger wurde. Das musste doch etwas bedeuten, oder nicht?

Ihr Handy summte und sie zog es aus der Tasche.

Wir sind unterwegs.

»Du musst jetzt stark für mich sein, Josh. Für uns. Ich brauche dich, damit du mir zu verstehen hilfst, was los ist, denn ich tue es nicht.« Eine Flut aus Tränen bahnte sich ihren Weg. »Ich tue es nicht.« Sie weinte noch mehr.

In einer Millisekunde waren Joshs Arme um sie geschlungen und sie fühlte sich wieder sicher. Claire legte ihren Kopf an seine Brust und ließ die Tränen fließen.

»Es wird alles gut. Das muss es einfach.«

Claire sah auf und bemerkte die Tränen, die in den Augen ihres Mannes glitzerten. Sein Blick war gehetzt, nicht in der Lage, die Erinnerungen, die er verdrängt hatte, noch länger zurückzuhalten.

»Ich werde nicht sterben«, flüsterte sie.

»Wirst du nicht«, flüsterte er zurück.

»Abby ist unterwegs.« Claire zog sich leicht zurück und wischte sich das Gesicht mit der Hand ab. Sie atmete tief ein. Sie wusste, wenn sie es zuließ, würde sie unter dem Gewicht dessen, was ihr gerade gesagt worden war, zusammenbrechen. Aber das durfte sie nicht. Und das würde sie nicht. Sie musste stark sein. Für ihr Baby. Für ihre Familie.

Ein Blick in die Augen ihres Mannes bestätigte ihr das.

»Ich darf dich nicht verlieren«, sagte Josh.

»Das wirst du nicht.«

Claire zog einen Stuhl von der Kochinsel heran und setzte sich hin. Sie hielt ihr Glas zwischen ihren Händen und starrte gedankenverloren in die Flüssigkeit.

»Bevor wir gegangen sind, habe ich mit Dr. Shuman gesprochen.« Josh setzte sich neben sie, seinen Körper ihr zugewandt, seine Hand auf ihrem Bein. »Wenn du nicht schwanger wärst, würde er eine Operation empfehlen. Und zwar sofort.«

Sie schüttelte den Kopf.

»Aber ich bin schwanger, also ist das keine Option.«

»Aber was, wenn es – eine Option wäre?«

Was redete er da?

»Ich bin schwanger, Josh.« Als müsste sie ihn daran erinnern. Sie legte ihre Hände auf ihren Bauch und streichelte ihn sanft.

Sein Blick riss sich von ihrem los, er starrte die Decke an und wippte mit dem Bein. Sie kannte die Zeichen. Er war aufgebracht.

»Claire. Es ist noch früh. Wir könnten es wieder versuchen, wir …«

Das Geräusch ihrer Hand, die sein Gesicht traf, das laute Klatschen ihrer Handfläche auf seiner Wange erfüllte das Zimmer und erschreckte sie beide.

»Tut mir leid«, sagte sie und sah ungläubig ihre Hand an, die in der Luft hing.

Warum hatte sie sich gerade entschuldigt? Er sollte sich bei ihr entschuldigen. Bei ihrem Kind. Was dachte er nur?

»Tu das nicht«, flehte sie ihn an, ihre Stimme sanft trotz des Splitters von Wut, der sich zu ihrem Herzen vorarbeitete. »Das ist keine Option, Josh. Ist es nicht.«

Er bat sie, ihr Kind zu töten, das Kind, für das sie gebetet, von dem sie geträumt, wegen dem sie geweint hatten. Ihr Wunderbaby. Wie konnte er das von ihr verlangen?

»Ich entscheide mich für dich, Claire. Ich werde immer dich wählen. Ich brauche dich. Das wird dich umbringen. Ich weiß es.« Er schob seinen Stuhl weg und stand auf. »*Ich weiß es!*«, rief er aus, sein Gesicht von Schmerz erfüllt. Der Abdruck ihrer Hand auf seiner Wange war auf seinem bleichen Gesicht deutlich zu sehen.

»Es muss keine Wahl geben.«

»Es gibt immer eine Wahl. Und du hast deine bereits getroffen, nicht wahr?«

Bevor Claire eine Chance hatte zu antworten, klingelte es an der Tür. Josh riss die Arme hoch und ging, um zu öffnen. »Vielleicht kann Abby dich ja zur Vernunft bringen«, schnappte er.

Abbys Augen waren rot umrandet und die Tränen flossen, als sie zu Claire eilte, um sie zu umarmen.

»Es tut mir so leid«, sagte Abby. »Es tut mir so leid.«

»Wage es nicht, dich zu entschuldigen. Das ist nicht deine Schuld.«

»Ich weiß, aber …«

»Hör auf«, unterbrach Claire sie. »Wenn du weinen oder mich bemitleiden willst, tu das zu Hause. Aber nicht hier. Okay? Ich brauche keine Tränen. Ich brauche kein Mitleid. Ich werde kämpfen. Ich werde dieses Baby bekommen.« Sie funkelte ihren Mann an. »Und es wird mir gut gehen. Habt ihr gehört?« Sie durchbohrte sowohl Abby als auch Josh mit ihrem Blick.

Josh stand einfach nur unter Schock. So musste es sein. Nur das konnte der Grund dafür sein, dass er eine Abtreibung auch nur hatte erwähnen können. Der *einzige* Grund.

»Wo ist Derek?«, fragte Josh.

»Gleich hier.« Derek stand im Türrahmen, die Arme voll mit kleinen Schachteln, die, wie Claire erkannte, von der Stadtbäckerei stammten. »Das, was ich hier habe, kann doch bestimmt als Friedensangebot dienen?« Er hob die Augenbraue, während er in die Küche trat und die Schachteln abstellte. »Die Stimmung in diesem Zimmer ist ja zum Zerreißen gespannt. Kommt schon … Claire ist nicht tot. Zumindest noch nicht.« Er warf Claire, die seinen trockenen Humor zu schätzen wusste, ein wissendes Lächeln zu, während die anderen beiden aufkeuchten.

»Ernsthaft, Derek, das war ja wohl unnötig.« Abbys Blick erdolchte ihn und Joshs Gesicht verhärtete sich. Er riss ein kaltes Bier aus dem Kühlschrank und warf es fast auf Derek.

»Hey, ganz ruhig. Abs, du bist die letzte Person, von der Claire die Mitleidsschiene braucht. Sei die Ärztin, die du bist. Na los. Du hast doch gesagt, dass du dich zusammenreißen würdest, also schluck's runter.« Er öffnete eine der Schachteln und zog ein cremegefülltes Eclair heraus.

»Junge.« Er hielt es Josh hin. »Ich bin für dich da. Lass uns draußen ein Bier trinken, während sich die Dinge etwas beruhigen. Ich kenne dich und du brauchst einen Plan. Also« – er sah ihnen allen in die Augen – »arbeiten wir etwas aus.« Er reichte Claire eine kleine Schachtel und zeigte ihr den Windbeutel darin. »Abgemacht?«

»Abgemacht«, sagte Claire. Sie umarmte ihn, dankbar dafür, dass er so besonnen mit der Sache umging. Sie würde tun, was nötig war, um zu kämpfen. Heute würden sie einen Plan aufstellen.

* * *

Sobald die Jungs draußen waren, zupfte Claire ihren Windbeutel auseinander, stellte sicher, dass in beiden Seiten genug Sahne war, und reichte dann Abby die Hälfte.

»Kann ich noch eine Minute länger sentimental deswegen sein?«, fragte Abby.

»Nein. Ich … ich werde dich um etwas bitten und du darfst nicht Nein sagen.« Claire nahm einen Bissen von ihrem halben Windbeutel und stopfte gedanklich sämtliche Ängste und Sorgen, die sie hatte, in eine Schachtel, die sie tief in ihrem Inneren versteckte.

»Okay.« Abby stieß ein zittriges Lachen aus und stellte ihren Windbeutel ab, um Claire ihre volle Aufmerksamkeit zu schenken.

»Ich brauche dich als meine Cheerleaderin. Sowohl, was die Schwangerschaft angeht, als auch für den Tumor. Okay? Du kannst auch meine Ärztin sein, solange du die Sorge und Angst für dich behältst.« Sie legte ihr Gebäck hin und starrte ihre Freundin an.

»Unter keinen Umständen wirst du mir jemals einzureden versuchen, dass mein Leben wichtiger ist als das meines Kindes. Niemals. Verstanden?« Claire hatte es in ihrem Leben noch nie ernster gemeint.

Abigail nickte. »Claire«, sagte sie und griff nach ihrer Hand, »unser Angriffsplan wird darauf ausgerichtet sein, dich und dein Baby zu retten. Es gibt kein Entweder-oder, nicht bei mir.«

Langsam schloss Claire die Augen und stieß ihren Atem aus. »Danke«, flüsterte sie.

»Josh dreht durch, hm?«

Als Claire die Augen öffnete, sah sie die Andeutung eines Lächelns im Gesicht ihrer Freundin.

»Dreht durch?«, wiederholte sie. Sie blickte aus dem Fenster und sah zu, wie Josh nach vorn gebeugt dasaß, den Kopf in den Händen und die Schultern am Zittern. Sie hasste es, ihn so zu sehen. »Das ist noch milde ausgedrückt. Ich glaube, er ist der Meinung, ich sollte abtreiben.« Sie erstickte fast an den Worten.

»Du kannst ihm seine Reaktion nicht vorwerfen, Süße. Lass ihn das erst mal verarbeiten. Das ist es, was Derek draußen mit ihm macht. Josh den Abstand geben, den er braucht, um mit der Nachricht zurechtzukommen.«

»Ihr seid echte Freunde. Das weißt du, oder?«, sagte Claire.

»Ich weiß.« Abby grinste sie kurz an und biss in ihren Windbeutel. »Ich bin eine so tolle Freundin, dass ich sogar den zusätzlichen Windbeutel mit dir teilen werde, den ich mitgebracht habe.«

Claire schnaubte. »Hätte ich gewusst, dass es zwei gibt, hätte ich niemals geteilt.«

»Das ist doch auch wieder nur ein Zeichen unserer tollen Freundschaft.« Abby seufzte zufrieden, als sie ihren Anteil aufgegessen hatte. Sie sah Claire an. Aber als Tränen in ihren Augen aufstiegen, sah sie schnell weg.

Claire biss sich auf die Lippe und schaute in eine andere Richtung. Sie würde jetzt nicht die Fassung verlieren. Das konnte sie nicht. Vielleicht heute Abend, wenn sie allein unter der Dusche stand, wo Josh sie nicht schluchzen hören konnte. Vielleicht würde sie sich dann von der Wucht all dessen überwältigen lassen.

»Ich werde wieder okay, richtig?« Claires Stimme schwankte.

»Absolut. Ich verspreche, dass wir das durchstehen.« Die Überzeugung in Abbys Stimme beruhigte Claire ein bisschen.

»Diese aktive …« Sie konnte sich nicht mehr erinnern, wie Abby das vorhin genannt hatte. Tatsächlich erinnerte sie sich überhaupt nicht mehr an viel, worüber geredet worden war.

»Aktive Überwachung. Ich glaube wirklich, dass es das Beste ist, was wir im Moment tun können. Wir behalten deine Kopfschmerzen im Auge, sehen, wie es läuft, wie du dich fühlst. Das Ziel ist es, weit genug in der Schwangerschaft zu kommen, ohne …« Abby sah wieder weg.

Claire gab ihr ein Taschentuch und las zwischen den Zeilen. »Also, ich bin jetzt in der zwölften Woche. Wann kann ein

Baby frühestmöglich entbunden werden?« Sie war überrascht, wie ruhig sie klang.

»Ich hätte gern, dass du die gesamte Schwangerschaft schaffst, Claire. Das ist das Ziel.«

»Wie schaffen wir das ohne Strahlung oder Chemo oder Operation?« Sie erinnerte sich zwar nicht an viel von dem, was im Büro gesagt worden war, aber an diesen Teil schon.

»Wir fangen damit an, dass du versprichst, ehrlich zu mir zu sein. Keine Lügen. Keine großzügig ausgelegten Interpretationen. Kein Versteckspiel darüber, wie schlimm die Dinge stehen, weil du Angst hast, was das bedeuten könnte. Du musst ehrlich zu mir sein und mir vertrauen.«

»Natürlich werde ich ehrlich sein.« Das war doch klar. Warum sollte sie auch nicht?

»Du musst auf einer Skala von eins bis zehn einschätzen, wie schlimm deine Kopfschmerzen werden. Du hast vorhin gesagt, sie wären bei vier. Das ist aushaltbar. Aber wenn du zu acht kommst, müssen wir einschreiten. Verstehst du das?«

Claire schüttelte den Kopf. »Ich werde alles tun, um mein Kind zu beschützen.« Sie rieb sich leicht den Bauch. »Nur das ist wichtig. Wenn ich also mit einer Acht zurechtkommen muss, werde ich das.«

»Nein, das wirst du nicht. Eine Acht ist für die meisten Leute nahe an einer Zehn, und das bedeutet, dass es zu spät ist. Das ist nicht akzeptabel.«

Claire ließ das sacken. »Das Ziel ist also, nicht zu einer Acht zu kommen.«

Abby nickte. »Es gibt viel, das wir tun können, damit die Kopfschmerzen aushaltbar bleiben.«

»Wie Kräutersachen, oder? Tee, Vitamine …«

Abby lächelte. »Ja, das wird alles helfen. Massagen helfen und im Krankenhaus gibt es einen Chiropraktiker, der auch guttun wird. Er verwendet alternative Behandlungsmetho den, nicht die Chiropraktik. Er ist außerdem dafür bekannt, Nackenschmerzen gut zu behandeln. Er kommt nur einmal die Woche ins Krankenhaus, aber ich werde ihn anrufen.«

»Welche anderen Methoden verwendet er?« Sie war nicht sicher, ob ihr die Idee gefiel, wegen eines Tumors einen Chiropraktiker aufzusuchen. Das klang einfach … nicht richtig.

»Sie nennt sich Aktivatortechnik. Anstatt die Wirbelsäule mit scharfen Drehungen zu manipulieren, verwendet er ein Gerät mit Sprungfeder, um kleinste Anpassungen an deiner Wirbelsäule vorzunehmen. Was bedeutet, dass er den Tumor überhaupt nicht berühren wird. Es ist sicher, vertrau mir.« Die Überzeugung in Abigails Stimme beruhigte Claire.

Okay, sie konnte das tun. Sie würde das tun.

»Wollen wir uns nach draußen zu den Jungs gesellen?«, schlug sie vor. Sie bemerkte, dass Josh etwas entspannter wirkte. Er saß zurückgelehnt in seinem Stuhl, die Hand um eine Flasche Bier geschlungen.

Sobald sie draußen war, legte sie eine Hand auf seine Schulter und drückte sanft. Er stellte die Flasche ab, zog sie auf seinen Schoß und schlang seine Arme um sie. Seine Lippen liebkosten ihren Nacken und er flüsterte ihr ein »Ich liebe dich« ins Ohr.

»Ich weiß ja nicht, was ihr Ladys da drinnen diskutiert habt, aber ich habe eine brillante Idee«, sagte Derek.

Claire bemerkte, wie er sie ansah, als würde er ihre emotionale Reaktion einschätzen. Sie lächelte ihm zu, um ihn wissen zu lassen, dass es ihr gutging. Und das tat es auch. Für den Augenblick.

»Und was ist die brillante Idee, du toller Hecht?« Abigail setzte sich in den Stuhl neben ihrem Mann.

»Du brauchst eine Schwangerschaftswunschliste.«

Als niemand etwas sagte, fuhr er fort. »Du hast doch für alles andere in deinem Leben eine Liste. Warum nicht auch dafür? Etwas, worauf du dich abgesehen von deinem Tumor konzentrieren kannst.«

Claire gefiel die Idee und sie ergab Sinn. Eine Menge Sinn. Sie löste sich von Joshs Schoß und ging hinein. Sie hatte genau das richtige Notizbuch, in das sie diese neue Liste hineinschreiben konnte.

»Habe ich etwas Falsches gesagt?«, hörte sie Derek fragen.

Sie ging in ihr Büro und holte ein kleines Notizbuch heraus, das sie für etwas Besonderes aufbewahrt hatte. Das Notizbuch war in zartem Rosa mit einem geprägten Spruch auf dem Umschlag.

Du scheiterst nur, wenn du aufgibst.
Also gib nicht auf.
Niemals.

Das passte perfekt auf ihre aktuelle Situation. Sie nahm einen Stift von ihrem Schreibtisch und lächelte. Alice hatte ihn ihr bei der Signierstunde geschenkt. Es war ein kleiner grüner Stift mit den Worten *Wildes Herz* darauf, und oben baumelte ein Geweihanhänger. Er brachte sie zum Lächeln.

»Ist alles okay?«, fragte Derek, als sie wieder nach draußen kam.

Sie küsste Josh auf die Stirn und zog sich einen Stuhl neben ihm heran. Er runzelte die Stirn, aber sie wollte nicht wieder auf seinem Schoß sitzen. Es war Zeit, sich an die Arbeit zu machen.

»Deine Idee einer Wunschliste ist perfekt. Ich will aber realistische Ziele dafür haben. Dinge, die ich wirklich immer wieder abhaken kann. Ich will jede Seite mit normalen, gewöhnlichen Dingen füllen, die man tun würde, während man schwanger ist, sowie mit den Dingen, die ich tun muss« – sie sah zu Abby – »damit mein Arzt zufrieden ist.«

»Ich denke, der letzte Eintrag sollte sein, dein Kind in den Armen zu halten und zum ersten Mal zu küssen.« Dereks Augen glänzten leicht feucht, als er das sagte. Er sah einen Moment nach unten auf den Boden und nahm dann einen Schluck Bier.

Claire blätterte zur letzten Seite und schrieb genau diese Worte auf.

»Das Erste auf deiner Wunschliste sollte sein …« Josh tippte sich grübelnd ans Kinn.

»Dieses Mammutwerk von Schwangerschaftsbuch lesen, das du gekauft hast«, schlug Abby vor.

»Das ist gut.« Claire lächelte und schrieb es auf. Sie sollte es wirklich lesen.

Mehr und mehr Ideen wurden genannt, und Claire schrieb sie alle in ihr Buch. Von täglichen Spaziergängen über wöchentliche Massagen bis hin zum Essen von gesunden Dingen – als die Ideendichte langsam abnahm, hatte sie bereits mehrere Seiten gefüllt.

Abby bestand darauf, dass sie eine Seite den Massagen widmete und die Daten aufschrieb, an denen sie sie bekam, damit sie das auch wirklich überprüfen konnte.

»Ich finde, du solltest auch jeden Monat ein neues Outfit ergänzen, das ist gut fürs Selbstbewusstsein«, meinte Abby.

»Was ist denn falsch an meinem Selbstbewusstsein? Ich finde, ich sehe okay aus.«

»Natürlich tust du das, Süße.« Abby beugte sich vor. »Aber jede Entschuldigung, Klamotten shoppen zu gehen, ist eine gute.«

Josh stöhnte, als Claire das fröhlich ihrer Liste hinzufügte. Ihr Magen knurrte.

»Das ist wohl mein Stichwort, mit dem Abendessen loszulegen. Bleibt ihr hier?«, fragte Josh.

»Wir könnten essen gehen«, sagte Derek.

Der Gedanke, in die Öffentlichkeit zu gehen, raubte Claire den Atem. Sie schüttelte leicht den Kopf.

»Oder wir könnten etwas bestellen? Wie wär's mit Chinesisch? Das hatten wir schon länger nicht«, bot Derek an, als würde er spüren, dass etwas nicht stimmte.

»Claire?« Josh legte eine Hand auf ihren Arm, streichelte ihn sanft und sah sie besorgt an.

»Ich will nur … Ich will nur ein bisschen zu Hause bleiben. Ist das okay?« Sie verstand nicht, woher plötzlich die Panik allein beim Erwähnen vom Ausgehen kam. Sie konnte nur vermuten, dass sie einfach noch etwas zu überwältigt war.

Trotz ihres Lächelns und ihrer äußerlichen Ruhe war sie innerlich alles andere als das. Sie fühlte sich angespannt, als könnte sie jeden Augenblick zerbrechen.

»Süße, es war ein langer Tag. Nimm doch ein heißes Bad, entspann dich und lass dich von Josh umsorgen. Derek und ich müssen nicht bleiben. Ich sehe morgen wieder nach dir.«

Claire nickte, dankbar für Abbys Umsichtigkeit.

»Danke«, sagte sie. »Ihr seid die Besten.«

»Wir stehen das durch. Ich verspreche es.« Abby drückte sie fest. »Du bist nicht allein, selbst wenn es anfängt, sich so anzufühlen. Das bist du nicht.« Mit festem Griff hielt sie Claire an den Schultern. »Ich bin an deiner Seite.«

»Und ich auch«, sagte Derek. »Vor allem, um dich daran zu erinnern, zu lächeln und ein bisschen zu lachen.«

Erst nachdem die beiden gegangen waren, ließ Claire ihren Tränen freien Lauf.

Josh hob sie hoch und trug sie ins Haus, wo sie eng aneinandergekuschelt auf dem Sofa saßen.

»Ich muss es meiner Mom sagen«, sagte Claire, ihre Finger um den Kragen von Joshs Hemd geschlungen.

»Noch nicht«, sagte er, während er mit ihren Haarsträhnen spielte. »Lass uns noch diesen Abend, ja? An dem es nur wir beide in unserer kleinen Welt sind. Wenn du Millie jetzt anrufst, wird sie innerhalb von Minuten hier sein und wir werden diese Gelegenheit zum Durchatmen nicht mehr haben.«

»Sie wird verletzt sein, dass ich nicht sofort angerufen habe«, meinte Claire und fühlte sich etwas schuldig.

»Dann ist das ihr Problem. Nicht deins. Ruf sie morgen an oder schick ihr eine SMS und lade sie zum Frühstück ein.«

Die Idee gefiel Claire.

»Wie wär's, wenn du jetzt ein Bad nimmst, und ich mache uns etwas zu essen?«

»Ich habe nicht wirklich Hunger, Josh.« Wenn sie nicht wirklich sagte, meinte sie eigentlich überhaupt nicht.

»Ich weiß. Aber … du musst essen. Du musst so gesund wie möglich bleiben. Nicht nur für dich, sondern auch für das Baby.«

Claire starrte ihm ins Gesicht und versuchte, den Sinn hinter seinen Worten zu erfassen. Hatte er ihre Entscheidung also akzeptiert, sich auf das Baby zu konzentrieren? Ihr kleines Wunder nicht aufzugeben?

»Okay«, flüsterte sie. Sie war nicht sicher, wo er jetzt stand, aber vielleicht brauchte er auch einfach Zeit. Zeit, sich damit abzufinden, es zu akzeptieren und sich damit zu arrangieren.

Allerdings war ihr absolut nicht klar, wie sie beide die Tatsache akzeptieren sollten, dass sie an einem Hirntumor sterben könnte.

22
MILLIE

Heute

Millie strotzte nur so vor Energie, und auch noch genau der richtigen.

Sie musste atmen, ruhig bleiben, das erfassen, was ihre Tochter ihr da gerade offenbart hatte, und einen Weg finden, das wieder geradezubiegen.

Genau jetzt, in diesem Augenblick, brauchte Claire sie mehr denn je.

»Okay, wenn ich dich also richtig verstehe, verweigerst du jede Form der Behandlung, weil es dem Baby schaden könnte. Wir müssen also alternative Methoden finden, um diesen Tumor zu bekämpfen und mein Enkelkind zu schützen. Richtig?«

Claire nickte.

Millie war nicht sicher, ob sie derselben Meinung war. Sie hatte außerdem das Gefühl, ihre Tochter würde ihr nicht die ganze Wahrheit sagen.

»Was brauchst du von mir?«

Claire lehnte sich mit einem zittrigen Lächeln in ihrem Stuhl zurück, den Kaffee in den Händen. »Unterstütze mich. Sei für mich da. Sorge dafür, dass ich nicht die Hoffnung verliere.«

Millies Magen fühlte sich wie Blei an. Ihre Tochter klang so, als hätte sie bereits die Hoffnung verloren, und das war nicht gut. Wenn das der Fall war, würde sie all ihre Ängste und Sorgen in eine Kiste packen und tief in ihrem Herzen im entferntesten Schrank, den sie finden konnte, verstecken.

»Ich bin für dich da. Wann immer du mich brauchst. Ich werde deine größte Unterstützerin. Wirkt dieser Tee von David?« Ihre Sätze verliefen ineinander, aber Claire würde das hoffentlich nicht auffallen.

Ihre Tochter verzog das Gesicht und Millie kicherte, dankbar, dass Claire sich mehr auf den Tee als ihre Nervosität konzentrierte.

»Gib doch etwas Zucker dazu, um den Geschmack zu verbessern, wenn es sein muss.«

»Wenn du mir sagst, ich soll's runterschlucken, dann werd ich sauer.«

»Das würde ich doch nie sagen. Das hast du ja gerade für mich erledigt.« Millie schlang unter dem Tisch ihre Hände ineinander und drückte fest ihre Finger.

»Und was passiert als Nächstes?«, fragte sie.

»Was meinst du?«

Millie sprang auf, um ihre Tasse mit heißem Wasser zu füllen. Sie tauchte ihren Teebeutel wiederholt ein. Sie musste sich bewegen, musste mehr tun, als nur hier herumzusitzen.

»Was sind die nächsten Schritte? Was tust du jetzt? Ich finde, es muss doch etwas geben, das wir tun können, anstatt einfach nur zuzusehen, wie du …« Sie brach ab.

»Nicht. Sieh mich nicht so an. Ich bin weder eine Laborratte, noch liege ich auf dem Totenbett. Ich habe Kopfschmerzen und ich bin schwanger. Ich will das Leben genießen, so gut ich es kann. Wir müssen also nichts anderes tun als das, was wir auch sonst tun. Ich werde jeden Tag Tagebuch schreiben, Abby wird überwachen, wie schlimm meine Kopfschmerzen werden, und du hilfst mir, mich auf dieses Baby vorzubereiten, während Josh und ich an unseren Geschichten arbeiten.«

»Also alles wie immer.«

Claire nickte. »Ganz recht. Das ist alles, was ich tun kann, Mom. Ich werde nicht zerbrechen. Ich komme damit zurecht.«

»Das weiß ich, Schatz.«

Ihre Tochter war stark und ruhig, und sie bewunderte das. Aber was, wenn ihre Tochter hier nur eine Vermeidungshaltung einnahm? Das waren nicht nur Kopfschmerzen, mit denen sie zurechtkommen musste. Ein Tumor Grad drei war nichts, das man ignorieren konnte, und doch hatte sie das Gefühl, dass ihre Tochter genau das wollte.

»Erinnerst du dich noch, was ich damals für dich getan habe, wenn du Kopfschmerzen hattest?«, fragte Millie.

»Du meinst, als ich zum ersten Mal schwanger war? Im Cottage?« Claire runzelte nachdenklich die Stirn. »Du hast mir den Kopf massiert, oder?«

Millie nickte. »Du solltest wöchentliche Massagen bekommen, vor allem im Kopfbereich. Ich weiß, du musst vorsichtig sein wegen der Lage des Tumors und allem, aber wenn Dr. Will oder Abby deine MRT-Scans herausgeben, könnte das den Therapeuten vielleicht helfen, dir besser zu helfen.«

Es war nicht viel, aber wenn sie kleine Dinge finden konnte, um ihrer Tochter da durchzuhelfen, dann würde sie das tun. Sie sah auf die Uhr und bemerkte, dass es fast schon Mittag war. Wenn sie jetzt ging, konnte sie noch in die Innenstadt und nachschauen, ob Dr. Will im Pub zu Mittag aß. Falls ja, würde sie kurz mit ihm reden und vielleicht könnte er ihr besser erklären, was gerade vor sich ging.

»Schätzchen, es macht dir doch nichts aus, wenn ich gehe? Ich möchte David aufsuchen, um zu sehen, ob er noch andere Teesorten hat, die besser schmecken. Du musst dich doch bestimmt auch wieder an deine Zeichnungen setzen. Wie wär's, wenn wir heute Abend essen gehen? Vielleicht im *Wandering Table*? Ich kann nachschauen, was Gloria auf der Speisekarte hat.« Sie bemerkte den panischen Blick ihrer Tochter. »Was ist denn los?«

»Ich bin nicht …«, begann Claire und räusperte sich. »Äh, ich würde lieber zu Hause bleiben, wenn das okay ist.«

Überrascht griff sich Millie an die Kehle. Ihr gefiel nicht, was sie da in der Stimme ihrer Tochter hörte.

»Seit wann schlägst du ein Essen aus, das du oder Josh nicht selbst kochen müsst? Du liebst Glorias Kochkünste.«

Claire trat vor die Tür zu ihrem Garten und sah nach draußen, nicht zu Millie.

»Claire? Was ist denn los?«

Die Schultern ihrer Tochter hoben und senkten sich dann wieder. »Nichts. Ich will nur … Ich will nur im Augenblick zu Hause bleiben. Ich will, dass alles normal ist, ich brauche die Normalität. Auch wenn ich weiß, dass nichts normal ist.« Sie drehte sich um und ihr Blick wirkte gehetzt. »Hier, zu Hause, kann ich so tun, als wäre alles okay und als hätte ich die Kontrolle. Aber wenn die Leute davon hören … werden sie mich mitleidig ansehen. Ich kann nicht …« Sie ließ den Kopf sinken und Millie eilte zu ihr, legte ihre Arme um ihre Tochter und hielt sie fest.

»Alle in der Stadt lieben dich. Das weißt du, oder?«, sagte Millie sanft.

Claire nickte.

»Sie werden traurig sein und einige werden nicht sicher sein, was das bedeutet, aber davon abgesehen … Ich wäre schockiert, wenn du nicht nur Leuten begegnen würdest, die dich unterstützen wollen, ob nun mit einem Lächeln oder einer Umarmung oder Ratschlägen. Manche ignorieren vielleicht sogar die Tatsache, dass du einen Tumor hast, und konzentrieren sich auf deinen wachsenden Bauch, weil sie so glücklich sind, dass du bald das Baby bekommst, für das du gebetet hast.«

Ein paar Augenblicke sagte Claire nichts, aber dann drehte sie sich in Millies Armen um und umarmte sie ebenfalls.

»Ich will nur eine Mom sein, mein Baby halten und wissen, dass es meins ist. Für immer«, flüsterte Claire.

Die Worte zerrissen Millie das Herz, mehr als sie nach all dieser Zeit für möglich gehalten hätte.

Sollte sie, wie Liz sie schon längst gedrängt hatte, ihre Korrespondenz mit Marie und ihre Schublade voller Fotos und Zeichnungen von Jackson gestehen? Millie kämpfte mit sich, sie wusste nicht, ob es richtig wäre, Claire das zu erzählen.

Es könnte zu viele Erinnerungen zurückbringen. Erinnerungen, die sie im Augenblick nicht brauchte, nicht bei all dem anderen, was vor sich ging.

»Das wirst du, Schatz. Das wirst du.«

»Ich frage mich, ob er sich dafür interessieren würde, dass er ein großer Bruder wird. Vielleicht ist er es auch schon selbst und es ist gar keine große Sache.«

Millie atmete tief ein und zwang sich, die Worte zu sagen, über die sie in den vielen Jahren oft nachgedacht hatte. »Hast du jemals daran gedacht zu versuchen, ihn zu finden?«

»Natürlich habe ich das. Die ganze Zeit. Aber vor Jahren habe ich die Entscheidung getroffen, ihn sein Lebenleben zu lassen, mit seiner Familie, ohne die Komplikationen einer weiteren Mutter, die ihn liebt.« Sie biss sich auf die Lippe und sah zu Boden. »Ich hoffe allerdings, dass er mit mir in Kontakt treten will, wenn er achtzehn ist. Das …« Sie schüttelte den Kopf und atmete langsam ein. »Das wäre ein weiterer wahr gewordener Traum.«

Millie nickte und hielt den Mund. Es wäre so einfach, sie zu fragen, ob sie Fotos sehen wollte, aber dann müsste sie erklären, dass sie all die Jahre mit Marie in Kontakt geblieben war. Wie konnte sie das erklären? Ihre Tochter hatte immer davon ausgehen müssen, dass Millie nie etwas mit ihrem Enkel zu tun haben wollte. Und so schwer es auch gewesen war, diese Fassade aufrechtzuerhalten, sich dem Zorn ihrer Tochter in diesem Augenblick zu stellen, wenn die nicht eine, sondern zwei tickende Zeitbomben in ihrem Körper hatte … Nein.

Sie hatte ihre Entscheidung getroffen. Sie würde warten, bis Claire später ihre Operation hatte, wenn ihr Enkel geboren war, wenn sich alles beruhigt hatte und Claire emotional damit umgehen konnte.

Es war vielleicht nicht die richtige Entscheidung, aber die beste, die sie im Augenblick treffen konnte.

* * *

Will Shuman lief die Straße entlang auf Millie zu. Sie hatte die Arme vor der Brust verschränkt und wartete darauf, ein Wörtchen mit dem Mann reden zu können.

»Millie«, grüßte er sie. Sein Rücken sah gebeugt aus und seine Füße schlurften über den Gehweg.

»Du siehst alt aus, William.«

»So fühle ich mich auch. Ich glaube, es wird Zeit, dass ich mich zur Ruhe setze, in mein kleines Cottage oben in Tobermory ziehe und nur noch angle.«

Sie hob die Brauen. »Das finde ich nicht.«

»Wie bitte?«

»Du glaubst, ich lasse zu, dass du mich und meine Familie im Stich lässt, wenn wir dich am meisten brauchen? Bitte, William, das ist doch nicht deine Art. Du überlässt deine Patienten nicht sich selbst.«

»Abigail ist eine ausgezeichnete Ärztin. Dein kleines Mädchen ist in guten Händen.«

»Abby ist außerdem Claires beste Freundin und wird selbst an guten Tagen mit diesen beiden Rollen zu kämpfen haben.« Millie würde nicht zulassen, dass er aufgab, nicht bei ihrer Tochter. »Sie braucht dich. Und im Übrigen … du musst da sein, wenn mein Enkel geboren wird.«

Will schnaubte. »Du bist ganz schön störrisch. Das weißt du, oder? Besonders, wenn es dein Mädchen betrifft.«

Millie entspannte sich. »Meine Tochter ist deine Lieblingspatientin, seit sie ein kleines Mädchen war, und das weißt du auch. Sie war diejenige, die diese Wand mit den Zeichnungen ins Leben gerufen hat, und du brauchst auch ein Bild von ihrem Baby dort. Was bedeutet, dass du noch ein paar Jahre vor dir hast, bevor du dich am Vollzeitangeln versuchst. Hab ich nicht recht?« Sie lächelte zu ihm auf, wohl wissend, dass sie recht hatte und er nur Unsinn redete.

William schüttelte den Kopf. »Natürlich hast du recht«, sagte er. Er ging an ihr vorbei zur Tür des Pubs und hielt sie auf. »Ich habe Hunger, Millie, und will das nicht draußen auf der Straße bereden. Kommst du mit rein oder stehst du nachher wartend vor meinem Büro, wenn ich wiederkomme?«

»Also bitte. Du musst ja nicht gleich schnippisch werden.« Sie folgte ihm zu einem Tisch in der Ecke.

Fran winkte von der Bar und Millie winkte zurück. Als Fran zu ihrem Tisch kam, hatte sie bereits zwei Gläser Wasser und eine Kanne Tee auf ihrem Tablett.

»Das Übliche, Doc?«, fragte sie, während sie die Getränke abstellte, den Tee in die Mitte. »Millie, schön dich zu sehen. Interessiert an meiner hausgemachten Pilzcremesuppe?«

»He, du weißt doch, dass ich keine Pilze mag«, sagte Millie. Sie und Fran hatten eine kleine Fehde am Laufen. Jedes Jahr zum Volksfest reichten sie beide ihre Rezepte ein und buken etwas, und jedes Jahr teilten sie sich den ersten Platz. Millie war der Meinung, die Leute hätten nur Angst, Fran nicht gewinnen zu lassen, aber es ärgerte sie jedes Mal wieder.

»Eines Tages werdet ihr Ladys euch küssen und rummachen«, murmelte William, während er Tee in die leeren Tassen goss.

»An dem Tag wird der Huronsee komplett zufrieren.«

Das durfte man nicht falsch verstehen, Fran war eine tolle Frau und ein wichtiger Stützpfeiler in ihrer kleinen Stadt. Aber würde es ihr schaden, einmal nicht in denselben Kategorien mitzumachen wie Millie?

»Also.« William lehnte sich zurück. »Erzähl mir, was Claire dir erzählt hat. Ich habe mir Sorgen gemacht, dass sie das alles nicht ganz erfassen konnte, und hatte eigentlich erwartet, dass sie mich anruft.«

»Abby hat gestern noch Zeit mit ihr verbracht.«

»Ah.« William nickte. »Das ist gut.«

»Wie wär's, wenn du mir einfach erzählst, was ich wissen muss? Meine Tochter tut so, als wäre es nichts Ernstes.« Millie beugte sich vor, schob das Wasserglas aus dem Weg und stützte sich mit den Ellbogen auf dem Tisch ab. »Wird meine Tochter sterben?«

William nahm einen Schluck von seinem Tee und schob seine Brille nach oben. »Nicht, solange ich da bin.«

»Redet da jetzt der Arzt oder ein Freund?« Millie musste die Wahrheit wissen, ganz ohne Kompromisse.

»Sie wird nicht sterben, Millie. Das kann ich dir versprechen.«

»Wie ernst ist es dann?« Sie spielte mit dem Besteck, das fest in eine Serviette gewickelt war, nicht in der Lage, einfach nur stillzusitzen.

»Sie hat zwei Tumore – Gehirn und Rückenmark. Sie sind Grad drei, und das ist ernst. Wäre sie nicht schwanger, würde ich eine Operation und dann Bestrahlung empfehlen. Aber ich werde ihr kleines Baby nicht diesem Risiko aussetzen.«

»Stattdessen setzt du also das Leben meiner Tochter aufs Spiel?«

Er schüttelte den Kopf. »Du musst mir vertrauen, Millie. Ich liebe dieses Mädchen, als wäre sie meine Tochter. Das weißt du. Ich könnte auch nicht stolzer sein, als wenn sie meine wäre.« Tränen glitzerten auf seinen Wangen, während sie sein Gesicht herunterliefen, aber Millie berührte das nicht sonderlich. Der alte Mann weinte immer wegen der nichtigsten Dinge.

»Was wirst du dann also tun? Und hör auf mit dem Unsinn von wegen sie überwachen und ihre Kopfschmerzen nachverfolgen. Du weißt, dass das Mädchen eine hohe Schmerztoleranz hat. Und wenn sie das Gefühl hat, ihre Ehrlichkeit würde ihr Baby einem Risiko aussetzen, wird sie den Mund halten.« Frustriert schürzte Millie ihre Lippen.

»Genau wie ihre Mutter.«

»Was soll das denn heißen?«

William seufzte frustriert und es ärgerte Millie zu wissen, dass es ihretwegen war.

»Ich kenne da eine gewisse Frau, die auch viel mitgemacht hat, um ihr Kind zu schützen. Claire kommt ganz nach dir.«

Millie fasste das als Kompliment auf, ob es nun so gemeint war oder nicht.

»Du hast mir immer noch nicht gesagt, wie der Plan lautet. Und« – sie hob die Hand, als William widersprechen wollte – »sag mir nicht, dass es keinen Plan gibt, denn ich kenne dich.« Sie beugte sich wieder vor. »Ich sage dir, was ich denke. Du lässt ihre Schwangerschaft fortschreiten, bis es sicher für das Baby ist, geboren zu werden. Vermutlich per Kaiserschnitt, so nach dreißig Wochen. Richtig? Dann wirst du sie sofort in den OP-Saal schieben und damit beide gleichzeitig retten.« Sie setzte sich zurück, verschränkte die Arme und lächelte bei dem Blick auf seinem Gesicht. »Sag mir, dass ich falschliege«, forderte sie ihn heraus.

Er schüttelte den Kopf. »Natürlich, genau das werden wir tun. Ich schätze, dass Claire dir all das auch erzählt hat. Es gibt hier keinen versteckten Plan, Millie.«

Sie hob eine Augenbraue. »Was passiert, wenn die Tumore wachsen? Wirst du sie dann trotzdem nur tatenlos beobachten?«

»Natürlich nicht.« Will klang beleidigt.

Gut.

»Dann was? Was, wenn du die Wahl zwischen dem Leben meiner Tochter und dem meines Enkels treffen musst?« So sehr Millie auch nicht zugeben wollte, dass das eine Möglichkeit sein könnte, musste es jemand tun, denn sie hatte das Gefühl, ihre Tochter würde sich der Wahrheit nicht stellen.

William rieb sich mit beiden Händen das Gesicht und stöhnte.

»Ich bete, dass das nicht passiert«, sagte er.

»Wir wissen beide, dass Gott Gebete nicht immer erhört«, sagte sie leise. Sie hatte in ihrem Leben auf die harte Tour gelernt, dass Gottes Wege nicht immer auch die ihren waren.

»Was willst du von mir hören, Millie?«

»Ich will, dass du mir sagst, dass du alles in deiner Macht Stehende dafür tust, dass meine Tochter nicht stirbt. Alles. Hörst du mich, William Shuman? Es ist mir egal, was dafür getan werden muss. Das Leben meiner Tochter ist nicht verhandelbar.«

Die Worte entsprangen ihrer tiefsten Seele, und in dem Augenblick, in dem sie ihre Angst laut aussprach, wusste sie tief in ihrem Herzen, dass sie wie eine Mutter reagierte und ihre Tochter ebenso reagieren würde.

23
CLAIRE

Heute

> *Liebes Kind meines Herzens,*
> *es wird Zeiten geben, in denen Du vor schweren Entscheidungen stehst, manche schwerer als andere, aber alle werden Deine Stärke, Deine Entschlossenheit und Dein Herz auf die Probe stellen.*
> *Vertraue vor allem anderen immer auf das, was Dein Herz Dir sagt.*

In dem großen Sessel in ihrem Büro, von dem aus sie ihren Garten überblicken konnte, erinnerte sich Claire an die Worte, die sie auf eine Postkarte geschrieben hatte, während sie in Positano in Italien auf das Tyrrhenische Meer geblickt hatte. *Casa delle Memorie*, die kleine familiär geführte Pension, hatte sie mit offenen Armen willkommen geheißen, und Claire hatte sich von der Ruhe des Meeres trösten lassen. Am liebsten wäre sie für immer geblieben.

Sie wünschte, sie könnte dorthin reisen. Wie wäre es jetzt im Herbst dort wohl? Auf das Wasser zu blicken, sich von der Wärme der Leute dort einhüllen zu lassen und die Tradition und Kultur zu bewundern, in die sie sich verliebt hatte?

Sie sollte Rocco und Miima schreiben, der Familie, die die kleine Pension führte, in der sie eine Woche geblieben waren, und ihnen von der Schwangerschaft berichten. Miima wäre entzückt.

Claire griff nach unten zu einer Schachtel, die sie in der Nähe ihres Sessels aufbewahrte. Sie war voll von handgezeichneten Postkarten, die sie vor ein paar Jahren angefertigt hatte. Miima eine ihrer Postkarten zu schicken, wäre absolut passend, besonders in Anbetracht der großen Wand voller Postkarten in jedem Zimmer der Pension.

Als sie zum ersten Mal das *Casa delle Memorie* betraten, hatten sie den kleinen Flur bewundert, der zu den Zimmern führte. Die Flurwand war übersät von Postkarten anderer Besucher, die hier schon gewesen waren. Als sie diese Wand gesehen und sich Miimas Geschichte darüber angehört hatte, wie alles angefangen hatte, ergab der Name der Pension plötzlich Sinn – Haus der Erinnerungen.

Ciao Miima,
ich bin heute ziemlich in Gedanken versunken und habe von Deinem wunderschönen Garten geträumt, in dem wir gesessen und uns gegenseitig Geschichten erzählt haben. Erinnerst Du Dich an die letzte Geschichte, die Du mir erzählt hast, in der wir wiedergekommen sind, um Dich zu besuchen und Dir unser Kind vorzustellen?
Diese Geschichte steht kurz davor, wahr zu werden!
Der Geburtstermin ist im Januar.
Es könnte ein paar Jahre dauern, bis wir wieder

zu Besuch kommen können, aber wenn wir kommen, werden wir nicht allein sein. Ich kann es kaum erwarten, unserem Kind Eure Wand der Erinnerungen zu zeigen und zu versuchen, die Postkarte zu finden, die ich dagelassen habe.

Plötzlich hatte Claire eine Idee.

Eure Wand der Erinnerungen ist mir nicht mehr aus dem Kopf gegangen und daher habe ich beschlossen, eine eigene in meinem Büro zu beginnen … eine Postkarte von jedem Ort, an dem wir waren, und von geliebten Personen fern unserer Heimat.
Alles Liebe … Deine sehr schwangere und glückliche kanadische Freundin
Claire

Sie konnte sich Miimas Aufregung fast vorstellen, wenn sie ihre Postkarte erhielt. Sie und Rocco, verheiratet seit fast fünfzig Jahren, würden eine Flasche Wein aus ihrem eigenen Weingarten öffnen und auf ihr Glück und ihre Gesundheit anstoßen.

Das konnte sie jetzt wirklich gut gebrauchen. Sie war fast in der zweiundzwanzigsten Woche, die Hälfte ihrer Schwangerschaft geschafft. Sie wünschte, dies wäre eine normale Schwangerschaft, bei der sie jede Woche feiern, die Zeit, die das Baby in ihrem Bauch wuchs, würdigen und jeden Augenblick genießen konnte, aber das ging nicht. Sie konnte nur die Tage bis dahin zählen, wenn es für ihr Baby sicher war und sie mit der Behandlung beginnen konnte. Wenn sie eine Behandlung beginnen würde.

Claire stand vorsichtig auf, damit sich das Zimmer nicht zu drehen anfing – etwas, was seit Kurzem begonnen hatte –, und begann, auf und ab zu laufen. Sie wollte ihre eigene Wand der Erinnerungen gestalten. Sie hatte Kisten voller Postkarten, Briefe, Zeichnungen und anderer kleiner Dinge, nicht nur von ihren eigenen Reisen, sondern auch von Lesern, die sich in ihre Geschichten verliebt hatten. Sie hätte schon vor Jahren daran denken sollen … statt die Briefe und Bilder von jungen Lesern herauszuziehen, wenn sie einen Motivationsschub brauchte, hätte sie sie an ihre Wand pinnen sollen, direkt vor ihrem Schreibtisch, wo sie sie die ganze Zeit sehen konnte.

Sie fand eine Rolle Kork, die von einem Projekt übrig war, das Josh nicht weiterverfolgt hatte. Es dauerte ein paar Stunden, aber als sie schließlich einen Schritt zurücktrat, lächelte sie zufrieden. Sie würde noch etwas an der Anordnung von einigen Briefen, Zeichnungen und Postkarten arbeiten, aber für den Augenblick war es völlig in Ordnung.

Es war nicht nur eine Inspiration, es war auch eine Erinnerung.

Niemals aufzugeben.

Sie rieb sich den Nacken und rollte die Schultern. Sie bereute, ihre Kopfschmerztabletten nicht schon früher genommen zu haben. Gerade als sie drei der Kapseln geschluckt hatte, fiel die Haustür unten krachend ins Schloss.

»Hallllోoooo«, erklang Joshs Stimme durch das Treppenhaus.

Claire sah auf die Uhr. Er war heute Morgen zu einer Autofahrt aufgebrochen, etwas, das er oft tat, wenn er bei einer Szene feststeckte. Seine Fahrten konnten ihn überallhin führen und dauerten manchmal ein paar Stunden, manchmal den ganzen Tag. Er war früher daheim, als sie erwartet hatte.

»Hier oben«, rief sie vom Türrahmen aus nach unten.

Ihr Mann kam die Treppe hochgelaufen, drückte sie an sich und gab ihr einen schmatzenden Kuss.

»Da hat aber jemand gute Laune«, neckte sie. »Ich dachte, du würdest rechtzeitig zum Nachtisch nach Hause kommen.«

»Ich bin hoch ins Naturreservat Smokey Head gefahren, habe auf den Felsen gesessen und in die Bucht geschaut. Es hat nicht lange gedauert, da hat sich die Geschichte vor meinem geistigen Auge abgespielt. Wir sollten noch einmal da hinfahren, einen Tagesausflug machen. Ich habe ganz vergessen, wie schön es dort ist, besonders zu dieser Jahreszeit. Die Blätter färben sich bunt und die Luft hat eine Frische, die dem Körper guttut.«

Ein Tagesausflug weg von allen, die sie kannten, wo sie es genießen konnte, draußen zu sein und die Seeluft einzuatmen, und nicht befürchten musste, auf jemanden zu treffen, den sie kannte? Sie war dabei.

»Wow.« Josh bemerkte ihre Wand und stieß einen Pfiff aus. »Da war aber jemand fleißig. Weißt du, woran mich das erinnert?«

»Casa delle Memorie«, sagten sie gleichzeitig und mussten lachen.

»Ich habe Miima eine Postkarte geschrieben und ihr die Neuigkeiten erzählt. Ich dachte, sie würde es gern wissen.«

Josh legte seine Hand auf ihren Bauch, sagte aber nichts. Er redete nicht mehr häufig von ihrem Baby.

»Wie fühlst du dich?«

»Es ist okay. Ungefähr eine Drei.« Sie nannte die Zahl, bevor er fragen konnte, und versuchte nicht darüber nachzudenken, dass sie ihm eigentlich sagte, wie viele Tabletten sie genommen hatte, anstatt wie schlimm die Kopfschmerzen wirklich waren.

»Du hast also an Italien gedacht.« Endlich erschien ein Lächeln auf seinem Gesicht und sie entspannte sich ein wenig.

»Vielleicht ein bisschen.«

»Also nur eine Drei, ja? Das ist ziemlich gut.«

Claire nahm ihre Tasse Tee, von der sie den ganzen Tag getrunken hatte. »Ich glaube, ich habe eine Methode gefunden, diesen schrecklichen Helmkrauttee von David zu trinken. Ich habe den ganzen Tag daran genippt. Vielleicht hilft er tatsächlich.«

»Hast du heute auch schon etwas geschlafen?«

Claire unterdrückte ihre Frustration und schüttelte den Kopf.

»Dann sollten wir feiern.« Er zögerte und sah sie an. Claires Atmung beschleunigte sich. Gleich würde er etwas sagen oder fragen, das ihr nicht gefiel. Sie wusste es.

»Wie wär's mit einem Picknick am Pier?«, schlug er vor.

Bevor sie Gelegenheit hatte, Nein zu sagen, legte er ihr einen Finger auf die Lippen.

»Wir können einen Bereich abseits von den Tischen oder Familienbereichen finden. Am Wasser sitzen, den Wellen lauschen, einander in die Augen sehen und …«

»Nein.« Sie ließ ihn seine Ausführungen nicht mal beenden. Sie drehte sich weg und befasste sich mit einem Stapel Blätter auf ihrem Schreibtisch, ohne sie wirklich zu sehen.

»Claire, du hast das Haus seit Wochen nicht verlassen«, sagte Josh leise.

»Stimmt gar nicht. Ich war letzte Woche zweimal draußen und diese Woche bisher einmal.« Sie verstärkte ihren Griff um die Blätter.

»Um deine Termine im Krankenhaus wahrzunehmen. Aber du schlägst die Einladungen deiner Freundinnen zum Kaffee aus, du lässt deine Mutter herkommen und du gehst kaum noch ans Telefon. Das ist nicht gesund. Du …« – er sagte es seufzend – »isolierst dich selbst, und das gefällt mir nicht.«

Sie schüttelte den Kopf. »Du verstehst das nicht.«

Als ihr Mann darauf nicht reagierte, legte sie die Blätter weg und drehte sich zu ihm um.

»Du hast recht«, sagte er schließlich. »Das tue ich nicht.« Er schluckte schwer und griff nach ihrer Hand. »Ich verstehe nicht, warum du dich allen entziehst, die dich lieben. Wenn du den Leuten nichts von den Tumoren erzählen willst, ist das okay. Das musst du nicht. Aber das sind deine Freunde. Sie wollen diese Schwangerschaft mit dir feiern. Sie vermissen dich und ich kann nur begrenzt Entschuldigungen erfinden, bis sie misstrauisch werden.«

»Ich kann nicht.« Sie konnte es physisch nicht. Der Gedanke, in die Öffentlichkeit zu gehen, ihre Kopfschmerzen erklären zu müssen oder sich darüber zu sorgen, dass sie nicht zu sehr gestresst wurde, das Mitleid im Gesicht der Menschen zu sehen, wenn sie es erfuhren …

»Ich brauche mehr Zeit, Josh«, flehte sie.

Er sah betrübt aus und sie hasste sich selbst dafür, dass sie ihm das antat, ihn in eine Position brachte, in der er all ihre Freunde anlügen musste. Aber sie wusste nicht, was sie sonst tun sollte.

Sie konnte nicht anders. Noch nicht.

»Außerdem haben wir gerade enge Terminfristen, es ist also nicht so, als wäre das etwas völlig Unnormales.«

»*So* eng sind sie auch nicht, Claire. Es sei denn, du hast mit deinen Zeichnungen noch nicht angefangen. Aber das hast du doch, oder?« Er kniff die Augen zusammen und musterte sie.

Sie zuckte mit den Achseln. »Ein bisschen. Ich hinke etwas hinterher … ungefähr zwei Kapitel. Die Kopfschmerzen helfen da auch nicht wirklich.« Es half auch nicht, dass sie auf ein gewisses Nebenprojekt konzentriert war, von dem ihr Mann keine Ahnung hatte. Sie hatte mit der Idee zu ihrer Geschichte gekämpft, keine Verbindung dazu gefühlt, aber heute, als sie an der Wand der Erinnerungen gearbeitet hatte, war ihr eine Idee gekommen. Warum sollte sie für ihr Kind nicht eine Geschichte über ihre Zeit in Europa schreiben? Sie konnte ihre Leidenschaft für das Reisen teilen und ihrem Kind gleichzeitig eine Nachricht hinterlassen. An jedem Ort, an dem sie gewesen waren, hatte Claire etwas zurückgelassen – einen Brief, eine Postkarte, eine Zeichnung.

Claire würde ihr Kind zu gern mit auf ein Abenteuer nehmen, zurück zu den Orten, die sie besucht und geliebt hatten. Aber wenn etwas passierte und Claire nicht da sein konnte … konnte sie ihre Geschichte benutzen, um im Grunde dasselbe zu tun.

So wenig sie es auch zugeben wollte, sie musste sich der Tatsache stellen, dass die Dinge vielleicht nicht so laufen würden wie geplant, dass es vielleicht schon zu spät für sie war, wenn sie endlich mit den Behandlungen beginnen konnte.

24
MILLIE

Heute

Milli trank ihren Hibiskustee im *Odd Cup* und strich etwas von Julies selbst gemachter Erdbeermarmelade auf ihren Vanillescone, während sie auf Liz wartete.

»Wie geht's Claire? Ich habe sie schon ewig nicht mehr gesehen. Sieht man schon einen Bauch? Wie weit ist sie? Du musst dem Mädel sagen, dass sie vorbeikommen soll, ich mach ihr auch etwas Besonderes. Oh, und sag ihr, dass ich etwas auf das Regal gestellt habe, bei dem ich an sie denken musste.« Julie zog sich einen Stuhl hervor und setzte sich. Sie zeigte zur Wand an der Seite.

Millies Augen wanderten über die Gegenstände auf den Regalen. Alles hatte als grundlegende Thematik den Strand oder etwas Selbstgemachtes, von weißen Laternen über Muscheln bis hin zu … ah. Millie lächelte. »Wo hast du das schwarze Schaf gefunden? Claire wird es lieben.«

»Es gibt einen kleinen Laden in Bayfield, der gerade erst eröffnet hat, und dort gibt es eine ganze Abteilung mit allem, was mit Schafen zu tun hat. Ich habe erwähnt, dass wir eine bekannte Autorin hier haben, die schwarze Schafe sammelt und gerade schwanger ist, also ist die Besitzerin jetzt auf der Suche nach solchen Dingen fürs Baby.«

»Zweifellos wirst du Claires neuer Liebling werden. Sie sieht übrigens fabelhaft aus. Sie ist jetzt ungefähr in der vierundzwanzigsten Woche und beschwert sich, dass ihr Bauch von der Größe eines Fußballs bald eher wie ein Beachball aussehen wird.«

Julie kicherte. »Du hast sie gewarnt, dass es noch schlimmer kommt, oder?«

»Oh nein.« Millies Augen wurden größer. »Du kennst doch meine Tochter. Sie hat all diese Schwangerschaftsbücher gelesen und glaubt jetzt, sie weiß, wie alles ablaufen wird.«

»Aber mal im Ernst, geht es ihr gut? Ich bin nicht die Einzige, der ihre Abwesenheit aufgefallen ist. Oder hat sie für ihren Auftraggeber eine Frist einzuhalten?«

Millie nahm einen Schluck Tee und aß ein kleines Stück von ihrem Scone.

»Es geht ihr gut, und ja, sie hat gerade viele Projekte laufen. Wahrscheinlich war sie deshalb noch nicht hier.« Die Entschuldigung war ebenso gut wie jede andere. Claire wollte immer noch nicht, dass die Leute von ihrem Tumor erfuhren. Aber Millie war nicht klar, wie sie das auf Dauer für sich behalten wollte. Irgendwann würde jemand reden, ob nun ein Patient im Krankenhaus auf Claire stieß oder eine der Schwestern oder …

»Du hast schon ohne mich angefangen?« Liz kam an, eine große Tasche über die Schulter geschlungen, und runzelte die Stirn, als sie den Scone vor Millie sah.

Julie stand auf und bot Liz den Stuhl an. »Ich habe einen neuen Erdbeertee, den ich kürzlich erst reinbekommen habe. Der würde gut zu einem Scone passen.«

»Klingt perfekt.« Liz lächelte Julie an und setzte sich dann hin.

»Neue Tasche?« Millie gefiel die rosa Farbe der Tasche. Liz liebte ihre Taschen, egal ob große Taschen oder kleine Handtaschen, und sie hatte einen großen begehbaren Schrank voll davon.

»Sie ist gerade mit der Post gekommen. Ich glaube, das ist meine neue Lieblingstasche. Wie geht's dir?« Sie stibitzte sich ein Stück von Millies Scone und seufzte zufrieden, während sie einen Bissen davon nahm. »Wir müssen mal abends mit Julie ausgehen und sie so abfüllen, dass sie uns das Geheimnis ihrer Scones verrät. Meine schmecken nie so.«

Millie lachte. »Julie abfüllen? Hast du mal darüber nachgedacht, sie einfach nach dem Rezept zu fragen? Ich glaube nicht, dass ich sie jemals Alkohol trinken gesehen habe.«

Liz grummelte als Antwort etwas vor sich hin, aber es war zu leise, als dass Millie es verstanden hätte.

»Um deine Frage zu beantworten, es geht mir gut. Und dir?«

»Lüg mich nicht an, Millie. Ich kenne dich besser«, forderte Liz sie heraus.

Millie zuckte mit den Schultern. »Wie soll es mir denn gehen? Meine Tochter leidet und es gibt nichts, das ich sagen oder tun kann, um sie davon zu überzeugen, dass ihr Leben auch wichtig ist.«

In Wirklichkeit war sie wütend. Wütend auf Claire, weil die so stur und dickköpfig war. Wütend auf Josh, weil der nicht in der Lage war, seiner Frau etwas Vernunft einzubläuen. Wütend auf Abigail, die Claire nicht zu einer Behandlung drängte, und wütend auf William, weil er nicht von Anfang an darauf bestanden hatte, dass ihre Tochter operiert wird.

Und noch wichtiger, sie war wütend auf sich selbst, weil sie so frustriert über ihre Tochter war. Claire brauchte ihre Unterstützung, und da es mit den sich verschlimmernden Kopfschmerzen immer schwerer wurde, musste Millie ihren Zorn überwinden und herausfinden, wie sie damit umgehen konnte.

»Millie, ich hab dich lieb. Wir sind schon seit Ewigkeiten Freundinnen und haben im Leben eine Menge durchgemacht. Aber du musst Claires Entscheidung respektieren und bis zu einem bestimmten Maß deinen Frieden damit machen.«

Millie legte ihre Hände um die lauwarme Teetasse. »Meinen Frieden? Ich werde nie Frieden in dem Wissen finden, dass meine Tochter bereit ist zu sterben.«

»Um ihr Kind zu schützen. Du würdest dasselbe tun«, sagte Liz leise.

»Ich …« Sie wollte es abstreiten, sagen, dass sie das nicht tun würde, aber Liz kannte sie zu gut. Wenn sie könnte, würde sie gern ihr Leben für das ihrer Tochter geben. Sie hatte bereits ein langes Leben gelebt und war zufrieden mit dem, was sie erreicht hatte, aber ihre Tochter hatte noch so viel mehr Leben vor sich.

»Ich werde für meine Tochter kämpfen, genauso wie sie für ihr Kind kämpft. Du kannst nicht sagen, dass ich damit aufhören soll«, sagte sie stattdessen.

Liz griff nach Millies Hand und drückte sie fest. »Natürlich nicht. Wenn ich die Zeit zurückdrehen und Mark irgendwie am Leben erhalten könnte, kannst du glauben, dass ich das tun würde. Ich hätte eine Krankheit vorgetäuscht oder ihn angefleht, vorzeitig aufzuhören. Ich hätte etwas getan, *irgendetwas*, um dafür zu sorgen, dass er heute noch lebt.« Liz seufzte. »Aber Claire ist jetzt mehr als nur eine Tochter. Sie ist außerdem eine Mutter mit dem Bedürfnis, ihr Kind zu schützen.«

»Es ist schwer, Liz. So schwer«, flüsterte Millie und konnte plötzlich fast nicht mehr sprechen. »Sie verlässt noch immer nicht das Haus. Hat Abby dir das erzählt?«

Liz nickte. »Abby sagt, dass sie abgesehen von ihren Terminen praktisch ans Haus gefesselt ist.«

»Sie …«

Julie näherte sich mit einem Tablett voller guter Sachen. Sie stellte eine heiße Teekanne vor Liz ab und füllte dann Millies Kännchen nach.

»Ich habe gesehen, wie Liz sich an deinem Scone bedient hat, Millie, also habe ich noch einen extra gebracht, den ihr euch teilen könnt. Der geht auf mich. Außerdem werde ich ein paar frisch gebackene Sachen für Claire einpacken. Bringst du sie ihr? Sag ihr, das ist mein Beitrag für den Beachball-Look, den sie anstrebt.« Julie grinste und begab sich dann zu einem anderen Tisch mit Kunden.

Das *Odd Cup* war ein tolles kleines Lokal in der Stadt und wurde langsam immer beliebter bei Touristen und Besuchern. Während der Sommermonate verwandelte es sich in einen Bahnhof, dann kam Millie nur morgens her, bevor die Menschenmassen eintrafen.

»Was wolltest du gerade sagen?«, hakte Liz nach.

»Sie scheint zu denken, dass der Stress, unter Leuten zu sein, Kopfschmerzen auslöst, also versucht sie, die Stressmenge zu reduzieren, mit der ihr Körper zurechtkommen muss.« Millie rollte mit den Augen.

»Und du scheinst darin nicht mit ihr übereinzustimmen.«

»Ihr ganzes Leben besteht aktuell nur noch aus Stress. Was sie braucht, ist, von Menschen umgeben zu sein, die sie lieben, die sie unterstützen wollen … aber so sieht sie es nicht. Ich sollte sie einfach zwingen … ich könnte eine Gemeinde-Babyparty organisieren und dann hätte sie keine andere Wahl, als aus ihrem Schneckenhaus zu kommen.«

Liz sagte nichts, aber Millie konnte das Hamsterrad in ihrem Hirn auf Hochtouren arbeiten sehen.

»Das ist nicht die richtige Art, damit umzugehen, und das weißt du auch. Ich glaube, das wahre Problem ist, dass sie eine Frau ist, die es gewohnt ist, die Kontrolle zu haben … und das wurde ihr aufgrund der Tumore genommen. Sie hat Angst, Millie. Das weißt du.«

Millie nickte.

»Hat sie wieder Panikattacken?«, fragte Liz.

Überrascht lehnte sich Millie zurück und dachte darüber nach. Wenn ihrer Tochter alles zu viel wurde, zog sie sich in sich selbst zurück, bis sie nicht mehr mit der Realität verbunden war. Das hatte sie getan, als Millie sie nach Europa geschleift hatte, damit sie dort Trost fand, sie hatte es getan, nachdem ihr Vater gestorben war, und jedes Mal, wenn sie ein negatives Ergebnis eines Schwangerschaftstests bekommen hatte.

»Weißt du was, ich bin mir da gar nicht so sicher. So schlimm das auch klingt.«

»Mach dich deswegen nicht verrückt, Millie. Sie …« Liz hielt inne und lächelte plötzlich breit. »Na, sieh mal einer an, wer da ist.«

Millie drehte sich um und sah David mit einer Geschenktüte in der Hand durch die Tür kommen.

Sie konnte nicht anders, sie musste ihn anlächeln.

»Ich hoffe, ich störe euch nicht, Ladys«, sagte er.

»Ganz und gar nicht.« Liz zeigte auf einen Stuhl. »Setz dich doch zu uns.«

David setzte sich erst, als auch Millie nickte. Liz stieß sie unter dem Tisch mit dem Fuß an und räusperte sich dann.

»Ich habe eigentlich sowieso noch einiges zu erledigen. Ich lasse euch zwei dann mal eine Tasse Tee genießen.« Liz schob ihren Stuhl zurück.

»Wirklich? Du gehst?« Millie wollte sie anfunkeln, aber hielt sich zurück.

»Ich bin nur eine halbe Stunde weg. Denkst du, du kannst sie solange unterhalten, David?« Das Grinsen auf Liz' Gesicht brachte Millie zum Kochen.

Was tat Liz denn da? Nein, sie wusste genau, was sie tat: sich einmischen.

»Ich brauche keine Unterhaltung.« Millie warf ihrer lachenden Freundin einen grimmigen Blick zu und lächelte dann den Mann neben sich an. »Aber mit dir Zeit zu verbringen, ist immer ein Vergnügen.«

Sie ignorierte Liz' Verabschiedung und nahm stattdessen einen Schluck Tee.

»Du siehst heute gut aus, Millie Jack«, sagte David, sobald sie allein waren.

»Du willst mir wohl Honig ums Maul schmieren?« Sie sah ihn über den Rand ihrer Teetasse an und versuchte, ein Lächeln zu unterdrücken.

»Sieht aus, als könntest du das gebrauchen. Ich habe dich schon lange nicht mehr so angespannt erlebt.« Er musterte sie, als versuchte er herauszufinden, was nicht stimmte.

Sie wünschte, sie könnte es ihm erzählen. Ein Teil von ihr wünschte sich, sich an ihn zu lehnen und ihm alles zu erzählen, was vor sich ging, aber Claire hatte sie angefleht, es niemandem zu sagen. Und das schloss auch David ein.

»Du siehst mich offensichtlich nicht häufig genug«, sagte sie leise.

»Das sage ich doch schon lange.« Trotz seines stoischen Blicks konnte sie den Anflug von Freude in seiner Stimme hören. Sie schenkte ihm ein kleines Lächeln und seufzte dann.

»Ich hab dir ein Geschenk mitgebracht.« Er stellte die Tüte auf dem Tisch ab und schubste sie in ihre Richtung.

Sie warf einen Blick hinein und runzelte die Stirn.

»Papier?« In der Tüte waren Dutzende oder mehr Blätter.

»Such weiter.«

Sie legte die Faltblätter, Broschüren und Postkarten auf dem Tisch ab und überflog sie.

Bei allen ging es um den Umgang mit Kopfschmerzen und Migräne. Sie blätterte sie durch und sah David fragend an.

»Für Claire. Ich habe ein paar Nachforschungen angestellt und einige Alternativen zu den Tabletten gefunden, die sie vermutlich zu vermeiden versucht.« Er beugte sich vor, griff in die Tüte und zog eine Schachtel heraus.

»Ich habe einen Freund, der mir das für Claire zum Ausprobieren geschickt hat. Es ist ein Gerät, das Migräne behandeln und verhindern soll. Es ist ein Band, das sie auf der Stirn tragen muss. Nahe unserer Augenhöhle befindet sich ein Nerv, der durch Elektroden getriggert wird. Es ist sicher für das Baby und ich habe viel Gutes darüber gelesen.

Außerdem sind noch ein paar andere Tees hier drin. Ich weiß, der Helmkraut-Tee ist nicht nach ihrem Geschmack, also habe ich ein paar andere gefunden, die sie ausprobieren kann. Sie helfen auch bei der durch die Kopfschmerzen verursachten Übelkeit.«

Millie griff nach seiner Hand und hielt sie fest.

»Geht es ihr gut?«, fragte David.

Millie starrte zur Decke und blinzelte schnell. Weinen nicht erlaubt, ermahnte sie sich.

»Millie? Was ist los?«

Sie schüttelte den Kopf. Sie konnte es ihm nicht sagen. Claire wäre wütend.

»Das ist einfach nur so nett von dir, danke.« Sie atmete tief ein. »Ihre Kopfschmerzen werden schlimmer, daher bin ich sicher, dass das helfen wird.« Sie nahm die Schachtel mit dem Band in die Hand, um sich abzulenken. Sie war deswegen nicht sicher, es hing davon ab, wo sich die Tumore befanden. Aber Abby würde es wissen.

Davids Blick, als sie endlich wieder aufsah, zeigte ihr, dass er ihr nicht glaubte. Aber das spielte keine Rolle.

Vor Jahren hatte Claire ihr vorgeworfen, niemals zuerst an sie zu denken, sondern sich und ihrer Ehe immer den Vorzug zu geben. Millie wusste, dass Claire aus Zorn heraus gesprochen hatte, aber die Worte hatten sie trotzdem verletzt. Es war nicht wahr gewesen. Damals nicht und auch heute nicht.

Claire war alles, was im Augenblick wichtig war.

»Warum hat es dann so ausgesehen, als würdest du gleich anfangen zu weinen?«

Millie hielt die Teetasse zwischen den Händen und sah aus dem Fenster, um ihre Fassung wiederzugewinnen. Nach ein paar Augenblicken war sie in der Lage, David anzusehen und zu lächeln.

»Es ist das Vorrecht einer Frau, zu weinen und sich nicht erklären zu müssen. Wusstest du das nicht, David Jefferies?«

»Wenn es um dich geht, Millie Jack, ist es besser, niemals etwas als gegeben hinzunehmen. Aber wenn du weinen musst, habe ich damit kein Problem. Ich habe breite Schultern, du musst es nur sagen und sie gehören ganz dir.«

Bei diesen Worten bröckelten die Mauern um Millies Herz.

25
JOSH

Heute

Josh fuhr bis zum Bordstein vor Abigail und Dereks Haus und saß dann da, die Finger um das Lenkrad gepresst.

Er sollte jetzt zu Hause bei Claire sein, aber er hätte sie vorhin fast angefaucht, also war er hinausgestürmt, da er zu viel Angst vor dem hatte, was er vielleicht sagen oder tun würde, wenn er blieb.

Ein lautes Rumpeln aus den dunklen Wolken über ihm veranlasste ihn, seine Fenster hochzukurbeln. Der Himmel hatte sich innerhalb von Minuten verdunkelt und er wusste, dass sie gleich von einem starken Sturm getroffen werden würden.

Als er an die Tür klopfte, wirbelte der Wind bereits um ihn, stark genug, um ihn durch die Gegend zu schieben, und die Temperatur fiel rasant ab. Der Himmel würde jetzt jeden Augenblick seine Schleusen öffnen.

»Mensch, du hättest anrufen sollen.« Derek öffnete die Tür. »Wir hatten uns gerade hingesetzt, um … was ist los?« Er zog Josh hinein, als der Regen gerade niederzuprasseln begann. »Ich wusste ja, dass uns ein Sturm bevorsteht, aber das kam jetzt aus dem Nichts.«

»Tut mir leid, euch so zu überfallen, aber ich …«

»Josh, eine nette Überraschung.« Abby kam lächelnd ins Zimmer. »Isst du mit uns? Derek hat Spaghetti gekocht und wir haben genug.« Sie sah von Derek zu ihm und ihr Lächeln verschwand. »Was ist los? Geht es um Claire? Ist alles gut?«

Josh schnaubte und hätte sich beinahe entschuldigt, aber stoppte sich selbst. »Claire geht es gut. Würdest du sie anrufen und sie das fragen, würde sie dir dasselbe sagen. Es geht ihr gut.« Er spie die Worte aus und die Wut, die er so lange zu unterdrücken versucht hatte, stieg an die Oberfläche.

»Na komm, lass uns essen. Schön zu sehen, dass du endlich zusammenbrichst. Hat ja lange genug gedauert.« Derek ging voraus in die Küche.

»Halt die Klappe, Derek«, sagte Abby, während sie Josh einen Teller Spaghetti mit Fleischsoße auftischte.

»Warum? Mr Perfect bekommt erste Risse und ist zu uns gekommen.« Derek schob ihm eine Flasche Bier zu. »Das sagt mir nicht nur, dass er damit zurechtkommt, sondern auch, dass er weiß, wir sind der richtige Anlaufpunkt, an dem er sich abreagieren kann. Wenn er mich umhauen will, soll er es tun. Und wenn er mir dabei die Nase bricht, bin ich ja mit einer Ärztin verheiratet. Ich komme klar.«

Josh hielt den Mund, nahm den Teller mit Essen entgegen und schaffte noch ein kleines Dankeslächeln. Derek hatte recht. Sie waren der richtige Anlaufpunkt für seine Probleme und das hätte er schon vor einer Weile erkennen sollen.

»Iss auf, denn ich habe vor, dich darüber zu piesacken, was du damit gemeint hast, dass es Claire gut geht.«

»Ich breche niemandem die Nase«, murmelte Josh, setzte sich hin und spielte mit dem Essen. Die ersten Bissen waren wie Sägemehl in seinem Mund, aber schließlich ersetzte Hunger die

Wut, und schon bald war sein Teller leer. Er genoss es, einfach nur dazusitzen und zu essen, sich keine Gedanken über Höflichkeit oder Small Talk machen zu müssen oder über Claire zu lauern, damit sie genug aß.

Zum ersten Mal seit Langem konnte er sich einfach entspannen und genau das tat er auch.

Als die Küche wieder aufgeräumt und der Geschirrspüler voll war, hatte Josh es sich mit einem Bier in ihrem Wohnzimmer bequem gemacht und war endlich bereit zu reden.

Abigail setzte sich Josh gegenüber, ihre Ellbogen auf die Knie gestützt, und starrte ihn an. »Ihrem Notizbuch zufolge scheinen sich ihre Kopfschmerzen einzupegeln, und das ist gut so, wenn man bedenkt, wie weit sie ist«, sagte sie. »Hat sie mich angelogen?«

Derek setzte sich neben sie, seinen Arm über die Sofalehne geschlungen, die Beine überkreuzt.

»Ich glaube schon«, gab Josh zu. »Bevor wir das mit den Tumoren wussten, hätte sie bei den Kopfschmerzen ungefähr eine Sechs genannt. Sie war müde, laute Geräusche haben ihr wehgetan und ich habe sie häufig mit einer Kühlkompresse auf den Augen liegen sehen. Es hat sich nichts geändert. Sie bekommt immer mehr Kopfschmerzen und ich treffe sie mit geschlossenen Vorhängen in unserem Zimmer an. Sie zeichnet auch nicht mehr stundenlang.«

»Und trotzdem bewertet sie ihre Kopfschmerzen meist eher mit einer Vier oder Fünf.« Abby lehnte sich zurück, die Stirn gerunzelt.

»Ich sage, sie erzählt Blödsinn«, sagte Derek.

»Ich würde sagen, sie ist eher bei einer Sieben oder Acht.« Josh kniff die Lippen zusammen.

Abby sah ihn alarmiert an. »Meinst du das ernst?« Sie beugte sich wieder vor. »Josh, ich weiß, du machst dir Sorgen, und du willst, dass sie behandelt wird. Das ist mir klar. Aber es ist noch immer nicht sicher für das Baby und wahrscheinlich« – sie hielt inne, schüttelte den Kopf und sah kurz Derek an, bevor sie fortfuhr – »lügt sie uns deshalb an. Ich hatte ihr gesagt, wenn sie zu einer Sieben oder Acht kommt, müsste ich einschreiten.«

»Ich will unser Kind auch keinem Risiko aussetzen, wirklich nicht.« Josh wollte, dass sie ihm glaubten, denn er hatte das Gefühl, dass Claire es nicht tat, egal wie oft er es ihr auch sagte. »Aber ich bin auch nicht damit einverstanden, dass Claire ihr Leben aufs Spiel setzt. Es muss etwas geben, Abby, irgendetwas, das du tun kannst.« Er vergrub das Gesicht in seinen Händen.

»Hatte sie Stimmungsschwankungen?«, fragte Abby.

Josh schnaubte.

»Okay, ungewöhnliche Stimmungsschwankungen? Mehr als du von einer Schwangeren erwarten würdest? Überhöhte Stimmungsschwankungen, wie von Wut bis zur Selbstisolierung?«

Josh sah Abby nur an. Er wollte das wirklich nicht beantworten.

»Okay.« Abby sah zur Decke. »Verdammt«, sagte sie. »Wir können ihr häufiger Massagen und chiropraktische Behandlungen geben. Das könnte helfen. Ich habe ihr Tabletten verschrieben, aber sie hat sie überhaupt nicht abgeholt – ich habe bei der Apotheke nachgefragt.«

Josh hob den Kopf. »Hast du? Wann? Was für Tabletten? Was bewirken sie?« Warum hatte Claire das ihm gegenüber nicht erwähnt? Er hätte sie für sie besorgt.

»Letzten Monat, gegen die Kopfschmerzen. Sie ist allerdings nicht sonderlich offen für Medikamente, falls dir das noch nicht aufgefallen ist. Sie nimmt nur Sachen, die nicht verschreibungspflichtig sind, nichts, was ich ihr aufschreibe. Deine Frau ist ein bisschen stur.«

»Ein bisschen?« Derek lachte. »Wir reden hier über Claire. Seit ich mich erinnern kann, ist es ihr Traum, noch ein Baby zu bekommen. Seid ihr wirklich überrascht, dass sie alles tut, was in ihrer Macht steht, um sicherzustellen, dass ihrem Baby nichts passiert? Also bitte, Leute.«

Josh erhob sich. »Dieser Traum hat aber keine Bedeutung mehr, wenn sie sich dabei umbringt, und es ist nicht nur ihr Kind, sondern unseres. Sie scheint zu vergessen, dass ich auch ein Mitspracherecht haben sollte.« Verschiedenste Emotionen tobten in Josh. Zorn. Frustration. Trauer.

»Das werde ich nicht zulassen, Josh. Ich habe dir dieses Versprechen gegeben und ich habe vor, es zu halten.« Abby setzte sich gerade hin und funkelte Derek an.

»Sei nicht sauer auf ihn. Er sagt nur das, was wir alle wissen.« Josh nahm wieder das Bier in die Hand, das er abgestellt hatte. »Ich habe eine Idee«, sagte er, nachdem er die halbe Flasche geleert hatte. »Warum versuchen wir nicht, meiner Frau etwas Vernunft beizubringen? Auf dich könnte sie sogar hören.« Er zeigte auf Derek.

»Das ist tatsächlich keine schlechte Idee«, stimmte Abby zu.

»Was genau soll ich denn sagen? Claire, du musst anfangen, auf meine Frau zu hören, sonst wirst du sterben?«

Josh sank wieder auf das Sofa.

»Was ist mit mir? Spiele ich denn in alldem keine Rolle? Soll ich einfach nur hier sitzen und einverstanden sein, dass meine Frau direkt vor meinen Augen stirbt? Dass ich alleinerziehender Vater sein werde? Dass ich die Liebe meines Lebens verlieren werde? Bin ich unwichtig?« Sein Körper erbebte von all den Emotionen, die ihn durchströmten.

»Ich klinge wie ein Baby«, sagte er leise, während Abby und Derek nur dasaßen und ihn anstarrten. Was tat er hier? Er sollte sich auf Claire konzentrieren, darauf, einen Weg zu finden, sowohl sie als auch ihr Baby zu retten, anstatt wie ein Kind zu jammern.

»Vergesst es«, sagte er. »Ich bin nur … erschöpft. Ich werde meine Abgabefrist nicht einhalten können und Claire lässt mich nicht erklären, was vor sich geht, und deshalb wird man mir auch keine Verlängerung einräumen.«

»Stimmt nicht«, sagte Derek schließlich. »Du klingst wie ein Mann, der endlich eingesehen hat, dass er das nicht allein durchstehen kann.« Derek beugte sich vor. »Aber du hast uns und du kannst darauf zählen, dass wir nicht aufhören werden zu kämpfen – für dich oder Claire.«

»Ich sollte nach Hause gehen. Claire fragt sich vermutlich schon, wo ich bin.«

Abby lachte. »Du gehst nirgends hin. Ich habe Claire eine SMS geschickt, dass du hier bist und wir dich gefüttert haben. Sie sagte, wenn du mehr als ein Bier trinkst, sollst du bleiben und sie kommt dich abholen. Nach meiner Zählung hattest du zwei, also steckst du wohl hier fest.«

»Claire kommt her? Bist du sicher?« Das würde bedeuten, dass sie allein das Haus verlassen müsste.

»Wollen wir eine Party aus der Sache machen? Wir könnten ein paar Leute einladen, ein Feuer anmachen und Marshmallows grillen.« In Dereks Augen lag ein Funkeln, das sich nur noch verstärkte, als Abigail ihm auf den Arm schlug.

»Ernsthaft, manchmal bin ich mir sicher, dass du ein Kind im Körper eines Mannes bist.«

»Das sind wir alle, Schatz. Je früher du das einsiehst, desto mehr Spaß werden wir haben.« Derek tat so, als würde er sich vor ihrem nächsten Schlag ducken. »Aber ich meine das ernst mit dem Feuer und den Marshmallows. Schreib Claire und sag ihr, sie soll welche mitbringen. Ich habe unsere gestern Abend alle aufgegessen.«

Als Abby ihr Handy hervorholte, wollte Josh lachen, konnte es aber nicht. »Du fragst sie doch nicht wirklich, oder?«

»Ein Versuch schadet nicht.« Sie zuckte mit den Achseln.

Josh seufzte und ging in die Küche, um sich noch ein Bier zu holen.

»Flüssiger Mut?« Derek folgte ihm, lehnte sich gegen die Theke und nahm das Bier entgegen, das Josh ihm hinhielt.

»Wie bitte?«

»Flüssiger Mut.« Derek nickte in Richtung des Biers in Joshs Hand. »Du weißt schon, damit du Claire mit unserer Rückendeckung sagen kannst, wie du dich fühlst.«

Josh hatte gar nicht darüber nachgedacht, aber sein Freund hatte vermutlich recht.

»Ich muss nichts trinken, um meiner Frau zu sagen, wie ich mich fühle.«

»Klar. Ich glaube dir. Aber vielleicht hörst du nach dem hier besser auf, wenn du nicht willst, dass die Dinge eskalieren. Glaub mir, was das angeht, Kumpel.«

Der Tonfall in Dereks Stimme ließ Josh aufhorchen und er fragte sich, ob er etwas unterbrochen hatte, als er vorbeigekommen war.

»Ist alles in Ordnung?«, fragte er leise, nachdem er zur Tür geschaut und sich vergewissert hatte, dass Abby nicht dort stand und sie hören konnte.

»Nein. Wir reden jetzt nicht über mich oder meine Ehe. Hier geht es um dich.« Derek zeigte mit seinem Bier auf ihn und runzelte die Stirn. »Es ist okay zuzugeben, dass du nicht perfekt bist. Das weißt du, oder? Es muss nicht immer alles super in eurer kleinen Welt sein«, murmelte er.

»Das weiß ich doch.« Was ging hier nur vor? Es klang fast, als wäre Derek gar nicht so unzufrieden, dass es zwischen ihm und Claire gerade nicht so rund lief. »Willst du mir irgendetwas sagen, Derek? Dann ist jetzt die Zeit. Spuck's aus.«

»Nein, Mann. Alles gut.« Derek schüttelte den Kopf, verließ die Küche und ließ Josh allein.

Dass Claire herkommen würde, war nicht das, was er wollte. Er hätte das Ganze besser durchdenken sollen. Er hatte das Haus verlassen, um sich mit seinen Gedanken auseinanderzusetzen, und er hatte noch immer nicht den Gemütszustand, den er brauchte, um seiner Frau wieder unter die Augen zu treten. Und es war auch nicht fair, sie mit seinen Gefühlen zu überfallen, wenn sie so sehr versuchte, sich vor Stress zu schützen.

»Ich kann das nicht, Leute.« Nachdem er seine Entscheidung getroffen hatte, stieß Josh sich von der Wand ab und ging in das Wohnzimmer. »Claire braucht nicht …«

Da stand seine Frau, mit einer Tüte in der Hand. »Was braucht Claire nicht?«

»Das ging schnell.« Das war alles, was Josh sagen konnte. Er hatte nicht erwartet, dass sie so schnell hier sein würde.

»Was ging schnell?« Claire reichte Abby die Tüte, die sie mitgebracht hatte. »Marshmallows, wie gewünscht.«

Abby nahm die Tüte entgegen. »Du hast dafür an der Tankstelle gehalten? Du weißt schon, dass die das viel zu teuer verkaufen. Der Supermarkt wäre billiger gewesen.«

»Da standen zu viele Autos. Ich wollte niemandem begegnen.« Claire verschränkte die Arme, und als sie ihre Aufmerksamkeit wieder auf Josh richtete, zuckte er zusammen. »Was brauche ich nicht, Josh? Dich betrunken? Marshmallows? Dich abholen? Was?« Sie zählte die Liste an ihren Fingern ab und sah ihn erwartungsvoll an.

Josh fand keine Worte. »Das alles.« Er kniff. Und die Gesichter von Abby und Derek zeigten ihm, dass sie es auch wussten.

Claire schien das ebenfalls aufgefallen zu sein. »Soll ich mich hinsetzen oder reden wir darüber, wenn wir allein sind?« Ihr Tonfall klang leicht frostig und Josh wusste, dass er in der

Patsche saß. »Oder brauchst du Abby und Derek als Unterstützung?«

»So ist es nicht, Claire. Josh …«

»Kann für sich selbst sprechen.« Claire unterbrach Abby, die so nett gewesen war, zu seiner Verteidigung zu kommen. Aber die brauchte er nicht.

»Claire hat recht.« Er trat zu Abby und drückte dankbar ihre Schulter, dann stellte er sich vor seine Frau. »Ich kann für mich selbst sprechen, aber du hörst mich nicht immer. Zumindest nicht in letzter Zeit.«

Claire ließ die Schultern sinken. »Josh, müssen wir das hier tun?«

»Nein.« Er schüttelte den Kopf. »Müssen wir nicht.«

»Na gut, du vielleicht nicht. Aber ich.« Abby trat vor, Arme vor der Brust verschränkt, und tippte mit dem Fuß auf. »Du würdest mich doch nicht darüber anlügen, wie schlimm deine Kopfschmerzen mittlerweile werden, oder?«

Claire sah von Josh zu Abby und zurück zu Josh, bevor sie den Kopf schüttelte. »Warum?«

»Claire«, sagte Josh leise mahnend.

Claires Lippen wurden schmaler. »Du machst Witze, oder?«

»Sag du es mir«, sagte Abby. »Josh scheint zu denken, dass sie schlimmer werden. Aber du sagst mir, sie wären eine Vier oder Fünf auf der Schmerzskala.«

In dem Augenblick, in dem Claire die Augen schloss, wusste Josh es. Es war wie ein Schlag in die Magengrube. Sie waren schlimmer. Er hatte recht gehabt.

»Warum, Claire?«, hauchte er. »Ist dir nicht klar, was du da tust?«

»Ich beschütze unser Kind. Das tue ich. Kannst du das nicht sehen?« In ihrer Stimme lagen sowohl Zorn als auch seelische Qualen.

»Das sehe ich, Schatz. Ich sehe es.« Josh trat zu ihr, nahm ihre Hände in seine und hielt sie fest. »Aber ich sehe auch, dass du dich selbst aufgibst, und das kann ich nicht akzeptieren. Das werde ich nicht. Du magst dich ja mit deinem Tod abgefunden haben, aber ich nicht.«

»So darfst du das nicht sehen, Josh«, sagte Claire.

Josh wollte widersprechen, ihr erklären, wie er die Sache sah, aber die Worte kamen nicht.

»Wollt ihr wissen, was ich sehe?«, sagte Derek und stellte sich neben Abby. »Ich sehe eine selbstsüchtige Frau, und das überrascht mich mehr als alles andere, denn normalerweise bist du alles, aber nicht selbstsüchtig.«

In Claires Augen flackerte kurz ein Schmerz auf, dann schloss sie sie kurz und starrte zu Boden. Instinktiv legte sie ihre Hände um ihren wachsenden Bauch, und Josh wurde wütend. Er drehte sich um, bereit, seinem Freund die Meinung darüber zu sagen, dass er seiner Frau wehtat. Doch er hielt inne.

»Derek hat recht«, sagte Abby. »Du hast mir ein Versprechen gegeben, Claire, und du zwingst mich regelrecht dazu, mein Versprechen gegenüber dir und deinem Mann zu brechen. Ich hatte versprochen, dass ich dich und das Baby beschützen würde, aber wenn du mich anlügst, wenn du versuchst, die Wahrheit zu verbergen, sind mir die Hände gebunden. Was, wenn es zu spät ist? Dann werde ich diese Schuld für immer mit mir herumtragen.«

Claire schüttelte nur den Kopf. Josh wollte sie am liebsten in den Armen halten und sie vor dieser Sache beschützen. Er konnte sehen, dass sie sie verletzten, dass das alles zu viel war. Aber gleichzeitig war er froh, dass sie endlich alle ehrlich waren.

»Ich will unserem Baby nur mehr Zeit verschaffen, das ist alles.«

»Du bist also jetzt Ärztin?« Abbys Stimme war beißend.

»Nein.«

»Vertraust du mir nicht mehr?«, verlangte Abby zu wissen.

Claire schüttelte den Kopf.

»Dann werde ich morgen ein neues MRT machen lassen, und ich erwarte, dass du auftauchst. Du wirst außerdem dein Tagebuch mitbringen und sämtliche Einträge korrigieren, in denen du versucht hast, die Wahrheit vor mir zu verbergen, verstanden?«

»Abby, ich …«

»Nein«, unterbrach Abby sie mit gehobener Hand. »Ich lasse nicht zu, dass du dich selbst opferst, nicht so. Genug ist genug, Claire. Wenn es nötig wird, lasse ich dich für eine dauerhafte Überwachung ins Krankenhaus einweisen. Willst du das?«

Claires Augen waren mittlerweile groß geworden und Josh konnte an der Art, wie sie ihre Fäuste ballte, sehen, dass die Botschaft angekommen war.

»Nein. Es tut mir leid, Abby.« Claire ließ die Schultern sacken, als würde ein schweres Gewicht auf ihr lasten.

Josh nahm seine Frau in die Arme. »Ich liebe dich«, flüsterte er ihr ins Ohr.

»Ich bin heute Abend hergekommen, damit unsere Freunde mir zuhören und mir die Wahrheit sagen, aber wie sich herausgestellt hat, mussten wir beide sie hören.« Er sah auf und lächelte Derek und Abby an. »Danke.«

»Ich habe es von Anfang an gesagt. Ihr seid nicht allein, und es wird Zeit, dass ihr beide aufhört, so zu tun, als wärt ihr es.« Derek trat vor und schüttelte Joshs angebotene Hand. »Ich bin für dich da, Kumpel. Vergiss das nicht.«

»Claire?«, rief Abby.

Claire drehte sich halb in seinen Armen, um ihre Freundin anzusehen.

»Ich hab dich lieb«, sagte Abby, ihre Augen rot von unvergossenen Tränen.

* * *

Auf dem Weg nach Hause redeten sie nicht miteinander. Er versuchte ein paarmal, sich zu entschuldigen, aber Claire wollte nichts davon hören.

Erst als sie zu Hause waren und er anbot, ihr ein Bad einzulassen, sagte sie endlich, was sie fühlte.

»Ich verstehe das. Du hattest das Gefühl, du könntest nicht ehrlich zu mir sein, und das verstehe ich. Wirklich. Aber ich werde mich auch nicht entschuldigen. Manchmal habe ich das Gefühl, die Einzige zu sein, die hier das größere Bild vor Augen hat.« Sie stand auf der Treppe und hatte ihre Hand fest um das Geländer geklammert.

Josh verschränkte die Arme. »Das größere Bild ist, dass wir zusammen unser Kind großziehen, Claire.«

»Ich weiß.«

»Nein, das glaube ich nicht. Du denkst, du musst alles tun, um unser Baby zu beschützen, selbst wenn das bedeutet, es vor mir zu beschützen. Was denkst du denn, was ich will? Dass unser Baby stirbt? Für was für einen Mann hältst du mich eigentlich?« Die Worte schmerzten, als er sie aussprach. Sie rissen an seiner Seele. Und doch: Zu sagen, wie er sich wirklich fühlte, war auch befreiend.

»Genau so ein Mann bist du, seit du von den Tumoren erfahren hast.«

In diesem einen Augenblick löste sich alles auf, was sie zusammengehalten hatte. Josh konnte es glasklar sehen. Das Vertrauen, das sie einst ineinander gehabt hatten, war zerstört. Die Ehrlichkeit zwischen ihnen, die Sicherheit dieser Ehrlichkeit, gab es nicht mehr.

Josh trat zurück, während Claire die Treppe hinaufrannte. Die zuschlagende Badtür vibrierte an den Wänden und das Glas in den aufgehängten Bilderrahmen klirrte.

26
CLAIRE

Eine Erinnerung an Rom, Ende April

Claire entspannte sich auf der Dachterrasse ihres Hotels. Sie war immer noch fasziniert, wie groß die Zitronen in den Pflanztöpfen um sie herum waren. Sie trank ihren Weißwein, genoss seine Frische und war dankbar, der Menschenmenge unten entkommen zu sein.

Sie waren erst seit ein paar Tagen in Rom, aber sie war schon bereit, wieder zu fahren. Sie hatten die Tage mit geführten Touren ausgefüllt und ein Zimmer direkt gegenüber der Spanischen Treppe gebucht – beides Anfängerfehler, die sie zu gern zurücknehmen würde. Rom sollte man eigentlich langsam genießen, die Geschichte und die herrschaftliche Macht in die Seele aufnehmen, aber sie hatte trotz Joshs Zögern darauf bestanden, so viel wie möglich in die wenigen Tage zu quetschen.

Sie hätte auf ihn hören sollen.

»Okay.« Josh sank in einen Sessel neben ihr und legte seine Beine auf der Fußstütze ab. »Wir haben noch eine Stunde, bis wir die Gruppe auf dem Platz treffen müssen. Wie wär's, wenn wir für ein kurzes Nickerchen auf unser Zimmer gehen und unseren Füßen eine Pause gönnen? Ich bin von der Vatikantour völlig erschöpft.« Er gähnte und legte seinen Kopf zurück.

»Ich werde nicht schlafen können.« Claire gähnte ebenfalls. »Der Lärm von der Treppe ist einfach ohrenbetäubend.«

»Du warst diejenige, die darauf bestanden hat, hier das Zimmer zu buchen.« Josh gähnte erneut und Claire gab ihm einen kleinen Klaps.

»Hör auf«, sagte sie und unterdrückte ihr eigenes Gähnen. »Wir können uns heute nach dem Abendessen ausruhen.« Was bedeutete, sie hatten noch, oh, sechs oder sieben Stunden vor sich. Sie drückte ihren Finger gegen eine schmerzende Stelle seitlich ihres Gesichts, nahe der Haarlinie. Der Druck half, die Kopfschmerzen zu unterdrücken, die sich gerade anbahnten.

»Ich muss irgendeine Apotheke oder so etwas finden«, sagte sie. »Ich habe meine letzte Tylenol heute Morgen aufgebraucht und ich habe schon wieder Kopfschmerzen.«

Josh öffnete ein Auge halb und sah sie an. »Schon wieder?«

Sie nickte. »Ich hasse Kopfschmerzen wirklich.« Bis vor Kurzem hatte sie an einer Hand abzählen können, wie oft sie in den letzten Jahren Kopfschmerzen gehabt hatte.

»Vielleicht will dir dein Körper etwas sagen?«, meinte Josh.

»Und was?«

»Oh, ich weiß nicht. Vielleicht bist du erschöpft, versuchst zu viel zu machen, gehst nicht so mit den Dingen um, wie du solltest …« Seine Stimme verstummte und für einen Augenblick fragte sich Claire, ob er tatsächlich eingeschlafen wäre.

»Ich gehe ganz gut mit allem um, vielen Dank auch«, murmelte sie.

»Klar tust du das.« Joshs Lippen verzogen sich zu etwas, das sie als Grinsen interpretierte.

Das Trappeln von Füßen, die die Treppe heraufkamen, zerstörte sämtliche Hoffnung auf Ruhe und Frieden. Eine vierköpfige Familie betrat die Terrasse.

»Es ist ja so schön hier oben. Sind das echte Zitronen? Ich bin am Verhungern.«

Claire lächelte die Mutter an, als die an ihnen vorbeiging.

»Wenn Sie auf etwas Ruhe und Frieden gehofft hatten, muss ich Sie enttäuschen, leider wissen meine Kinder gar nicht, was das ist«, entschuldigte sich die Mutter und warf ihrem Sohn und ihrer Tochter einen scharfen Blick zu. »Ethan, Olivia, was sagt man?«

»Sorry, Mom. Ma'am.« Der Junge entschuldigte sich und drehte sich dann um, um seinen Teller mit Fingerfood vollzuladen.

»Huch, sorry.« Das Mädchen grinste. »Mom, es gibt hier unser Lieblingsessen – das mit Tomate und Mozzarella.«

»Wir sind nicht lange hier«, sagte die Mutter. »Wir treffen uns in einer Stunde mit unserem Reiseleiter, also essen wir jetzt schon mal. Wer hätte gedacht, dass Jungen so viel essen können«, sagte sie gespielt flüsternd.

»Das habe ich gehört«, stöhnte ihr Sohn, sein Gesicht so krebsrot, dass Claire es selbst aus der Ferne noch sehen konnte.

Claire lächelte. »Schon gut. Wir machen auch noch eine Tour und ruhen nur gerade unsere Füße aus. Ich glaube, mittlerweile würde es sogar schmerzen, auf Wattebällen zu gehen, ganz zu schweigen von dem Kopfsteinpflaster der Straßen hier.«

»Oh, welche Tour machen Sie mit? Wir waren schon bei so vielen, seit wir angekommen sind, vielleicht haben wir die schon gemacht.« Sie beugte sich vor und streckte die Hand aus. »Ich bin übrigens Sylvia, und der Riese von einem Mann da drüben ist mein Mann Justin.«

»Claire«, stellte sie sich selbst vor. »Und das ist mein Mann Josh.« Sie winkte Justin zu, der sich mit einem vollen Teller an einen Tisch gesetzt hatte.

»Wir sehen uns heute Nachmittag das Kolosseum an.« Claire sah auf ihre Uhr. »Auf das wir uns vermutlich langsam vorbereiten sollten.« Sie stupste Josh mit dem Fuß an, um ihn aufzuwecken.

»Oh, das machen wir auch. Wäre es nicht witzig« – Sylvia sah nach hinten zu ihrem Mann – »wenn wir dieselbe Tour machen würden? Diese und die Krypta waren die zwei wichtigsten Dinge, die unser Sohn auf seiner Liste hatte.«

Claire trank ihren Wein aus und stand auf. »Die Krypta war beeindruckend. Ich hätte stundenlang bleiben können. Es war so schwer für mich, mich nicht einfach an die Wand zu setzen und alles zu zeichnen. Die künstlerische Darstellung der Knochen … faszinierend.«

»Sie zeichnen? Sind Sie Künstlerin oder …?«

»Kinderbuchillustratorin«, antwortete Claire. »Waren Sie schon in der Krypta?«

Sylvia schüttelte den Kopf. »Wir gehen morgen hin, vor unserem Heimflug. Olivia durfte sich aussuchen, was unser erstes Abenteuer in Rom sein würde, und Ethan das letzte.«

Claire sah hinüber zu den zwei Teenagern, die sich zu ihrem Vater an den Tisch gesetzt hatten.

»Lassen Sie mich raten. Olivia wollte shoppen gehen.«

Sylvia lachte. »Ich glaube, ihre genauen Worte waren *shoppen, bis Ethan umfällt*. Die zwei lieben es, sich gegenseitig herauszufordern.« Sie schüttelte den Kopf. »Mit ihnen wird es jedenfalls nie langweilig, das steht fest.«

»Das kann ich mir vorstellen.« Als Josh neben ihr aufstand, schlang sie ihre Finger in seine. »Guten Appetit. Wer weiß? Vielleicht sehen wir uns nachher.« Sie winkte der Familie zum

Abschied und ging die Treppe mit Josh im Schlepptau nach unten.

»Sieht nach einer netten Familie aus«, sagte Josh und rieb sich die Augen.

»Ich frage mich, wie es ist, die Geschichte dieser Stadt durch die Augen eines Teenagers zu erleben«, sagte Claire, während sie ihre Geldbörse, die Tourtickets und ihre Kamera zusammensuchte.

»Also, ich habe ja versucht, sie durch Jacks Augen zu sehen, und ganz ehrlich, Teenagerjungs sind wohl nicht viel anders. Wir neigen dazu, im Schneckentempo erwachsen zu werden, wenn es um solche Dinge geht. Der Junge stellt sich vermutlich all die Gladiatorenkämpfe vor und wünscht sich, er könnte in der Zeit zurückreisen, um selbst dabei zu sein.«

»Ach, wirklich?« Claire stellte sich auf die Zehenspitzen, um ihrem Mann einen Kuss zu geben. »Das stellst du dir also vor, während wir dort sind?«

»Darauf kannst du wetten. Ich werde es durch Jacks Augen sehen, während du eine Fülle von Fotos machst. Hmm … Jetzt frage ich mich, ob wir nicht lieber auf eigene Faust hätten gehen sollen, um einen Ort zu finden, an den wir uns eine Weile setzen können. Du könntest zeichnen und ich könnte die Szene mit Jack in Gedanken entwickeln.«

»Wir kommen nach unserer Kreuzfahrt ja noch ein paar Tage nach Rom zurück. Wenn wir also wollen, können wir noch mal hin.« Sie stöhnte ein klein wenig, als sie sich vorbeugte, um ihre Schuhe zu schnüren.

»Geht es dir gut?«, fragte Josh.

Langsam setzte sie sich wieder aufrecht hin. »Es geht mir gut, wenn wir mir etwas Wasser und irgendwas gegen diese Kopfschmerzen besorgen können.« Es war im Augenblick nur ein dumpfes Pochen, aber Kopfschmerzen blieben Kopfschmerzen.

»Denkst du, es wäre zu morbid, wenn wir eine Szene mit Jack in der Krypta einbauen? Du müsstest aber auch all die Skelette zeichnen«, sagte Josh.

Claire überlegte einen Augenblick. »Das könnte ich. Die hängenden Laternen aus Armknochen wären vielleicht eher faszinierend als morbid. Oder wir könnten eins dieser ›Wo ist Jack?‹-Bilder am Ende des Buchs bringen, und ich kann ein paar Bilder von Mönchen und ein paar Skelette hinzufügen. Oder wir könnten ein ganzes Halloweenbuch machen und Jack seine Mom überzeugen lassen, das Haus wie die Krypta zu dekorieren.« Sie dachte laut nach. Es gab vieles, das sie tun konnten.

»Ich finde auch, dass Jack die Spanische Treppe hochsteigen sollte, was denkst du?«, sagte Claire. »Ich sehe schon vor mir, wie er sich einen Weg durch die Menschenmenge bahnt und seine Mom ihn aus den Augen verliert, bis er oben ist und ihr zuwinkt. Ich habe heute früh ein paar Skizzen gemacht und viele Fotos geschossen.«

Josh nickte und sie setzten ihr Brainstorming fort, während sie ihr Zimmer verließen und nach unten in die Lobby gingen.

»Ich kann sehen, wie Jack sich weit aus dem Fenster lehnt, um einen Blick auf die Treppe zu erhaschen, und seine Mutter ihn wieder hereinzieht. So ungefähr, wie du es an unserem ersten Tag hier getan hast. Unglaublich, dass sich diese Fenster so weit öffnen lassen«, sagte Josh und Claire musste kichern.

Das war am Tag zuvor einfach zu witzig gewesen. Sie hatte sich ziemlich weit herausgelehnt, um ein paar Fotos zu machen, und Josh hatte sie mit fast weißem Gesicht wieder hereingezerrt. Anscheinend hatte sie sich so weit vorgebeugt, dass sie schon auf Zehenspitzen stand, und das hatte ihm Angst gemacht.

Sie sollte nicht lachen, aber sie konnte nicht anders.

»Wenn wir uns beeilen, haben wir vielleicht noch Zeit für ein Eis, bevor die Tour beginnt.« Sie zupfte an seinem Arm. Sie bahnten sich einen Weg durch die Menge, die Via dei Condotti hoch und dann rechts. Sie erblickte eine kleine Apotheke weiter die Straße herunter, nahe einer Eisdiele, vor der sich eine Schlange gebildet hatte. »Oder du könntest dich anstellen und ich bin gleich wieder da.«

Josh sah die Schlange an und zuckte mit den Schultern. »Lass dir nicht zu viel Zeit. Ich will nicht schuld sein, wenn ich die falsche Sorte für dich aussuche.«

Sie sollte sich tatsächlich beeilen. Wie sie ihren Mann kannte, würde er ihr Pistazie oder etwas ähnlich Schreckliches besorgen, nur damit er es essen konnte. »Kokosnuss oder Vanille, bitte.« Sie warf ihm eine Kusshand zu und ging weiter.

Sie schob sich durch die ganzen Menschen und war froh, dass sie für ihre Rückreise ein kleines Boutiquehotel gebucht hatten. Sie hatte genug von all den Leuten. Morgen würden sie nach Positano fahren, sich am Strand entspannen und die hübsche kleine Stadt genießen, bevor sie weiter nach Civitavecchia fuhren, um ihre Kreuzfahrt zu beginnen. Das Ende ihres Europa-Abenteuers rückte näher, aber Claire war noch nicht bereit, nach Hause zurückzukehren. Nach Hause bedeutete, ins Leben zurückzukehren, die Realität zu akzeptieren und zu überlegen, wie es weitergehen sollte.

27
CLAIRE

Heute

Das Wartezimmer des Krankenhauses war steril und kalt, und Claire weigerte sich, noch länger auf diesen unbequemen Stühlen zu sitzen.

»Ich will nach Hause.« Sie starrte ihren Mann an und forderte ihn heraus, ihr zu widersprechen.

Er lehnte sich in seinem Stuhl zurück und schlug die Beine übereinander.

»Wir gehen nirgendwo hin. Abigail kommt mit den Ergebnissen wieder, sobald sie mit dem Radiologen gesprochen hat. Sie hat gesagt, sie würde sich mit uns in der Cafeteria treffen.«

»Da ist es zu voll.«

Er hob eine Augenbraue. »Dann bleiben wir eben hier sitzen.« Er klopfte auf den Stuhl neben sich, aber Claire drehte ihm den Rücken zu. Sie zog ihr Handy heraus und schrieb Abby eine SMS.

Ich gehe nach Hause.

Sie wartete auf eine Antwort. Wenn Abby einverstanden war, würde sie gehen, egal was Josh sagte.

Setz dich hin. Bin fast fertig.

»Abby ist fast fertig.« Sie biss die Zähne zusammen.

»*Fast* bedeutet, dass wir noch Zeit für einen Kaffee haben. Sag ihr, dass wir in der Cafeteria warten.« Er stand auf und strich seine Jeans glatt.

Sie schüttelte den Kopf.

»Ich gehe nicht allein, Claire.« Er hielt ihr seine Hand hin. Sie trat einen Schritt zurück, weg von ihm.

»Warum nicht? Es ist nur ein Kaffee, Josh. Ich geb ihr Bescheid, dass wir hier sind.« Sie setzte sich hin und begann ihre Antwort an Abby zu schreiben. Als sie aufsah, hatte sich Josh kein Stück bewegt.

»Die Cafeteria ist nicht überfüllt, in Gottes Namen, Claire. Du musst das mal überwinden.« Er schüttelte verärgert den Kopf und machte einen Schritt auf sie zu, die Hand immer noch ausgestreckt.

Claire atmete tief ein und stieß die Luft langsam durch die Nase wieder aus. Er hatte recht. Es ging nur um einen Kaffee und sie waren in einem kleinen Krankenhaus. Wie voll konnte die Cafeteria schon sein? Sie legte ihre Hand in seine und folgte ihm, als er sie aus dem Warteraum führte, den Gang entlang und in die Hauptlobby, in der sich der Eingang zur Cafeteria befand.

Als sie um die Ecke kamen, erstarrte Claire. Immer, wenn sie in das Krankenhaus kam, benutzte sie den hinteren Eingang, den Personaleingang direkt neben der Küche. Da sie hier früher eine Zeit lang ehrenamtlich gearbeitet hatte, nickte ihr das Krankenhauspersonal lediglich zu und eilte dann weiter, wenn sie jemandem begegnete.

Aber das hier war nicht der hintere Gang und hier waren mehr Leute, als sie erwartet hatte.

»Nur noch ein paar Schritte, Claire. Na komm, du schaffst das.«

Josh führte sie in die Cafeteria, in der nur ein paar Tische besetzt waren. Sie sah niemanden, den sie persönlich kannte, nur Ärzte, Krankenschwestern und andere, die den Blick auf ihren Kaffee gerichtet hielten und keine Lust hatten, Höflichkeiten auszutauschen.

Sie stieß wieder die Luft aus, die sie angehalten hatte. Das war gar nicht so schlimm.

Josh nahm ein Tablett, ein paar Einwegbecher und schob das Tablett die silbernen Rollen entlang. Am Kühlfach hielt er an. Er stellte einen Becher Schokopudding mit Schlagsahne und einen mit Obst auf ihr Tablett.

»Du musst etwas essen«, sagte er und ging weiter zur Kasse.

Claire nahm auch noch ein paar Päckchen mit Crackern.

»Hey, hallo Fremde.«

Claire drehte sich um und sah Gerry Stam hinter ihr stehen, einen Kaffee in der Hand.

»Gerry.« Sie schluckte schwer. »Witzig, dich hier zu sehen.«

Der ältere Mann zuckte mit den Achseln. »Ich muss etwas mit meiner Zeit anfangen, daher arbeite ich nach der Sommersaison freiwillig hier, um mich zu beschäftigen. Außerdem ist Georgia hier und so kann ich in der Nähe sein.«

»Wie geht's deiner Frau?« Mitfühlend legte Claire ihren Arm auf seinen. Georgia hatte sich vor Jahren die Hüfte gebrochen und verbrachte jetzt viel Zeit im Krankenhaus.

»Ihre Demenz wird jeden Tag schlimmer, aber mein Mädchen ist noch irgendwo da drin. Sie kann allerdings kaum noch laufen. Ihre Knochendichte verschlechtert sich durch den Krebs.«

»Tut mir leid«, sagte Claire. Sie konnte sich nicht vorstellen, wie sein Leben gerade war.

»Da gibt's nichts zu entschuldigen. Wie geht's dem Kleinen?« Er nickte in Richtung ihres geschwollenen Bauchs.

Claire lächelte. »Ziemlich gut. Danke, dass du fragst.«

Er nickte und verzog die Lippen zu seinem Halblächeln. »Hab dich nicht oft gesehen, aber hab mir gedacht, dass du zeichnest.« Es war nicht als Frage gestellt, aber Claire wusste, dass dennoch eine Antwort erwartet wurde.

»Gib Josh die Schuld dafür. Wenn er etwas langsamer schreiben würde, hätte ich mehr Zeit zum Durchatmen«, neckte sie leise. Josh hatte seine Hand an ihrem Rücken und sie war dankbar für die Unterstützung.

Mit Gerry zu reden war nicht so schlimm, wie sie gedacht hatte. Sie atmete tief ein und langsam wieder aus.

»Ich versuche nur, vorzuarbeiten, um uns mehr freie Zeit zu verschaffen, wenn das Baby kommt, das ist alles.«

Gerry nickte. »Clever.« Er legte etwas Geld auf den Tresen und schlurfte aus der Cafeteria.

»Das war doch gar nicht so schlimm, oder?«, sagte Josh, nachdem sie ihre Sachen bezahlt hatten. »Ist es okay für dich, hier zu warten?«

Claire sah sich im Raum um und nickte. Sie schickte Abby eine SMS und gab ihr Bescheid, dass sie hier waren.

Dreißig Minuten später steckte Abby ihren Kopf durch die Tür der Cafeteria und winkte. Ihr Gesichtsausdruck verriet nichts, aber da sie sich als Erstes einen Kaffee holte, fühlte Claire sich etwas erleichtert. Wenn es wirklich schlimm stünde, hätte Aby Claire für ein Gespräch in ihr Büro gezerrt. Wenn sie Zeit für einen Kaffee hatte, war alles gut.

Sie kam zu ihrem Tisch, setzte sich aber nicht hin. Stattdessen nahm sie einen großen Schluck von ihrem heißen Kaffee und schüttelte sich.

»Tut mir leid, dass es so lange gedauert hat.« Sie hielt den Becher in den Händen. »Ich habe mit dem Spezialisten gesprochen und er hat mir sein Büro zur Verfügung gestellt, damit wir dort reden können. Ich habe außerdem einen Termin für später mit ihm vereinbart, damit ihr mit ihm reden könnt, aber fürs Erste können wir die Ergebnisse zusammen durchgehen, okay?« Sie ließ ihnen keine Zeit für eine Antwort, sondern drehte sich um und ging hinaus.

Claire bemerkte, wie gerade Abbys Rücken war, wie bedächtig ihre Schritte schienen und wie sie ihre Finger spreizte und beugte, während sie ging. Claire sah zu Josh und wusste, dass es ihm ebenfalls aufgefallen war. Er verschränkte seine Finger in ihren und hielt sie fest.

Sobald sie im Büro waren, wartete Abby, bis sie sich hingesetzt hatten, und schloss dann die Tür. Sie setzte sich nicht hinter den Schreibtisch, sondern auf die Kante, und hielt ihren Kaffee so fest, dass ihre Fingerknöchel weiß waren.

»Es sieht nicht gut aus, oder?« Josh war derjenige, der die Stille im Raum durchbrach.

Für einen Augenblick sah es so aus, als würde Abigail in Tränen ausbrechen.

»Nein, tut es nicht. Claire, die Tumore wachsen, was erklärt, dass die Kopfschmerzen stärker werden, und auch einige der anderen Dinge, mit denen du zu kämpfen hast.« Abigail sah ihr direkt in die Augen und Claire errötete.

»Dinge, mit denen sie zu kämpfen hat … Was meinst du damit?«, fragte Josh.

»Je größer die Tumore werden, desto mehr Druck üben sie aufs Gehirn aus, was alles Mögliche auslösen kann. Ohnmacht, Stimmungsschwankungen, sogar Panikattacken. Der Spezialist, mit dem ihr nachher sprechen werdet, wird das detaillierter mit euch durchgehen«, erklärte Abigail.

»Also.« Claire versuchte, die Neuigkeiten zu verarbeiten. »Meine ständigen Panikattacken waren zu erwarten?«

Abby nickte und stellte den Becher ab.

»Aber die Tumore wachsen. Was bedeutet das?«, fragte Josh und seine Stimme klang angespannt.

»Es bedeutet, dass es Zeit ist zu handeln.«

Claire sprang auf die Füße. »Ich setze mein Kind keinem Risiko aus. Wir sind noch nicht weit genug.«

»Natürlich nicht. Setz dich hin.« Abigail hielt sich am Schreibtischrand fest und beugte sich leicht vor.

»Du bist weit genug fortgeschritten, dass wir jetzt darüber reden können, deinen Geburtstermin vorzuverlegen, und da komme ich ins Spiel. Wir werden ganz offensichtlich nicht den anvisierten Zeitrahmen Ende Januar erreichen. Der früheste Termin, zu dem ich mir vorstellen könnte, dein Baby zu entbinden, ist die achtundzwanzigste Woche. Wenn wir bis dahin warten, liegt die Erfolgsrate bei 96 Prozent.« Sie hielt die Hand hoch, als Claire versuchen wollte, sie zu unterbrechen. »Wir werden ein Team vor Ort haben und alles wird gut. Vertrau mir. Ich erfinde hier nicht einfach eine Zahl, Claire. Ich habe mich wochenlang mit Kollegen deswegen beraten.«

»Wirklich?« Claire war sprachlos.

»Ich hab dich doch gebeten, mir zu vertrauen, oder? Ich habe dir etwas versprochen und ich habe vor, das zu halten. Ich werde nicht zulassen, dass du mit mir diskutierst, Claire. Verstehst du mich? Ich werde dein Leben und dieses Baby retten. Ich werde mein Patenkind im Arm halten und mit dir zusammen Geburtstagspartys planen. Das wird funktionieren.«

Josh hielt ihre Hand noch fester. »Versprichst du es?« Als Abby nickte, drückte er Claire fest an sich.

»Wir schaffen das«, flüsterte Josh.

»Wir schaffen das«, flüsterte Claire zurück.

Sie sah zu Abigail und hauchte ein *Danke*. Sie wusste, dass da noch mehr war, weitere Dinge gesagt werden mussten. Aber für den Augenblick war es genug.

»Also, was ist dann der nächste Schritt?«, fragte Josh. »Eine Operation? Bestrahlung?«

Bevor Abigail antworten konnte, durchfuhr ein kaltes Prickeln Claires Körper, von ihren Haarwurzeln bis hinunter zu ihren Zehen. Sie wollte keine Antwort von Abby hören. Sie wollte in der seligen Ignoranz leben, dass nur ihr Baby geboren werden musste und dann alles gut war.

»Solange die Tumore nächsten Monat nicht weitergewachsen sind, können wir noch immer operieren.«

»Und falls sie gewachsen sind?«, fand Claire die Kraft zu fragen.

Abigail blieb still.

»Wie viel Zeit haben wir?« Claire hielt Joshs Hand, während sie das fragte.

»Einen Monat«, war die Antwort. »Wir müssen noch vier Wochen durchhalten, bis du in der achtundzwanzigsten Woche bist.«

Vier Wochen. Vier Wochen, in denen sich ihr Körper benehmen musste. Vier Wochen, in denen ihr Baby wachsen und ihre Tumore … nein, sie wollte nicht daran denken. Sie hatte vier Wochen, in denen ihr Baby wachsen konnte. Darauf würde sie sich konzentrieren.

»Nun denn«, sagte sie mit falscher Fröhlichkeit. »Wir haben noch vier Wochen, um all unsere Fristen einzuhalten und uns auf das Baby vorzubereiten. Wir sollten uns wohl lieber an die Arbeit machen.«

Dinge, die wir gemeinsam mit unserem Kind tun wollen

1. Zusehen, wie ein Ballon abhebt und davonfliegt.
2. Eine Parade anschauen. *(Claire: Ich will ein Foto von unserem Sohn/unserer Tochter Eis essend auf Daddys Schultern. Josh: Ich würde es bevorzugen, wenn das Eis vorher gegessen wird. Ansonsten kann Mommy dich halten, während ich das Foto mache.)*
3. Zum ersten Mal Micky und Minni Maus sehen.
4. Dir das Fahrradfahren beibringen.
5. Dir das Autofahren beibringen. *(Das ist Daddys Aufgabe, nur zur Info.)*
6. Weihnachten. *(Claire: Wir müssen neue Traditionen schaffen und viele Reisen unternehmen. Josh: Werden wir wirklich eine dieser Weihnachtsreisen machen oder nur darüber reden? Claire: Lass uns nach Deutschland fahren und den Weihnachtsmann und das Christkind in Nürnberg sehen. Oh, und wir dürfen all die Weihnachtsmärkte nicht vergessen, mit den ganzen Lebkuchen. Das steht schon ewig auf meiner Liste. Josh: Sicher, Claire, was immer du sagst. Hinweis an Kind: Mommy macht dauernd diese Pläne, aber führt sie nie zu Ende. Sie liebt es, Weihnachten zu Hause zu verbringen.)*

28
JOSH

Heute

Claires weiche Stimme, während sie den Kindern, die um sie herum auf dem Boden saßen, eine Geschichte vorlas, war für Josh fast zu viel. Während er sie auf Video aufnahm, konnte er nur daran denken, dass sie nur noch drei Wochen *davon* hatten.

Davon bedeutete nur sie beide, wie sie so taten, als wäre alles gut, als stünde ihr Leben nicht kurz davor, sich unwiderruflich zu ändern. In drei Wochen würde Josh seinen Sohn oder seine Tochter in den Armen halten. In drei Wochen würde seine Frau wissen, ob sie leben oder sterben würde.

Allein beim Gedanken daran wurde ihm schrecklich übel.

»Sie ist ein Naturtalent, nicht wahr?«, flüsterte Alice ihm ins Ohr.

Er nickte. Sie war in der Tat ein Naturtalent – sowohl als Geschichtenerzählerin als auch als Frau, die Kinder liebte.

Eine Mutter.

Die letzte Woche war turbulent gewesen. Es war, als wäre ein Schalter im Gehirn seiner Frau umgelegt worden und alles, worüber sie sich in den letzten Monaten Sorgen gemacht hatte, verschwunden. Sie hatte immer noch Kopfschmerzen und schlief viel, aber sie schien einen Antrieb, eine Entschlossenheit zu haben, diese Zeit zu nutzen.

Und dazu gehörte es auch, hier im Krankenhaus SickKids in Toronto zu sein. Josh hatte sie angefleht, das auf einen späteren Termin zu verlegen, aber Claire wollte nichts davon hören. Er wusste, dass sie auch jetzt gerade an Kopfschmerzen litt. Er konnte es in ihren Augen sehen, an der Art, wie sie vorsichtig ihren Kopf bewegte, während sie die Geschichte vorlas.

»Und so beschloss Jack, dass er Löwenbändiger werden wollte.« Claire schloss das Buch und legte es in ihren Schoß.

»Nein!«, sagten die Kinder zu ihren Füßen.

»Nein?«, fragte Claire. Mit leuchtenden Augen sah sie zu Josh auf. »Er wollte kein Löwenbändiger werden? Aber …«

»Er will die Löwen freilassen«, rief ein kleiner Junge, auf den Knien wippend.

»Aha! Deshalb hat Jack also die Flöte mitgenommen – um die Löwen zurück in den Dschungel zu führen.« Sie grinste breit und Josh verliebte sich erneut Hals über Kopf in sie. Ihre Augen leuchteten, ihre Wangen hatten ein zartes Rosa angenommen, und Josh war von ihrer Schönheit ganz hingerissen.

Bitte, Gott, nimm mir nicht diese Schönheit, betete er.

»Nein!« Diesmal rief es ein kleines Mädchen.

»Na, da bin ich jetzt aber verwirrt. Was hat Jack denn dann getan?« Sie hatte mit Absicht das Buch geschlossen, bevor sie die letzte Seite vorgelesen hatte. Sie hatte ihm mal erzählt, dass das für sie das Schönste beim Geschichtenerzählen war, zu hören, wie die Kinder wegen des Buchs ganz aufgeregt waren.

»Jack hat die Maus in seine Tasche gesteckt. Er wollte sie behalten, aber seine Mom hat das nicht erlaubt«, sagte Sami stolz, während sie neben Claire stand, eine Hand auf ihre Schulter gelegt.

In dem Augenblick, in dem Claire Sami gesehen hatte, war es, als wäre ihr eine Last von den Schultern gefallen. Er wusste, dass Claire Kontakt zu Sami hielt, aber ihm war nicht klar gewesen, wie nahe sich die beiden gekommen waren.

»Jetzt hatten die Löwen keine Angst mehr«, sagte eine andere Stimme.

»Das sind aber alberne Löwen, dass sie Angst vor einer Maus haben«, neckte Claire. Sie griff hinter sich nach einer großen Geschenktüte, die sie mitgebracht hatten. Sie hatten gerade genug kleine Plüschlöwen, um sie an die Kinder zu verteilen, und während Claire die Geschichte vorlas, hatte eine der Krankenschwestern weitere Geschenke auf die Betten gelegt – einen Stapel signierter Bücher.

»Ist alles okay?«, fragte Alice, nachdem Josh die Aufnahme beendet hatte.

»Alles prima, warum?« Sie hatten darüber geredet, Alice zu erzählen, was los war, aber Claire hatte sich dagegen ausgesprochen. Je weniger Leute es wussten, desto besser.

»Ich wollte nur sichergehen. Du weißt, dass ich hier bin, wenn ihr etwas braucht.« Alice lächelte Marlene an, Samis Mutter, die sich zu ihnen gesellte.

»Sami war ganz hingerissen, als sie erfuhr, dass ihr heute kommt«, sagte Marlene.

»Das freut mich. Habe ich richtig gehört, dass sie entlassen wird? Sie müssen deswegen so aufgeregt sein.« Josh war sehr froh, diese Nachricht zu hören.

»Sie haben ja keine Ahnung.«

»Keine Ahnung weswegen?« Sami kam herbeigehüpft und griff nach dem Arm ihrer Mutter. »War das nicht super, Mom? Ich will Schriftstellerin werden, wenn ich groß bin.« Sie sah Josh an und schenkte ihm ein strahlendes Lächeln. »Ich werde eine Geschichte für Ihren Sohn oder Ihre Tochter schreiben. Ist das okay?«

Claire schloss sich ihnen an und hörte Samis Worte. Sie schlang ihre Arme um das Mädchen und küsste es auf den Kopf. »Schreib so viele Geschichten, wie du willst, ich male die Bilder dafür. Aber du musst uns besuchen kommen, damit du die Geschichten persönlich vorlesen kannst. Abgemacht?«

Samis keuchendes Einatmen konnte von fast jedem gehört werden, ebenso wie das Quietschen, das folgte. »O mein Gott, ja. Ja, ja, *ja!*«

Claire zuckte leicht zusammen und lehnte sich an Josh, der sie buchstäblich aufrecht hielt. Er konnte sehen, wie sie schwächer wurde, je länger sie dort standen. Ihm fiel auf, dass die meisten Kinder zurück in ihre Zimmer gingen, was ihm die Möglichkeit zu gehen verschaffte, denn ansonsten hätte Claire sicher noch bleiben wollen.

»Claire, Schatz, wenn wir nach Hause kommen wollen, bevor es zu dunkel wird, müssen wir jetzt los«, sagte er leise.

Claire nickte und konzentrierte sich auf Sami.

»Ich habe gehört, du darfst nach Hause. Bedeutet das, dass du dich verkleiden und zu Halloween auf die Straße gehen kannst?«

Sami sah zu ihrer Mom auf und beugte sich dann vor, um in Claires Ohr zu flüstern.

»Ach ja? Das wird so cool!« Claire tat so, als würde sie auch flüstern. »Mach Fotos und schick sie mir, okay?« Sie schlang ihre Arme um Sami und hielt sie fest.

Josh sah sie mit den Tränen kämpfen.

Dachte Claire gerade, dass sie das Mädchen hier zum letzten Mal sah? Würden so die nächsten drei Wochen ablaufen – dass sie versuchen würde, sich von denen zu verabschieden, die sie liebte, nur für den Fall der Fälle?

Niemals.

»Weißt du was, Sami? Wir wollen eine große Weihnachtsfeier veranstalten und wir werden einen großen Hügel hinunterrodeln. Vielleicht kriegen wir sogar eine Eisbahn in unserem Garten. Denkst du, du könntest auch kommen? Wir haben genug Platz für dich und deine Familie.«

»Das wäre fantastisch«, sagte Marlene. »Eine Schlittenfahrt durch den Schnee wäre ein echter Spaß.«

Claire sah ihn besorgt an, aber er ignorierte es.

»Dann ist das abgemacht.«

Sami sprang aufgeregt auf und ab. »Ist euer Baby dann schon geboren?«, fragte sie.

Josh lächelte. »Wer weiß? Es ist unser Wunderbaby, also drück uns die Daumen«, sagte er. Er fing die besorgten Blicke von Marlene und Alice auf, während Claire ihm nicht mal in die Augen sah.

»Ich hab dich lieb, kleine Sami.« Claire kniete sich hin und sah Sami direkt an. »Du bist fantastisch und so voller Leben. Hör niemals auf zu lächeln, ja?« Sie drückte sie noch einmal, hängte sich dann an Joshs Arm und schob ihn fast hinaus.

Alice begleitete sie auf dem Weg zum Fahrstuhl. »Was ist denn los?«, fragte sie. »Und wagt es nicht, mir zu sagen, dass es nichts ist, denn das da hinten klang eindeutig nach einem Abschied, und ich weiß, dass dieses kleine Mädchen nirgendwohin geht.«

Als Claire mit schmerzerfüllten Augen zu ihm aufsah, traf er eine Entscheidung. Es war nicht fair von ihr, ihn zu bitten, für sie zu lügen, und es war auch nicht fair, ihre Freunde im Dunkeln zu lassen.

»Claire hat …« Er hielt inne, als Claire seinen Arm drückte.

»Ich muss operiert werden, sobald das Baby geboren wurde. Ich habe einen Hirntumor. Na gut, eigentlich sind es zwei.«

Alice blieb ruhig. Sie verschränkte die Hände und sah Claire genau an.

»Oh Claire. Das tut mir so leid. Ich wette, du hast gerade Kopfschmerzen, oder? Du hast die Behandlung verweigert, bis das Baby geboren ist, nicht wahr? Das erklärt, warum es schon vor Weihnachten auf der Welt sein könnte.« Sie nickte verstehend.

Josh war beeindruckt.

»Ich bin schon lange genug dabei, um zwischen den Zeilen zu lesen. Aber bitte sag mir, dass du noch nicht aufgegeben hast«, sagte sie an Claire gewandt.

Claire hob das Kinn, und Josh wartete darauf zu hören, was sie sagen würde.

»Ich gebe nicht auf«, sagte sie leise.

Und Josh glaubte ihr tatsächlich.

Liebes Kind meines Herzens,

ich liebe Dich.

Wenn Du das hier liest, bedeutet das, dass ich nicht in Deinem Leben bin, und dafür kann ich mich niemals genug entschuldigen.

Es gibt so viele Dinge, die ich gern mit Dir zusammen erlebt hätte. Deine ersten Worte, Dein erstes Lächeln, Dein erstes … alles, während du aufwächst. Dich bei deinem ersten Schultag begleiten, Dir bei den Hausaufgaben helfen, Dein erstes Kostüm für eine Schulparty schneidern. Ich vermisse es jetzt schon, mit Dir im Bett zu kuscheln, während wir gemeinsam eine Geschichte lesen, und ich wünschte, ich hätte sehen können, wie Du die Freude an den Worten entdeckst, wenn Du zum ersten Mal allein eine Geschichte liest.

Ich bedauere es, nicht zu sehen, wie Du Dich das erste Mal verliebst, nicht für Dich da zu sein, um Dir Ratschläge für das Leben mitzugeben, diese Muttergespräche nicht mit Dir führen zu können, bei denen Du mit den Augen rollst, aber Dir meine Worte doch zu Herzen nimmst.

Ich hoffe, Du reist. Verreise mit Deinem Vater, um neue Orte zu sehen, mach Fotos von der Welt, wenn Du über sie hinwegfliegst, probier neue Speisen aus, hör Dir die Geschichten der Menschen aus ihrem Leben an, und sei nie damit zufrieden, nur auf der Stelle zu treten. Es gibt so viel mehr im Leben als das, was Du gerade lebst … Umarme es mit allem, was in Dir ist. Finde heraus, wohin Dich Deine Abenteuer führen.

Wenn Du einsam bist oder Angst hast, stell Dir vor, dass ich an Deiner Seite bin und jede Entscheidung unterstütze, die Du triffst. Ich bin da, um Dich zu umarmen, wenn Du es brauchst, Dir eine Schulter zum Ausweinen zu bieten und eine Hand, die Du halten kannst.

Ich wünschte, ich könnte da sein, um Dich zu umarmen. Die ganze Zeit. Selbst wenn Du glaubst, dass Du das nicht mehr brauchst. Ich werde es vermissen, Dir zu sagen, wie lieb ich Dich habe und wie stolz ich auf Dich bin – denn das bin ich – ich bin so stolz auf Dich. Ich weiß, dass Du ein toller Mensch wirst. Daran habe ich keine Zweifel.

Ich werde es vermissen, alles mit Dir zu tun, und ich weiß nicht, ob ich das ertragen kann.

Ich wollte immer nur für Dich, dass Du leben und das Leben in vollen Zügen entdecken kannst. Selbst wenn das bedeutet, dass ich nicht da sein werde, um dieses Leben mit Dir zu leben. Ich liebe Dich, Kind meines Herzens, und ich werde alles tun, was ich kann, um Dich zu beschützen – auch wenn das heißt, mein Leben für Dich herzugeben.

Für mich hat es nie eine Wahl gegeben. Ich habe niemals bereut, meine eigene Behandlung hintangestellt zu haben, um sicherzugehen, dass Du gesund geboren wirst. Niemals. Falls ich nicht bei Dir bin, wenn du das hier liest, heißt das, dass mein Wunsch für Dich in Erfüllung gegangen ist – dass Du am Leben bist.

Ich liebe Dich. Und werde es immer.

29
CLAIRE

Heute

Ihr Leben lang hatte sie Listen erstellt. Listen von Dingen, die sie im Leben erreichen wollte, Listen von Attributen, die sie bei einem Ehemann suchte, Listen, was sie mit ihrer Karriere vorhatte.

Sie hatte nie gedacht, sie müsste mal eine Liste mit den Dingen machen, die sie noch tun musste, bevor sie starb. Es war nicht so, als wüsste sie sicher, dass ihr Leben enden würde, aber sie wollte vorbereitet sein. Sie wollte nicht, dass Josh mit unvollendeten Dingen zurückblieb, oder mit Reue im Herzen sterben. Bedeutete das, dass sie sterben wollte?

Sie hatte nie mehr Grund gehabt, leben zu wollen, als jetzt.

Es war nicht so, wie einen dreiwöchigen Urlaub zu planen. Es gab keine Schnorchelausflüge, keine Massagen, keine Sehenswürdigkeiten, die sie von ihrer Liste abhaken konnte.

Wie konnte sie wählen, wenn nur noch drei Wochen übrig waren?

Den Kindern im Krankenhaus vorlesen. Erledigt.

Ihre geheime Geschichte beenden und Julia schicken. Fast fertig.

Samis wunderhübsches Lächeln noch einmal sehen. Erledigt, mit Ausnahme dessen, dass sie nie genug bekommen konnte von ihrem Lächeln. Sollte das also wirklich abgehakt werden?

Sämtliche Babyklamotten kaufen, die Josh für das nächste Jahr brauchen würde.

Den ultimativen Leitfaden für einen alleinerziehenden Vater kaufen.

So viel wie möglich lächeln, denn man sollte doch als fröhlich und liebend in Erinnerung bleiben, oder?

Sie wollte ihre möglicherweise letzten Tage nicht damit verbringen, sich auf den Tod vorzubereiten, anstatt das Leben zu genießen. Und doch wollte der kontrollierende Teil in ihr vorbereitet sein.

Ob ihre Tumore wuchsen oder nicht, konnte sie nicht beeinflussen.

Ob sie operiert werden und überleben würde, auch das unterlag nicht ihrer Kontrolle.

Ob Josh ihr Kind allein würde aufziehen müssen, sie konnte nichts daran ändern.

Aber sie konnte diese wenigen Wochen voller Liebe leben und beten, dass alles gut würde.

»Das sieht ernst aus.«

Überrascht hielt sie sich die Hand vor die Brust und lachte dann zusammen mit ihrem Mann, der mit einem Grinsen im Gesicht dastand.

»So erschrocken habe ich dich lange nicht mehr gesehen«, sagte er.

Sie legte ihr Notizbuch weg, stand auf und durchquerte das Zimmer, um sich für eine Umarmung an die warme Brust ihres Mannes zu kuscheln.

»Woran arbeitest du?« Josh sah zu ihrem Notizbuch und Claire wünschte, sie hätte es geschlossen.

»Ich mache nur eine Liste mit allem, was noch erledigt werden muss, bevor das Baby kommt.«

Josh legte seine Hände auf ihren Bauch und beugte sich vor. »Hast du das gehört, Äffchen? Deine Mama macht eine Liste. Das bedeutet, sie wird mich vermutlich schuften lassen.« Er sah auf und zwinkerte. »Das Erste auf der Liste ist hoffentlich, einen Namen auszusuchen.«

»Vielleicht lassen wir das Baby entscheiden?«

Josh zog die Augenbrauen hoch. »Wirklich? Ich bin nicht bereit, unser Baby jahrelang *Baby* zu nennen. Wollte ich nur mal einwerfen.«

Claire knuffte seinen Arm. »Du weißt, was ich meine. Vielleicht kommt uns der richtige Name zugeflogen, wenn wir unseren Sohn oder unsere Tochter in den Armen halten.«

»Vielleicht. Du hast aber nichts dagegen, dass ich meine Namensliste mit in den Kreißsaal bringe, oder? Als Unterstützung?«

»Du bringst deine Liste mit, ich meine.« Sie schenkte ihm ein Lächeln und legte ihren Kopf auf seine Schulter.

Sie hatte bereits eine Idee, wie sie ihr Kind nennen wollte, wenn es ein Mädchen war.

»Ich meine es ernst«, sagte er. »Was kann ich tun, um zu helfen? Irgendwelche Babysachen, die ich bauen soll? Beim Organisieren helfen? Mit dir shoppen gehen? Deine Füße massieren? Was brauchst du?«

»Ein heißes Bad?« Ihre Finger und Zehen waren eiskalt. Die Heizung war zwar an, aber kühle Luft zog durch die Fenster. »Ich dachte, wir sollten dieses Jahr einen warmen Herbst bekommen. Es fühlt sich eher so an, als könnte es jeden Tag anfangen zu schneien.«

»Nun, immerhin haben wir Ende Oktober, also wäre ich nicht überrascht. Ein heißes Bad? Das ist alles? Hast du Hunger? Ich muss nachher noch in die Stadt. Willst du mitkommen?«

Claire umarmte ihn. »Nur ein Bad. Ich kann mich nur schwer vorbeugen, um die Wasserhähne aufzudrehen, das wäre also eine große Hilfe. Was die Stadt angeht … wie wär's, wenn wir zum Abendessen ins *Last Call* gehen? Ich hätte Lust auf Chicken Wings und Country-Kartoffeln und …« Der Gesichtsausdruck ihres Mannes ließ sie innehalten. »Schockierend, oder?«, sagte sie.

Er nickte langsam.

Sie wollte keine große Sache daraus machen, aber ja, das war das erste Mal, seit sie von den Tumoren erfahren hatte, dass sie vorschlug, auszugehen. »Es wird Zeit, mit dem Versteckspiel aufzuhören, oder?«

»Bist du sicher? Soll ich noch jemanden einladen? Abby und Derek?«

Claire wusste nicht, wie sie das beantworten sollte. Einerseits ja. Sie hätte ihre Freunde gern als Unterstützung da. Aber andererseits wollte sie diese Zeit mit Josh auch für sich selbst.

»Das überlasse ich dir«, sagte sie stattdessen. Sie erschauderte und rieb die Hände aneinander.

»Ein heißes Bad, kommt sofort.« Josh küsste sie kurz auf die Stirn und ging.

Claire wartete, bis sie das Wasser laufen hörte, und widmete sich dann wieder ihrem Notizbuch.

Raus in die Öffentlichkeit gehen. Erledigt.

Abschiedsbriefe an Abby, Derek, ihre Mutter, Dr. Will und Sami schreiben.

Mehr Briefe an ihr Kind schreiben.

Ein paar Videos aufnehmen.

Eine Schatzkiste für ihr Baby erstellen, für sentimentale und wichtige Dinge für die Zukunft.

Mit Josh ausgehen.
Einen Mädelsabend mit Abby und den anderen planen.
Einen Namen für das Baby aussuchen.
Jeden Tag leben, als wäre es der …

Die Sorge und die Angst vor dem, was passieren könnte, würde immer da sein, aber sie durfte die Furcht nicht von ihr Besitz ergreifen lassen. Sie hatte lange genug in Schockstarre verharrt.

* * *

Claire war überrascht, wie voll die Hauptstraße war.

»Findet gerade ein Spiel oder so etwas statt?«, fragte sie, als sie weiterfuhren, wendeten und in einer Nebenstraße parkten.

»Ich glaube nicht, aber wer weiß? Vielleicht hat Fran ein Sonderangebot für Chicken Wings und alle sind gekommen.«

Claire stolperte auf dem Gehweg und Josh griff nach ihrer Hand. »Ich mache nur Witze«, sagte er.

»Vielleicht warte ich einfach im Auto, während du tust, was immer du tun musst?« Vielleicht war das hier keine gute Idee gewesen.

»Claire, es ist okay. Atme einfach tief durch. Geh doch in die Bäckerei und plaudere mit Kat oder Kim. Ich bin nicht lange weg.«

Sie atmete ein und wieder aus, als sie um die Ecke bogen. Die Bäckerei war nicht weit weg.

»Du könntest schon mal den Nachtisch für heute Abend aussuchen«, sagte Josh. Er listete die verschiedenen Dinge auf, die sie besorgen sollte, alles von Apfel- über Schokoladenkuchen bis hin zu ein paar von Kims berühmten Keksen.

Sie wusste, dass er das tat, um sie abzulenken, und es funktionierte. Bevor sie Gelegenheit zu einer Antwort hatte, standen sie schon vor dem Geschäft und Josh griff nach der Türklinke.

Sie hielt ihn auf.

»Ich glaube, sie haben geschlossen. Das Licht ist aus und die Rollläden sind unten.« Sie sah sich um. Warum sollte geschlossen sein? Es war noch früh.

Er zuckte nur mit den Schultern und drückte den Griff. Die Tür öffnete sich und er trat beiseite.

»Nach dir«, sagte er lächelnd.

Drinnen war es immer noch dunkel, aber Claire konnte Geflüster hören.

»Was ist denn hier los?«, fragte sie Josh, aber sein Grinsen wurde nur noch breiter, und er schob sie sanft weiter.

»ÜBERRASCHUNG!«

Die Lichter flackerten an und zeigten einen Raum voll mit allen Leuten, die sie kannte und liebte. Auf einem Banner, das von der Decke hing, stand *Glückwunsch!* Heliumgefüllte Ballons in allen möglichen Pastellfarben machten das Chaos perfekt.

»Was …« Sie drehte sich zu Josh um.

»Lächle«, flüsterte er.

Sie zwang sich zu einem Lächeln, presste dabei ihre Handflächen fest zusammen und kämpfte darum, ruhig zu bleiben.

Einer nach dem anderen kamen die Leute zu ihr, umarmten sie, berührten ihren Bauch und sagten ihr, wie sehr sie sie vermisst hatten, und wie froh sie für sie beide waren.

Einer nach dem anderen umringten ihre Freunde sie und ließen sie wissen, dass sie nicht allein war.

»Die Leute haben dich vermisst, Liebes.« Millie stand neben Claire und legte ihren Kopf einen Augenblick auf deren Schulter.

»Du siehst gut aus.« Liz küsste sie auf die Wange. »Meine Abby kümmert sich hoffentlich gut um dich.«

Als Antwort drückte Claire fest ihre Hand.

»Wir wissen, dass du knappe Fristen einzuhalten hast, aber wir fanden, dass es Zeit für dich ist, mal etwas Spaß zu haben.«

Gloria kam herbei und reichte ihr ein Glas Wasser. »Aber ich bin nicht erfreut, dass du schon eine ganze Weile nicht mehr zum Abendessen vorbeigekommen bist. Ich erwarte dich mindestens dreimal die Woche, bis dieses Baby geboren ist, verstanden? Ich mache auch all deine Lieblingsspeisen.«

In genau diesem Augenblick knurrte Claires Magen. »Ich bring dir einen Teller mit etwas zu essen«, sagte Gloria. »Dein Tisch ist direkt in der Ecke aufgestellt.«

Der Tisch, den Gloria erwähnt hatte, war nicht nur aufgestellt, sondern umgeben von Haufen voller Geschenktüten und Schachteln.

Da begriff sie es endlich.

»Das ist eine Babyparty?« Sie sah Abby an, die nur lachte.

»Wie bist du nur darauf gekommen, Süße?« Abby rollte mit den Augen.

»Aber …« Ihr fehlten die Worte.

»Aber nichts. Du wirst lächeln, alle umarmen und dich verwöhnen lassen. In diesem Raum ist mehr Liebe, als du diesen Leuten zugestehst. Genieße es.« Abby drückte sie an sich. »Bitte.«

Claire nickte.

»Gut, wenn es dir nichts ausmacht, hier ist etwas zu viel Östrogen in der Luft, daher werde ich …«, fing Josh an.

Claire griff nach seinem Ärmel. Er würde sie nicht verlassen. Sie brauchte ihn.

»Claire, Süße, schon gut. Ich bin doch hier«, sagte Abby sanft. »Außerdem hat Derek da drüben etwas für ihn geplant und das ist ziemlich witzig. Sie kommen bald wieder her.«

Bei Abbys Worten runzelte Josh die Stirn. »Davon hat niemand etwas gesagt.«

»Überraschung.« Abby kicherte, hakte sich dann bei Claire unter und zog sie durch den Raum.

Claire wusste, was Abby da tat. Sie lenkte ihre Aufmerksamkeit auf etwas anderes.

»Kannst du mir eine Minute geben? Nur eine Minute«, sagte sie. Sie lief Richtung Bad im hinteren Teil der Bäckerei, ohne Abby eine Chance zu geben, zu antworten. Dabei stieß sie auf Kat, die sie in eine Umarmung zog, bevor sie auch nur Hallo sagen konnte.

»Du wurdest wahrscheinlich schon genug gedrückt, oder?« Kat, die ihre Sweet-Bites-Schürze trug, grinste breit. »Es sind einfach alle so aufgeregt. Gloria hat das Fingerfood mitgebracht, Kim und ich haben den Nachtisch zubereitet und deine Mutter …« Sie stoppte. »Hey Millie.«

»Ist alles okay? Abby hat gesagt, dass du einen Augenblick brauchst«, fragte ihre Mutter.

»Ich war nur … Ich habe …« Claire stolperte über ihren Satz. Sie musste sich zusammenreißen. Das hier war gut. Es war machbar.

Das stand auf ihrer Wunschliste – in der Öffentlichkeit zu sein.

»Ich weiß, es ist viel, besonders weil … aber wir alle hier lieben dich.« Millie strich über Claires Arm in dem Versuch, beruhigend auf sie einzuwirken.

»Ist alles okay?«, fragte Kat, die den unterschwelligen Ton heraushörte.

»Es ist okay. Mir geht's gut. Ich bin nur …« Sie schüttelte den Kopf. »Nichts. Alles ist gut. Bitte sag mir, dass du Vanillecupcakes gemacht hast.« Sie hakte sich bei Millie und Kat ein und zwang sich, im Hier und Jetzt zu leben.

Als sich die Party langsam wieder auflöste, hatte Claire starke Kopfschmerzen und wurde sowohl von ihrem Mann als auch ihrer Ärztin genauestens beobachtet.

»Wie wär's, wenn ich dich nach Hause fahre? Wir lassen die Jungs all deine Geschenke einpacken und sie können uns dann folgen«, schlug Abby vor.

So übel, wie Claire war, konnte sie kaum noch nicken. Josh hob sie hoch und trug sie zu Abbys Auto.

»Hattest du einen schönen Abend mit den Jungs?«, flüsterte Claire. Alles um sie herum drehte sich, daher schloss sie die Augen und konzentrierte sich auf ihre Atmung.

»Es war witzig. Derek hatte eine Open-Mic-Veranstaltung einberufen und alle Männer kommen lassen, die mir Ratschläge zur Erziehung von Kindern geben sollten. Ich bin mir nicht sicher, wer mehr Spaß hatte, die Jungs oder Fran. Sie hat so laut gelacht, dass ihr die Tränen kamen.«

»Das freut mich«, sagte sie.

Unglaublich, wie stark ihr Kopf schmerzte. Selbst der leichte Druck von Joshs Kuss tat weh. Sie wollte nur weinen, aber sie wusste, dass selbst das die pure Agonie wäre.

Während der Fahrt zurück zum Haus hielt Claire die Augen geschlossen und hörte Abbys Plaudereien zu.

»All diese Outfits waren einfach entzückend. Ich kann es kaum erwarten, bis wir deinem Baby all die Sachen anziehen können. Hast du gesehen, wie groß ein paar dieser Teddybären waren? Mir hat Julias Idee gefallen, Fotos vom Baby und dem Teddybär zusammen zu machen, damit man sehen kann, wie schnell er oder sie wächst. Oh, und dieses Buch mit Ratschlägen. Es ist toll. Da stehen ein paar gute Geschichten drin.«

Abby versuchte, ihr aus dem Auto zu helfen, aber Claire wollte sich nicht bewegen, daher stimmten sie überein, auf die Jungs zu warten, die nur wenige Minuten hinter ihnen waren. Abby sprintete ins Haus, um ihr ein paar Schmerztabletten zu besorgen.

»Du bist ein Engel«, flüsterte Claire Abby zu, als sie zurückkam, und in dem Augenblick verkrampfte sich ihr Körper. Ihre

Arme wurden steif, sie fiel in Abbys Arme und alles wurde schwarz.

Als sie wieder zu sich kam, lag sie auf dem Boden und ihr Mann rief weinend wieder und wieder ihren Namen. Er hob sie hoch und trug sie die Treppe hoch in ihr Bett. Die kalte Kompresse, die ihr auf die Stirn gelegt wurde, fühlte sich himmlisch an, und sie gab sich dem Schlaf hin, der nach ihr rief.

Aber vorher hörte sie noch Abby und Josh im Zimmer flüstern.

»Das ist das erste Mal, dass das passiert«, sagte Josh. »Ich wusste, es ist möglich, dass sie Krampfanfälle bekommt, aber ich hatte gehofft, wir bleiben davon verschont.«

»Das ist nicht gut, Josh.«

»Was meinst du damit?«, fragte Josh. Claire kämpfte darum, lange genug wach zu bleiben, um Abbys Antwort zu hören.

»Ich glaube, du weißt, was ich meine.«

Claire stieß ein leises Stöhnen aus. Ihr gefiel ganz und gar nicht, was sie da hörte.

30
MILLIE

Heute

Das Kaminfeuer in Claires Wohnzimmer prasselte und Millie schwitzte höllisch. Sie fächerte sich ohne Unterlass Luft zu und fragte sich, wie ihre Tochter zusammengerollt auf dem Sofa mit einer Decke über den Beinen und einer heißen Tasse in den Händen da sitzen und nicht schmelzen konnte.

Alt zu werden war wirklich unschön.

Sie kippte ihr Glas mit kaltem Wasser herunter, aber das half nur wenig, um sie abzukühlen.

»Ist dir nicht warm, Liebes?«, fragte sie schon zum zigsten Mal in der letzten Stunde.

Sie war vorbeigekommen, um zu helfen, alle Geschenke durchzusortieren, und sie hatten mehr als eine halbe Stunde nur damit zugebracht, all die kleinen Schlafanzüge und Strampler zu bewundern. Zu ihren Lieblingen gehörten die Geschenke mit dem kleinen schwarzen Schaf. Von Plüschtieren über Bücher bis zu Outfits mit kleinen Lämmern darauf … Die Tatsache, dass die Leute sich so bemüht hatten, Dinge mit schwarzen

Schäfchen zu finden, von denen alle wussten, dass Claire sie sammelte, war etwas ganz Besonderes.

»Mach ruhig das Feuer aus, Mom. Mir ist jetzt nicht mehr kalt.« Claire lächelte ihr zu, während sie ihren Kopf gegen die Sofalehne lehnte und die Seite des Erinnerungsbuchs von ihrer Überraschungsbabyparty umblätterte.

»Wer hatte die Idee hierfür?«, fragte Claire und kicherte über etwas, das sie gerade gelesen hatte.

»Das war ich. Ich dachte mir, das wäre etwas, das du immer aufbewahren kannst. Ich hatte auch ein Erinnerungsbuch, das man mir bei meiner eigenen Babyparty gegeben hat. Hab ich dir das je erzählt? Deine Oma und deine Tanten haben die praktischsten Ratschläge geschrieben, die ich je gelesen habe. Manche waren natürlich töricht«, sagte sie achselzuckend. »Aber dennoch praktisch.«

»Wie zum Beispiel?« Claires Interesse war geweckt, das konnte Millie sehen.

»Nun, deine Großmutter hat bei zahnenden Babys einen Nuckel in Honig getaucht.«

»Das ist eine Menge Zucker.«

»Das ist ein aufgeputschtes Baby, das nicht schlafen kann.« Millie lachte, aber sie hatte es auf die harte Tour lernen müssen.

»Danke, dass du die Babyparty organisiert hast, Mom. Die war auch deine Idee, nicht wahr?« Claire legte das Buch hin und sah sie aus schläfrigen Augen an.

»Ich war nicht die Einzige, die darin involviert war. Abigail hat viel geholfen und Liz hat alle zusammengetrommelt. Es war eine Gemeinschaftsaktion der Liebe.« Sie war zufrieden damit, wie gut alles funktioniert hatte. Claire hatte keinen Verdacht geschöpft und genau so hatte sie es gewollt.

Ansonsten …

»Jaja. Aber du hast es angestoßen und beschlossen, ein Geheimnis daraus zu machen – gib es zu«, beschuldigte Claire sie.

»Wärst du gekommen, wenn du davon gewusst hättest?«

Claire zuckte mit den Schultern.

»Das dachte ich mir.« Millie beugte sich vor und tätschelte Claire das Bein. »Und darum haben wir eine Überraschung daraus gemacht. Du bist doch nicht böse deswegen, oder?«

»Nein, es war okay.«

Millie hörte aus dem Tonfall heraus, dass es nicht okay war, aber sie war so stolz auf ihre Tochter, dass diese letzten Abend nicht in Panik verfallen und einfach geflohen war.

»Ich glaube kaum, dass ihr für euer Baby in nächster Zeit abgesehen von Windeln noch irgendetwas kaufen müsst.« Millie sah zum Stapel mit den Tüten herüber und ihr Herz schmolz bei dem Gedanken daran, wie viel Liebe ihrer Tochter entgegengebracht wurde. »Brauchst du Hilfe dabei, das alles wegzupacken?«

»Josh und ich schaffen das schon, aber danke.« Claire gähnte, was Millie gleich mit ansteckte.

»Es lässt sich leicht herausfinden, ob jemand ein Soziopath ist oder nicht, wusstest du das? Du musst nur prüfen, ob derjenige auch gähnt, wenn du es getan hast.«

»Wie bitte?« Claire sah sie verwundert an.

»Ich meine das ernst. Hat irgendetwas damit zu tun, wie unsere Gehirne vernetzt sind und wie ansteckend Gähnen ist«, versuchte Millie zu erklären.

»Mom, manchmal sagst du wirklich seltsame Dinge, weißt du das?«

»Ich weiß.« Sie wusste wirklich nicht, woher sie das hatte, sie wusste nur, dass sie Claire ihr Geschenk geben wollte und noch zögerte.

Millie stand auf, lief im Zimmer auf und ab und räumte ein paar Sachen hin und her.

»Hör auf mit der Hinhaltetaktik«, sagte Claire.

Millie drehte sich um. »Was meinst du damit?« Benahm sie sich so offensichtlich?

»Ich liebe dich, Mom, aber du bist wirklich schlecht darin, Dinge vor mir zu verbergen«, sagte Claire.

»Abgesehen von der Babyparty«, murmelte Millie.

»Was erklärt, warum du in den letzten Tagen meinen Anrufen aus dem Weg gegangen bist.« Claire schmollte. »Spuck's aus.«

Millie biss sich auf die Lippe und ließ sich wieder auf das Sofa fallen. Sie griff nach der Tüte, die sie auf dem Boden abgestellt hatte, und nahm sie auf den Schoß.

Sie hatte keine Ahnung, wie sie Claire das geben sollte. Keine Ahnung, was sie sagen oder wie sie es erklären sollte.

»Ich war mir nicht sicher, wann ich dir das geben soll, aber …« Sie rieb sich den Nacken. »Jetzt, wo deine Entbindung vorgezogen wird, dachte ich, ich zeige es dir lieber jetzt als …«

»Ich werde nicht sterben«, sagte Claire leise.

»Natürlich nicht«, schnappte Millie. »Du schaffst das. Das weiß ich«, sagte sie, sanfter diesmal. »Ich will nur … du wirst so beschäftigt sein und dich nicht allzu gut fühlen, wenn das Baby da ist. Und da Abby dich zwingen wird, sofort mit der Behandlung zu beginnen …« Sie faselte immer weiter, während sie ihrer Tochter die Tüte hinhielt.

»Was ist das?« Claire griff danach und sah hinein.

»Mom?« Claire zog ein Foto heraus, und ihr stockte der Atem, als sie es anstarrte.

Millie beugte sich vor und schlug die Beine übereinander, während sie den Teppich anstarrte.

»Ich weiß nicht, wie ich es dir sagen soll«, sagte Millie.

Claire legte das Foto hin und stupste sie mit ihrem Bein an. »Tu mir das jetzt nicht an. Es haben mir schon genug Leute schlechte Nachrichten überbracht.«

Millie wandte sich ihrer Tochter zu und sah ihr direkt in die Augen.

»Aber das ist keine schlechte Nachricht. Ich verspreche es.« Sie nahm das Foto und sah es an. Beim Anblick der verstrubbelten Haare und des verschmitzten Grinsen des Jungen musste sie einfach lächeln. Ihr Enkel.

»Ich muss dir eine Geschichte erzählen, aber ich möchte, dass du mir versprichst, dass du mich anhörst, bevor du etwas sagst. Bitte«, flehte Millie.

Claire nickte langsam, die Hände in ihrem Schoß zusammengefaltet.

»Ich weiß, dass du manchmal denkst, ich wäre kalt oder gleichgültig, was dein erstes Kind angeht, aber das ist weiter entfernt von der Wahrheit, als du dir vorstellen kannst. Ich kann nicht in ewigem Bedauern leben, Schatz, wirklich nicht, aber ich kann auch nicht vergessen. Ich weiß, du musstest lernen, das hinter dir zu lassen, einen Weg zu finden, weiterzumachen, nachdem du deinen Sohn zur Adoption freigegeben hast, aber ich konnte es nicht.« Millie sah den Schock im Gesicht ihrer Tochter, vermischt mit Schmerz und Bedauern. Und sie wusste, dass sie daran die Schuld trug.

»Ich weiß, du hattest entschieden, keinen Kontakt zur Familie zu haben, aber ich habe der Adoptivmutter einen Brief geschrieben, von Mutter zu Mutter, und sie gebeten, gut zu meinem Enkel zu sein und ihm, falls er jemals fragen sollte, ein wenig von seiner Mutter zu erzählen. Dann habe ich ihr Geschichten davon erzählt, wie sehr du ihn geliebt hast und was für eine Art Mädchen du warst … Du weißt schon, nur für den Fall, dass er sich das mal fragen sollte.« Millie musste wegsehen, der Schmerz im Blick ihrer Tochter war zu viel für sie.

»Die Mutter, Marie, hat geantwortet. Sie schickte mir Fotos von Jackson, während er wuchs, aufgenommen an seinen Geburtstagen und als er seine ersten Schritte gemacht hat … Diese Dinge, von denen du dir vielleicht gewünscht hättest, dabei sein zu können. Ich wollte sie mit dir teilen«, fuhr Millie fort. »Aber immer, wenn ich dich gefragt habe, ob du in Kontakt mit ihnen bleiben willst, hast du Nein gesagt. Ich war besorgt, dass ich eine alte Wunde aufreißen würde, mit der du nicht zurechtkommst.«

»Ich habe Nein gesagt«, weinte Claire, »weil es zu wehgetan hätte, weil ich Angst hatte, mich selbst zu verlieren in dem Schmerz darüber, mein Kind an eine völlig Fremde gegeben zu haben.« Sie wischte sich die Tränen vom Gesicht. »Ich habe Nein gesagt, weil ich wusste, sein Leben würde ohne mich darin besser sein.«

Sie sah das Foto ihres Sohnes an, und Millies Herz brach beim Ausdruck der Liebe und Angst im Gesicht ihrer Tochter.

»Er ist glücklich und wird geliebt, und Marie hat viele Briefe geschrieben, in denen sie sein Leben mit uns teilt.«

»Weiß er von mir?« Claire drückte sein Bild an ihre Brust.

»Nein.«

Die Fragen bezüglich dieses einen kleinen Worts hingen zwischen ihnen.

»Und warum …«

Millie rückte auf dem Sofa näher an ihre Tochter heran und nahm sie in die Arme.

»Weil er dich kennenlernen oder von dir hören will. Aber erst, wenn er achtzehn ist.«

Claire nickte langsam.

»Weiß er von dir?«

»Nein. Ich verspreche es. Das hätte ich dir nicht angetan oder ihm. Sämtliche Kommunikation fand nur zwischen Marie und mir statt, und nur für ein paar Jahre. Das war's, und wie du in den Briefen sehen wirst, war es nur ein- oder zweimal pro Jahr. Geburtstag und Weihnachten.«

»Geburtstag.« Claire legte ihren Kopf auf die Sofalehne und schloss die Augen. »Jedes Jahr, wenn ich mich an seinen Geburtstag erinnert habe, jede Karte, jedes Geschenk, das ich in seinem Namen gespendet hatte … Du hattest ein Foto. Etwas, das du anschauen konntest, um zu sehen, wie er sich veränderte, während ich lediglich die Erinnerung daran hatte, ihn in meinen Armen zu halten.« Sie zog die Decke von den Beinen und warf sie zur Seite. »An jedem Geburtstag, während ich versucht habe, mit dir über ihn zu reden, und du es einfach weggewischt hast, hast du über sein Leben gelesen und mich im Dunkeln gelassen.« Claire stand da und starrte auf Millie herunter. »Ich brauche Zeit, um das zu verarbeiten«, sagte sie.

Millie stand auf. »Natürlich, Liebes.« Sie streckte ihre Hand aus, aber Claire trat einen Schritt zurück. Millie ließ die Hand wieder sinken. »Ich … ich habe das getan, was ich für das Beste hielt, und auch wenn ich weiß, dass ich nicht immer die beste Mutter für dich war, habe ich dich doch immer nur so geliebt, wie ich es am besten wusste.«

Als Claire nicht antwortete, nahm Millie ihre Tasche, zog ihren Mantel und Schal über und öffnete langsam die Tür.

»Warum jetzt?«, rief Claire ihr hinterher.

»Weil ich wollte, dass du einen weiteren Grund hast zu kämpfen, zu leben.«

»Ich habe eine Menge Gründe.« Claire streichelte ihren geschwollenen Bauch.

»Das weiß ich, Schatz. Aber ein weiterer schadet nicht, oder?« Es war so schwer für sie, nicht zu ihrer Tochter zu laufen und sie festzuhalten, ihr zu sagen, wie sehr sie geliebt wurde, und wie leid es ihr tat, ihr nicht früher davon erzählt zu haben.

»Danke.«

Wie bitte?

»Ich bin wütend und verletzt und sehr, sehr verwirrt«, sagte Claire. »Aber ich bin auch glücklich. Zu wissen, dass er bei einer guten Familie ist, dass es ihm gut geht und dass er geliebt wird.« Sie richtete den Blick nach oben und stöhnte. »Aber in meinem Herzen tut es so weh, Mom. Du hast das sechzehn Jahre vor mir geheim gehalten. Das ist auch nicht anders als das, was Dad getan hat.«

»Oh Schatz, nein.« Millie ließ ihre Tasche fallen, eilte zu Claire und nahm ihre Hände in ihre eigenen. »Bitte denk das nicht. Das wollte ich nicht. Ich wollte nur …«

»Nur sicherstellen, dass es die Möglichkeit gibt, ihn kennenzulernen, richtig?«

Millie nickte und stieß einen Seufzer der Erleichterung aus. Claire verstand es. Sie verstand es.

»Es tut trotzdem weh.«

»Ich weiß. Und es tut mir so leid.« Millie wischte ihrer Tochter die Tränen von der Wange und küsste sie auf die Stirn. »Ich hatte gehofft, dass der Tag kommen würde, an dem du bereit bist, ihn in dein Leben zu lassen, und ich wollte tun, was ich kann, um das geschehen zu lassen. Ich habe dabei nur an dich gedacht. Vielleicht bin ich es falsch angegangen … aber ich habe es aus Liebe getan.«

Ein Lächeln umspielte Claires Lippen. Plötzlich keuchte sie auf. Sie nahm Millies Hand und legte sie auf ihren Bauch.

Millie bewunderte die winzigen Bewegungen, die sie unter ihrer Handfläche spürte.

»Ich liebe dich, Mom.«

»Oh Schatz, ich liebe dich auch. Es gibt nichts, das ich nicht für dich und dieses Baby tun würde. Ich möchte, dass du das weißt. Ich würde alles tun.«

»Gut.« Claire beugte sich vor und umarmte ihre Mutter. »Ich werde dich daran erinnern«, flüsterte sie.

31
CLAIRE

Heute

Täglich spazieren gehen.
Weniger Zucker essen.
Dem Baby jeden Tag vorsingen.
Einschlafgeschichten für das Baby aufnehmen und jeden Abend vor dem Schlafengehen Kopfhörer auf meinen Bauch legen.
Die Babysachen durchsortieren und der Größe entsprechend in Kisten packen.
Lernen, koffeinfreien Kaffee zu trinken.
Meine Geschichte beenden.

Sie bekam zwar nicht alles von ihrer Liste abgehakt, aber sie war nahe dran. Sie würde koffeinfreien Kaffee niemals gern trinken und an manchen Tagen hielten sie ihre Kopfschmerzen davon ab, spazieren zu gehen, aber sie stand kurz davor, ihre Geschichte abzuschließen.

Claire war unruhig. Sie schob ihr Notizbuch von sich und tigerte in der oberen Etage umher, von ihrem Schlafzimmer zum Kinderzimmer und zurück zum Büro. Sie musste etwas tun, um sich zu beschäftigen.

Abby müsste jeden Augenblick anrufen, um ihnen die Ergebnisse des MRT von heute Morgen mitzuteilen. Bei guten Nachrichten würde das bedeuten, die Tumore waren nicht gewachsen und sie könnte sich operieren lassen, nachdem sie Zeit mit ihrem Baby verbracht hatte.

Waren die Nachrichten nicht so gut, waren die Tumore gewachsen und es würde zu keiner Operation kommen.

Sie hatte einst gedacht, dass das okay für sie wäre. Sie hatte die Entscheidung getroffen, jegliche Behandlung abzulehnen, um ihrem Kind eine Chance aufs Leben zu geben, auch in dem Wissen, dass es ihren Tod bedeuten könnte … und es war in Ordnung für sie gewesen.

Jetzt war sie sich nicht mehr so sicher.

»Ich will dich kennenlernen, zusehen, wie du wächst, dein Lachen hören. Ich will, dass du hörst, wie ich dir Geschichten vorlese, und miterleben, wie leicht du deinen Daddy um den kleinen Finger wickelst. Ich will dich für deinen ersten Schultag einkleiden und weinen, wenn du in den Bus steigst. Ich will für dich Kekse backen und Hüpfekästchen spielen und dir vielleicht eines Tages deinen großen Bruder vorstellen.« Sie rieb sich über den Bauch, während sie mit dem Baby redete.

Auch wenn sie Abby bei ihrem ersten Ultraschall gesagt hatten, dass sie das Geschlecht des Babys nicht wissen wollten, wollte Claire es unbedingt.

Von Anfang an hatte sie sich ein Mädchen gewünscht.

Josh hoffte auf einen Jungen. Einen, mit dem er Baseball spielen und im Gras herumtollen konnte.

Abby hatte sich vor Kurzem, als sie nur zu zweit waren, einen Schnitzer erlaubt – dass sie es kaum erwarten konnte, ihre Patentochter in den niedlichen Kleidchen zu sehen, die sie gekauft hatte. Ihr war zuerst nicht klar gewesen, was sie da gesagt hatte, und dann hatte sie sich ausgiebig dafür entschuldigt, es verraten zu haben.

Jetzt wollte Claire nur noch ihre Tochter kennenlernen.

»Ich kann dich da oben hin und her laufen hören. Na los, komm runter zu mir«, rief Josh aus dem Wohnzimmer zu ihr hoch.

Sie beugte sich so weit sie konnte über das Geländer und lächelte zu ihm herunter. »Tut mir leid. Ich muss nur noch ein paar Dinge erledigen, dann komme ich.«

»Kann das nicht warten?«

»Ich bin bald unten, versprochen. Außerdem ruft Abby sowieso erst in ein paar Stunden an.«

Josh schlurfte mit den Füßen. »Dann würde ich eine Runde joggen gehen, wenn es dir nichts ausmacht.«

»Ist es nicht zu kalt dafür?«

»Ach was. Mir wird doch schnell genug warm.«

»Dann los. Werde die überschüssige Energie los. Ich arbeite noch an ein paar Zeichnungen.«

Sie war froh, dass er das Haus verließ, selbst wenn er dafür in der Kälte herumlief. Sie konnte etwas Zeit für sich gebrauchen.

In den letzten Wochen hatte Claire an einigen besonderen Projekten gearbeitet. Abgesehen von Briefen und Audioaufnahmen von ihr, wie sie ihre Lieblingsgeschichten vorlas, hatte sie auch mehrere Mutter-Kind-Gespräche aufgezeichnet, die Dinge, die sie vielleicht nicht mehr würde sagen können, wenn nicht alles so verlief wie erhofft. Sie hatte ihre Ratschläge zur Pubertät gegeben und hervorgehoben, wie wichtig es war, eine Freundin zu haben, auf die man sich verlassen konnte. Sie hatte ihr Geschichten von Josh erzählt und Tipps, wie sie mit Dad umgehen sollte, wenn sie älter wurde. Dann noch das Gespräch über Jungs. Aber am schwersten für sie war das Gespräch darüber, wenn ihre Tochter heiraten würde. Dafür hatte Claire mehrere Versuche gebraucht.

Der Gedanke, bei der Hochzeit ihrer Tochter nicht dabei zu sein oder ihr Enkelkind nicht zu sehen – das setzte ihr schwer zu.

Sie hatte noch ein letztes Projekt aufzunehmen, und heute war der einzige Tag, an dem sie das tun konnte.

In den letzten Monaten hatte sie mit ihrer Redakteurin an einem Geheimprojekt gearbeitet, und heute Morgen hatte sie die finale Fassung geschickt.

Josh dachte, sie würde an einem Projekt für einen Kunden arbeiten, aber stattdessen war es für sie selbst. Für sie beide. Für ihr Kind.

Die Geschichte hatte noch keinen Titel. Sie wollte warten, bis das Baby geboren war, denn der Name ihres Kindes würde auf dem Buch stehen. *Die Abenteuer von xxx und ihrem kleinen schwarzen Lamm.*

Claire sah das kleine schwarze Porzellanlamm an, das auf ihrem Schreibtisch stand, und lächelte.

Sie öffnete das Dokument auf ihrem Computer und begann mit der Aufnahme.

»So, mein Schatz. Bist du bereit für deine Gutenachtgeschichte? Das hier ist ein ganz besonderes Buch, nur für dich, und es ist vor allem deshalb besonders, weil … nun, weil es darin um ein Abenteuer geht, von dem ich hoffe, dass du es eines Tages erleben kannst. Es sind besondere Hinweise versteckt, nicht nur in der Geschichte, auch in den Bildern. Mal sehen, ob du sie findest. Bitte deinen Daddy um Hilfe, falls es nötig ist … aber versuche es zuerst selbst, okay?

Und denk immer daran … Ich hab dich so lieb. Du bist das Kind meines Herzens, die Liebe meines Lebens, und egal, wie alt du wirst oder welchen Weg du einschlägst, meine Liebe wird immer da sein, um dir zu helfen, wenn du Hilfe brauchst.

Bereit? Dann versuch, mit mir mitzulesen, wenn du kannst.«

Als Josh zurückkehrte, hatte Claire ihre Aufnahme beendet und ihr Büro aufgeräumt.

»Noch nichts gehört?« Josh stand im Flur und wischte sich den Schweiß von der Stirn.

»Noch nicht. Wie war der Lauf?«

»Genau das, was ich gebraucht habe. Wie wär's mit einer Umarmung?« Er breitete die Arme aus und trat auf sie zu, während sie einen Schritt nach hinten machte.

»Du stinkst.« Sie rümpfte die Nase. »Geh duschen und …«

»Und du gesellst dich zu mir? Hilfst mir beim Abtrocknen? Bringst mich wieder zum Schwitzen?« Seine Augen funkelten vor Lachen, als sie ihm spielerisch auf den Arm schlug.

»Was ist das?« Er deutete auf eine Schachtel, die sie mitten auf ihren Schreibtisch gestellt hatte.

»Das ist für später, du weißt schon … nur für den Fall.«

»Für welchen Fall?« Das neckende Funkeln in seinen Augen verschwand. »Für welchen Fall, Claire?«

Sie zuckte zusammen. Sie hätte das besser durchdenken sollen, besser vorbereitet sein. »Für den Fall, dass etwas passiert.«

»Was ist in der Schachtel?« Bei Joshs eisigem Tonfall fröstelte es sie. Sie hasste das, auch wenn sie wusste, dass es nötig war.

»Ein paar Briefe, an dich, meine Mom, Abby, Sami und unser Baby. Ich habe auch ein paar Aufnahmen gemacht und sie auf einem USB-Stick gespeichert. Und alles ist in einer Notiz erklärt, nur für den Fall.«

Ihr Mann starrte sie an. Es war nicht schwer, seine Gedanken zu lesen.

Er war wütend. Wütend auf sie, weil sie meinte, einen »Nur für den Fall«-Plan zu brauchen, und vermutlich auch wütend auf sich, weil er nicht genug getan hatte, um diese Situation zu vermeiden.

»Nur für den Fall, Josh. Du kennst mich, ich muss immer vorbereitet sein. Du kannst mich mit deinem *Ich hab's dir doch gesagt* überschütten, wenn wir aus dem Krankenhaus kommen, und ich werde zu Kreuze kriechen, okay?« Sie wollte, dass er es verstand.

»Es wird nichts passieren. Das weißt du, oder?« Josh ergriff ihre Arme. »Ich will, dass du das weißt, Claire, dass du es tief in dir auch glaubst. Denn wenn du mich und unser Baby aufgibst, werde ich dir das niemals verzeihen.«

»Ich bin so zuversichtlich, dass Abby uns gute Nachrichten überbringen wird, dass ich bei der Bäckerei angerufen und sie gebeten habe, uns zur Versöhnung einen Spezialkuchen zu backen, halb Schoko, halb Kokosnuss. Meine Mom wird ihn abholen und ins Krankenhaus bringen, damit wir feiern können, wenn unser Baby da ist.« Sie stieg auf Zehenspitzen und küsste ihn mit all der Liebe, die sie in sich trug.

»Vergiss das Zu-Kreuze-Kriechen nicht«, murmelte Josh und zog sie fest an sich.

Sie schob sich von ihm weg, nicht begeistert von seinem Schweißgeruch. »Schon klar.«

Als Claire heute Morgen bei der Bäckerei angerufen hatte, um die Bestellung des Versöhnungskuchens aufzugeben, war Kat ans Telefon gegangen.

»Nicht schon wieder«, sagte Kat kichernd. »Ist Josh nicht klar, dass er nicht mit seiner schwangeren Frau streiten sollte?«

»Diesmal bin ich schuld«, sagte sie. »Hoffentlich«, ergänzte sie stumm für sich.

Zum ersten Mal hatte Claire einen Versöhnungskuchen bestellt, nachdem sie ein paar Jahre verheiratet gewesen waren. Sie hatten sich darüber gestritten, wer den Stanley Cup gewinnen würde, und sie hatte verloren. Beim nächsten Mal hatte Josh eine Wette verloren, nämlich dass er bei einem Jahrmarkt einen Kuchenesswettbewerb gewinnen könnte. Der Versöhnungskuchen war ein Running Gag geworden, und entweder Josh oder Claire bestellten mindestens einmal im Jahr einen.

Claire rollte sich auf dem Bett zusammen und wartete darauf, dass Josh mit Duschen fertig wurde. Das Telefon klingelte genau in dem Augenblick, als er aus der Dusche stieg. Beide erstarrten sie.

Nach dem dritten Klingeln hob Claire ab.

»Bitte sag mir, dass es gute Nachrichten sind«, sagte sie, nachdem sie überprüft hatte, dass es wirklich Abbys Handynummer war. Sie stellte auf Lautsprecher.

»Ich hoffe, deine Taschen sind gepackt, denn ich habe für heute Nachmittag einen Kreißsaal mit deinem Namen darauf reserviert.«

»Was bedeutet das?«, fragte Josh. Er wickelte sich ein Handtuch um die Hüfte und tropfte auf den Teppich, als er sich neben das Bett stellte.

»Das bedeutet, dass es gut aussieht. Die Tumore sind seit dem letzten MRT nicht gewachsen und ich habe ein Team auf Stand-by, das beim Entbinden des Babys und deiner Operation hilft«, sagte Abby mit hoffnungsfroher Stimme.

»Ich werde es schaffen?«, fragte Claire noch einmal nach und legte sich die Hand auf den Mund, während sie die Information sacken ließ.

»Ich habe doch versprochen, dass ich mich um dich kümmere, und genau das tue ich hier. Du bist noch nicht aus dem Schneider. Erst kommt die Operation, dann die Bestrahlung, aber du schaffst das. Du wirst dein Kind aufwachsen sehen, das verspreche ich dir.«

Sie würde es schaffen. Sie hatte zwar noch die Tumore, aber sie würde nicht sterben. Nicht heute. Nicht morgen … nicht so bald, nicht mit Abby an ihrer Seite.

»Ich schaffe es«, flüsterte sie Josh zu, der sich vorbeugte und sie küsste.

»Nimm deine Taschen und leg einen Stopp im *Wandering Table* ein. Gloria will dich noch füttern, bevor du reinkommst, denn wenn du erst einmal hier bist, bekommst du nur noch Eiswürfel und Wackelpudding. Aber iss nicht zu viel … ich will nicht, dass dir übel wird, also iss nur die Suppe, die sie gemacht hat, und einen ihrer Cracker. Und bring mir welche davon mit, ja? Ein Baby auf die Welt zu bringen, ist harte Arbeit, das kannst du mir glauben.«

Claire legte sich zurück aufs Bett und lachte, lachte aus vollem Herzen, als die Angst des Nichtwissens, die Angst, sich dem Tod stellen zu müssen, von ihr abfiel.

»Ich hab dich lieb, Abby«, sagte Claire, bevor sie auflegte.

»Und ich liebe dich, Claire Turner.« Josh beugte sich vor und nahm sie in die Arme. »So, machen wir uns fertig, um unser kleines Mädchen auf dieser Welt zu begrüßen?«

»Du wusstest es?«

Er nickte. »Derek ist es sozusagen rausgerutscht.«

»Typisch.« Claire kicherte.

»Typisch, in der Tat. Na los, bekommen wir dieses Baby.« Josh zog sie vom Bett und schnappte sich ihre Tasche.

Claire wartete, bis er kurz davorstand, das Zimmer zu verlassen, dann hielt sie ihn auf.

»Äh, Josh?«

Sie hielt sein Handtuch mit den Fingern hoch und lachte, als er an sich herab und sie dann wieder ansah. »Ich glaube, Abby würde es zu schätzen wissen, wenn du dir etwas anziehst.«

Josh stellte ihre Tasche ab und lehnte sich in einer leicht verführerischen Pose gegen die Tür. »Ich weiß nicht«, sagte er, »ich dachte immer irgendwie, dass Abby auf mich steht, weißt du? Schließlich bin ich doch Mr Perfect.«

32
CLAIRE

Heute

Das kleine Krankenzimmer war vollgestopft mit Gratulanten, die gekommen waren, um Baby Turner auf der Welt zu begrüßen.

Gerry Stam brachte verschiedene Eissorten als Geschenk, die Josh prompt konfiszierte. Fran kam mit einem Essensplan für den nächsten Monat vorbei und borgte sich einen Hausschlüssel, damit sie ihren Kühlschrank auffüllen konnte.

Abby hatte ihren Kopf für ein paar Minuten hereingesteckt und etwas persönliche Zeit mit Claire erbeten. Bis zu diesem Augenblick war sie komplett im Arztmodus geblieben, aber der Hauch eines Lächelns auf ihrem Gesicht erregte Claires Aufmerksamkeit.

»Du siehst zufrieden aus«, sagte sie.

»Natürlich. Du bekommst dein Baby.«

Claire schüttelte den Kopf. »Nein, das ist es nicht. Da gibt es noch etwas anderes. Spuck's aus.«

Abby setzte sich und legte ihre Beine auf dem Bettrahmen ab. »Derek und ich hatten gestern Abend ein wirklich gutes Gespräch, und auch wenn noch nicht alles zwischen uns geklärt ist, stehen wir etwas besser da. Außerdem« – sie beugte sich vor und schlang ihre Hände um ihre Knie – »hat er mich zu einem Strandurlaub überredet. Vielleicht Jamaika.« Ihre Augen funkelten. »Wir zwei sind schon seit Ewigkeiten nicht mehr wirklich weggefahren.«

»Die Idee gefällt mir«, sagte Claire. Sie war froh, dass ihre Freunde sich aussprachen. Sie wollte keinesfalls miterleben, wie ihre Ehe zerbrach.

»Aber keine Sorge, wir gehen erst, wenn deine Behandlungen durch sind. Ich werde während der ganzen Sache an deiner Seite sein.«

»Auf keinen Fall«, widersprach Claire. »Josh wird hier sein, um meine Hand zu halten. Dass du glücklich und weniger gestresst bist, ist mir wichtiger. Ganz ehrlich.«

»Ich gehe aber trotzdem nicht so bald. Schließlich gibt es hier jetzt bald ein kleines Mädchen, das ich halten und knuddeln muss. Was mich daran erinnert, dass es Zeit wird, mit der Show zu beginnen.« Abby stand auf. »Ich rede kurz mit den Chirurgie- und Entbindungsteams und schicke deine Krankenschwester herein. Sie ist toll – eine der besten, die wir haben.«

Sobald Abby fort war, kam Liz mit einem selbst gebackenen Kuchen, und dann brachte Julie Thermosflaschen mit Kaffee und Tee und einem Teller mit Süßigkeiten aus der Bäckerei, die sie für alle in der Cafeteria abstellte. Ihr Zimmer war die ganze Zeit voller Leute und Claire fand es großartig.

»Ihr seid einfach unglaublich, das wisst ihr, oder?« Claire konnte das Grinsen nicht unterdrücken. Sie liebte es, wie sehr ihre Gemeinde wie eine Familie war, und es bedeutete ihr so viel, dass sie heute hier waren, um sie und Josh zu unterstützen.

»Unglaublich, aber zu viele. Es wird Zeit, das Zimmer zu verlassen.« Eine Krankenschwester betrat das Zimmer und begann, die Leute hinauszuscheuchen. »Wer hier ist nicht mit unserer künftigen Mutter verwandt?« Mit den Händen in den Hüften starrte sie Liz, Millie, Derek und Josh an und tippte energisch mit dem Fuß.

Liz und Derek hoben zögerlich die Hand.

»Dann müssen Sie jetzt raus. Claire und ich haben ein paar Dinge zu besprechen und ich glaube nicht, dass sie will, dass Sie sämtliche intimen Details dessen erfahren, was hier passieren wird.« Sie schob Liz und Derek geradezu aus dem Zimmer und schloss die Tür hinter ihnen.

»So, Dr. Abigail hat mich gebeten, bei Ihnen eine Kontrolluntersuchung durchzuführen, und genau das habe ich vor. Ich bin Ihre Anlaufstelle, verstanden? Sämtliche Fragen, die Sie haben, irgendwelche Sorgen, alles, was Sie brauchen, Sie kommen zu mir oder fragen nach mir.« Sie zeigte auf ihr Namensschild, auf dem »Kathryn« stand. »Ich wurde von Dr. Abigail und Dr. Will sowie dem Operationsteam, das für die Entfernung der Tumore bereitsteht, über alles informiert.«

»Danke, Kathryn. Das sind mein Mann, Josh, und Millie, meine Mutter.« Claire gefiel Kathryns direkte Art.

»Wird jemandem hier schlecht beim Anblick von Blut oder anderen Körperflüssigkeiten?« Kathryn runzelte die Stirn und starrte besonders Josh an, der erbleichte.

»Hab ich mir gedacht.« Sie nickte. »Sie können bei Claire an der Kopfseite stehen und ihre Hand halten, wenn Sie nicht im Weg sind. Normalerweise lassen wir die Väter die Nabelschnur durchtrennen, aber da das Baby ein bisschen früh kommt, haben wir ein Team, das Baby Turner dann kurz mitnimmt.«

»Warum?«, fragte Claire.

Kathryn half Claire, sich bequem im Bett hinzulegen, und wickelte das Blutdruckmessgerät um ihren Arm. Als Antwort hielt sie ihren Zeigefinger hoch und machte sich an die Arbeit. Claire versuchte, geduldig zu sein.

Sie sah sich im Zimmer um und ihr wurde wieder bewusst, wie sehr sie Krankenhäuser hasste. Ob es der Geruch war oder die Geräusche oder nur die Tatsache, dass man diese lächerlich kurze Krankenhauskleidung tragen musste, spielte da keine Rolle.

»Schätzchen, Sie sind in der achtundzwanzigsten Woche, dadurch ist das Baby ein Frühchen. Klein-Turner wird Sauerstoff brauchen, um atmen zu können, und Hilfe bei der Ernährung. Wissen Sie, ob Sie einen Jungen oder ein Mädchen bekommen?«, fragte Kathryn.

»Ein Mädchen.« Claire rieb sich über den Bauch und liebte das Gefühl, die Hand oder den Fuß ihrer Tochter gegen ihre Hand drücken zu spüren.

»Okay. Sobald Ihr kleines Mädchen …«

»Wird Claire überhaupt Wehen haben?«, unterbrach Millie. Sie stand am Fußende, verkrampfte die Finger und versuchte zu lächeln.

Ihre Mutter war vermutlich nervöser als sie selbst.

»Auf keinen Fall.« Kathryn tätschelte Claires Schulter. »Wir wollen keinen Druck, der Auswirkungen auf die Tumore haben könnte, und dazu gehören auch Kontraktionen, bei denen Claire das Bedürfnis verspüren würde zu pressen oder sonst etwas, das instinktiv kommt. In einer halben Stunde gibt Ihnen der Anästhesist eine Epiduralanästhesie, die Sie lieben werden. Sie werden vollständig wach sein, nur Ihr Beckenraum ist betäubt.«

»Ich war schon mal in den Wehen. Ich habe nichts dagegen, diesen Teil auszulassen.« Claire räusperte sich. »Werde ich irgendetwas spüren?«

»Ist es sicher?«, fragte Josh.

Kathryn lächelte. »Dad, Sie müssen sich keine Sorgen machen. Mom, Sie werden spüren, wie man das Baby aus Ihrem Mutterleib zieht, das ist ein … merkwürdiges … Gefühl, das ich nicht so recht beschreiben kann. Eine Schutzwand wird aufgestellt sein, Sie werden also nichts sehen – weder Sie noch Ihr empfindlicher Mann. Wir haben das rosa Team für Sie bereit, auch NICU oder neonatales Team genannt, was auch bedeutet« – sie drehte sich zu Millie um – »Oma, für Sie ist dadrin kein Platz. Es wird schon so gedrängt genug.«

»Oh, ich hatte gehofft …« Millie ließ die Schultern sacken. »Okay.«

Claire hatte ebenfalls gehofft, dass ihre Mutter Josh unterstützen könnte und eine der Ersten wäre, die ihr Mädchen auf der Welt begrüßt.

»Tut mir leid. Ich überbringe nur ungern schlechte Nachrichten, aber … Sie sehen das Baby ja früh genug, Oma. Außerdem brauchen wir jemanden, der die gute Nachricht verkündet, wenn sie geboren wurde, also halten Sie nach mir Ausschau. Ich komme zum Fenster und recke den Daumen. Das ist dann Ihr Signal, es dem Rest der Leute zu erzählen, die in der Cafeteria warten.«

»Ich kann also zuschauen, von der anderen Seite des Fensters? Dann ist das okay.«

»So ist es.« Kathryn konzentrierte sich wieder auf Claire. »Also, das Team wird Ihr Baby mitnehmen, es säubern, ein paar Tests machen und sicherstellen, dass es schön warm eingepackt wird. Wenn alles gut ist, das heißt, wenn Ihre Tochter allein atmen kann und ihre Werte gut sind, bringe ich sie wieder herein, damit Sie ein bisschen mit ihr kuscheln können. Aber das wird nicht lange sein, denn sie muss dann in ihre Wärmeeinheit gelegt werden. Insgesamt sollte das Ganze ungefähr eine Stunde dauern.«

Claire drehte sich leicht der Magen um, als das, was passieren würde, richtig in ihrem Bewusstsein ankam.

»Sie haben Fragen. Das kann ich in Ihren Augen sehen. Okay.« Kathryn lächelte sanft, als wäre das die natürlichste

Sache der Welt und sie würde alles verstehen. »Ihrem Baby wird es gut gehen, das habe ich im Gefühl, und in meinen zwölf Jahren auf der Neugeborenenstation hat mich mein Gefühl nur zweimal getäuscht. Normalerweise behalten wir die Kleinen gern bei uns, bis sie die vollen neun Monate erreicht haben, aber da Sie ja sowieso eine Weile hier sein werden, stellt das auch kein Problem dar. Sie werden in der Lage sein, eine Bindung zu ihr aufzubauen, und ich sorge dafür, dass der Dad hier eine Menge Körperkontaktzeit mit ihr bekommt.«

»Körperkontaktzeit?« Josh runzelte die Stirn. »Was ist das?«

»Sobald Ihre Kleine stabil ist, können Sie sich zu ihr setzen und sie an Ihre Brust halten, Haut an Haut. Vertrauen Sie mir, das ist etwas, das Sie nicht verpassen wollen. Es hilft dabei, eine Bindung zu schaffen, und die Körperwärme hilft Ihrem Baby ebenfalls, beruhigt es und so weiter. Wir nennen das die Känguru-Methode.«

Claire fühlte sich etwas erleichtert, Kathryn bei sich zu wissen. Sie wusste, was sie tat. So viel war offensichtlich.

»So, ich habe gehört, es gibt Kaffee und Kuchen in der Cafeteria. Ich schnappe mir mal lieber etwas, bevor alles weg ist.« Kathryn schrieb ein paar Notizen in Claires Akte. »Will noch jemand irgendetwas? Ich gehöre heute ganz Ihnen, Claire, und das gilt auch für Ihr Unterstützungsteam.«

»Bringen Sie mir einen vollen Teller mit?« Claire kannte die Antwort bereits, wollte aber trotzdem fragen.

Kathryn warf ihr einen Blick zu, der Millie zum Kichern brachte. »Ich habe gehört, Sie hatten bereits eine Schüssel von Glorias Brokkolicremesuppe und nicht einen, sondern zwei von ihren frischen Buttercrackern. Hoffen Sie lieber, dass Sie nicht auf die Anästhesie reagieren und Ihnen übel wird.«

»Ich sag's ja, du hättest ihre Hühnersuppe essen sollen«, neckte Millie.

»Falls ihr glaubt, ich lasse mir Glorias Brokkolicremesuppe entgehen, wenn ich weiß, dass ich die nächste Woche Krankenhausessen bekomme, seid ihr alle verrückt.«

»Ich wette, Gloria wird dir etwas Richtiges zu essen reinschmuggeln. Keine Sorge.« Millie drückte Claires Fuß.

»Ich tue mal so, als hätte ich das nicht gehört«, sagte Kathryn, als sie das Zimmer verließ.

Für eine Weile sagte niemand mehr etwas. Claire rutschte im Bett hin und her und versuchte, eine bequemere Position zu finden.

»Also, Kinder. Seid ihr bereit?«, sagte Millie. »Liz wird den Kuchen abholen, den ihr zum Feiern bestellt habt, während du dich erholst. Wissen wir schon, wann du operiert wirst? Hast du danach etwas Zeit mit dem Baby?«

Claire zuckte mit den Schultern. »Ich hatte angenommen, die Operation fände kurz danach statt, aber ich hoffe eigentlich nicht.« Sie bekam in der Angelegenheit keine klare Antwort von Abby.

Josh steckte die Hände in seine Hosentaschen, rieb sich dann den Nacken und verschränkte die Arme schließlich vor der Brust.

»Josh, geh dir doch einen Kaffee holen. Du machst mich ganz nervös.« Claire wusste, dass er es ebenso wenig mochte wie sie, eingesperrt zu sein, aber zumindest er konnte gehen.

»Aber was, wenn Kathryn oder Abby zurückkommen? Ich will nichts verpassen.« Josh tippte mit den Fingern gegen sein Bein, bis Claire eine Hand ausstreckte, um das zu unterbinden.

»Geh«, sagte sie. »Wenn sie zurückkommen, bevor du wieder da bist, sorge ich dafür, dass sie warten. Okay?«

Sie seufzte erleichtert, als er das Zimmer verließ.

»Ich habe ihn noch nie so nervös erlebt«, sagte Millie, nachdem er aus dem Zimmer gestürzt war.

»Ich weiß. Es ist fast schon witzig.« Gott, wie sehr sie diesen Mann liebte. »Hör mal, während wir allein sind, möchte ich mit dir reden … über Jackson.« Sie setzte sich aufrecht im Bett hin und zog die Decke über ihren Bauch. »Danke, dass du … dass du ihn nicht vergessen hast.«

»Hast du die Briefe gelesen?«, fragte Millie.

Claire schüttelte den Kopf. »Ich wollte noch warten. Ich … ich weiß, dass ich weinen werde, wenn ich erst mal anfange, und weinen führt zu Kopfschmerzen. Aber ich habe das Foto von uns allen in Rom in meiner Brieftasche.«

Es war schwer, die Briefe nicht zu lesen. Es verlangte sie danach, mehr über ihn zu erfahren, ihn zu sehen – ihren Gefühlen für ihn freien Lauf zu lassen, anstatt sie im Zaum zu halten.

»Ich dachte immer, es wäre dir egal, dass du immer, wenn du mir gesagt hast, ich solle nicht in der Vergangenheit leben, gemeint hast, ich solle es ignorieren. Aber das hast du gar nicht gemeint, oder? Es tut mir so leid, dass …«

»Hör auf.« Millie trat zu ihr und umarmte sie fest. »Entschuldige dich ja nicht, okay? Ich bin diejenige, die sich entschuldigen sollte. Ich hätte mich schon vor Jahren deinem Vater entgegenstellen sollen. Hätte ich das getan, wären die Dinge vielleicht anders gelaufen. Es war falsch von ihm, dich zu drängen, das Baby aufzugeben, und falsch von mir, das schweigend mitzumachen. Ich hätte es besser wissen sollen. Nein.« Sie zog sich zurück. »Ich wusste es besser, aber ich dachte, ich läge falsch. Ich hatte zu viel Angst, mich gegen ihn zu stellen, und das ist etwas, das ich für immer bereuen werde.«

»Mom, schon okay.«

»Nein, Schatz, ist es nicht. Aber danke, dass du es sagst. Aber Schluss damit«, sagte sie, als sie wieder vom Bett aufstand. »Heute geht es nicht um mich oder die Vergangenheit. Es geht um dich und das wunderschöne kleine Mädchen, das du bekommen wirst. Ich bin so stolz auf dich, dass du alles getan hast, was du konntest, um sie zu beschützen, aber ich muss sagen, du hast mir Angst gemacht. Ich bin so froh, dass es dir gut geht, dass es dir gut gehen wird und dass ich nicht herausfinden muss, wie ich ohne dich leben soll.« Millie nahm ein Taschentuch und wischte sich die Tränen ab, die ihr übers Gesicht liefen.

»Kein Gerede vom Tod, okay? Nicht hier drin. Ich werde es schaffen. Mein Baby wird es schaffen, und wir werden jahrelang darüber streiten können, wie sehr du sie verwöhnst.« Sie konnte es kaum erwarten.

»Hast du dir schon einen Namen ausgesucht?«, fragte Millie.

Claire nickte.

»Verrätst du ihn mir? Ich verspreche auch, Josh nichts zu sagen.«

Sie lachte. Als könnte ihre Mutter solch ein Geheimnis für sich behalten.

»Auf keinen Fall«, sagte sie. »Josh kennt den Namen, den ich ausgesucht habe, noch nicht einmal.«

»Oh … das ist aber nicht fair«, sagte Millie. »Oh, und ich wollte dir noch sagen, ich hab David von deinem Krebs erzählt. Ich war so erleichtert, als wir gehört haben, dass die Tumore nicht weitergewachsen sind, dass ich es jemandem erzählen musste. Ich hoffe, es macht dir nichts aus.« Die Worte strömten aus Millies Mund.

»Du hast es David erzählt?« Claire war leicht überrascht, aber nicht böse. Tatsächlich gefiel ihr der Gedanke, dass ihre Mutter etwas so Privates mit David teilte. Er war ein guter Mann, jemand, zu dem Claire immer aufsah und mit dem sie gern redete.

»Es macht dir doch nichts aus, oder?«

»Das wurde auch Zeit!«, neckte Claire sie.

Millie sah absolut erleichtert aus, was Claire zum Lachen brachte. Ihre Mutter, die starke, unabhängige und leicht verrückte Frau, ließ endlich jemanden in ihr Herz.

»Ich warte schon seit Jahren darauf, dass du jemanden findest, weißt du?«

Die Tür schwang geräuschvoll auf und Millie bedeutete ihr zu schweigen.

»Wer hat jemanden gefunden?«, fragte Josh, als er beladen mit einem Tablett mit Getränken und Tellern voller Essen hereinkam.

»Meine Mutter.« Claire grinste.

»Claire!« Millie wurde rot.

»Bitte sag mir, dass es David ist. Er steht übrigens draußen. Er hatte Angst reinzukommen, weil Kathryn draußen Wache steht. Sie sagt, wir haben noch fünf Minuten, bevor Abby kommt, und fünfzehn Minuten, bis der Anästhesist da ist.«

Millie merkte auf. »Er ist draußen? Er ist gekommen? Wie süß. Ich sollte ihm sagen, dass er nach Hause gehen soll. Er wird nicht gebraucht.« Millie biss sich auf die Lippe, während sie abwog, ob sie das Zimmer verlassen sollte oder nicht.

»Geh. Aber wehe, du sagst ihm, dass er gehen soll. Er ist deinetwegen hier, um dir Gesellschaft zu leisten.« Claire zeigte auf die Tür.

»Ich liebe dich, Claire.« Mille legte ihre Hände auf Claires Wangen. »Ich bin so stolz auf dich, auf die Frau, die du bist, und die Mutter, die du sein wirst. Wir sehen uns bald wieder, okay?«

Claire schickte ein stummes *Ich liebe dich* an ihre Mom. Sie war plötzlich von ihren Emotionen überwältigt und die Worte blieben ihr im Hals stecken. Josh drückte ihre Hand.

Es war fast so weit.

33
JOSH

Heute

Seit dem Augenblick, in dem sie das Krankenhaus betreten hatten, war Joshs Magen in Aufruhr, und er fürchtete, sich jeden Augenblick nicht nur vor Claire und all denen, die gekommen waren, um sie zu unterstützen, sondern auch vor Schwester Kathryn übergeben zu müssen.

Sie jagte ihm eine Höllenangst ein.

»Ich muss wissen, ob Sie zurechtkommen.« Sie hatte ihn zur Seite gezogen, bevor er das Krankenzimmer betreten konnte. Sie beäugte das Tablett, das er mitgebracht hatte, und seufzte. »Ich habe schon größere Männer als Sie im Kreißsaal ohnmächtig werden sehen, aber Ihre Frau wird Sie brauchen. Wenn Sie es nicht schaffen, lasse ich ihre Mutter reinkommen.«

Sie ließ das wie eine Drohung klingen – reiß dich zusammen, sonst …

Er riss sich zusammen.

»Wir schaffen das«, flüsterte Josh Claire zu, als Millie das Zimmer verließ. Als Claire seine Hand drückte, wusste er, dass sie ebenso viel Angst hatte wie er.

»Ich habe dir etwas zu essen mitgebracht, aber so, wie mich Schwester Kathryn auf dem Weg herein angesehen hat, bin ich mir nicht mehr sicher, ob du es essen solltest.« Er sah sich die Sachen auf dem Tablett noch mal an und schob es dann mit seinem Fuß weg.

»Ich bin nicht wirklich hungrig«, gab Claire zu.

»Ich auch nicht. Wir sollten über Namen reden. Mir gefallen Pepper oder Piper. Immer noch meine Favoriten.« Er legte seine Hand auf ihren Bauch und beugte sich vor. »Was meinst du, Baby, gefallen dir meine Vorschläge?« Er wartete auf den üblichen Tritt oder das Flattern, das er normalerweise spürte, wenn er mit dem Baby sprach, aber da war nichts.

»Schätze, das ist dann ein Nein?« Er sah hoch zu Claire und fragte sich, ob er sich wegen der fehlenden Bewegung Sorgen machen sollte, aber dann spürte er einen Tritt.

Claire lachte. »Ich glaube, das ist ein Nein. Außerdem hast du dir deinen Namen schon ausgesucht, nicht wahr, Baby?« Claire streichelte ihren Bauch mit schelmischem Blick. Sie spürte flatternde Bewegungen unter ihren Händen.

»Ich sehe schon, wo das hinführt«, murmelte er. »Ihr verbündet euch bereits gegen mich. Zwei gegen einen. Das ist nicht fair.«

Ein Luftstrom traf sie, als sich die Tür öffnete, und beide sahen sie auf. Als Abby mit der Krankenschwester im Schlepptau eintrat, schluckte Josh schwer.

»Atmen, Josh«, erinnerte Claire ihn.

Er nickte und zog seinen Stuhl näher zu Claires Bett.

»Bist du bereit?« Abbys Grinsen half Josh, sich zu beruhigen, aber es genügte nicht, um ihm die Angst zu nehmen, die an seinen Eingeweiden nagte.

»Bist du sicher, dass alles okay ist?«, fragte er.

»Absolut. Ich habe gerade noch einmal mit dem Operationsteam gesprochen. Sie sind zuversichtlich, dass sie an die Tumore kommen. Aber im Augenblick konzentrieren wir uns erst einmal auf die erste Sache.«

»Aber ich dachte …«

Abby sah ihn warnend an und unterbrach ihn. Er stöhnte unterdrückt.

»Wir konzentrieren uns jetzt erst einmal darauf, dieses Baby auf die Welt zu bringen, okay? Immer eins nach dem anderen. Josh, Derek wartet im Flur auf dich, würdest du zu ihm gehen? Wir müssen noch ein paar Dinge mit Claire durchgehen, bevor wir sie in den Kreißsaal schieben.«

Sie warf ihn raus? Das war nicht in Ordnung.

»Dinge wie zum Beispiel?«

»Ich habe gehört, dass hier vorhin eine Party stattgefunden hat, und ich fühle mich ausgeschlossen. Du kannst danach wieder reinkommen, ich verspreche es.« Abby setzte sich auf den Bettrand und stützte sich auf einen Arm.

Josh blickte zu Claire, unsicher, ob er wirklich gehen sollte.

»Geh«, sagte Claire. »Du musst nicht sämtliche Details über meine Niederkunft und meinen Körper hören.« Sie rollte scherzhaft mit den Augen, aber Josh wusste, wie verkrampft sie war, da sie seine Hand nicht loslassen wollte.

»Sag Derek, er soll sich beruhigen, ja? Ich schwöre, er ist noch nervöser als Millie, und die tigert schon einen Kilometer pro Minute da draußen herum.«

»Was ist das nur mit den Männern?«, murmelte Schwester Kathryn, als sie ihn buchstäblich durch die Tür nach draußen schob. Sie schloss die Tür hinter sich und blieb mit verschränkten Armen im Flur stehen.

»Sie schafft das doch, oder?« Josh beugte sich vor und umklammerte seine Knie, als die Wucht dessen, was vor sich ging, ihn traf.

Er sah langsam auf und bemerkte, dass Kathryn, Derek und Millie ihn ärgerlich anstarrten.

»Deine Frau ist diejenige, die das Kind bekommt, Mann. Du musst bloß ihre Hand halten.« Derek schlug ihm auf die Schulter.

Es würde ihm erst wieder gut gehen, wenn ihr Baby geboren war und die Tumore aus dem Kopf seiner Frau entfernt wurden.

»Ich weiß nicht, was ich tun soll«, gab er zu.

»Halte einfach ihre Hand«, sagte Millie. »Sag ihr, wie wunderschön sie ist, bring sie zum Lachen und lass sie nicht deine Angst sehen. Erst später. Du musst jetzt stark für sie sein.«

»Warum erinnert mich hier jeder daran, dass ich stark sein soll? Wann war ich denn nicht stark für sie? Das könntet ihr mir schon zubilligen.« Er ignorierte das Zittern seiner Hand, als er versuchte, den Deckel von der Wasserflasche zu schrauben.

Nach einer gefühlten Ewigkeit öffnete sich die Tür zu Claires Zimmer und Abby steckte ihren Kopf heraus. »Wir sind so weit, Kathryn.« Sie sah Josh in die Augen und drückte dann die Tür auf. Ein paar Minuten später führten sie Claire aus dem Zimmer, wobei Kathryn sämtliche Monitore und Gerätschaften trug, an die sie seine Frau vorhin angeschlossen hatte.

»Legen wir los«, sagte Claire zu ihm. Sie streckte ihm ihre Hand hin, damit er sie halten konnte, während sie den Gang entlang Richtung Kreißsaal gingen.

Danach war alles nur noch verschwommen. Er stand an der Seite, während Claire ihre Epiduralanästhesie bekam, und hörte zu, als sie die Fragen der Ärzte beantwortete. Viele Geräte piepten und eine allgemeine Geschäftigkeit lag über dem Saal, während darauf gewartet wurde, dass die Taubheitsgefühle einsetzten.

»Okay, Dad. Sie müssen hier stehen.« Schwester Kathryn führte Josh zu Claire und er stand an ihrer Schulter. Über ihrem Bauch war ein Vorhang gespannt, der sie von ihrer unteren Hälfte und dem bereitstehenden Team trennte.

»Was soll ich tun?«, wagte er zu fragen.

»Ich muss dir ein Geheimnis erzählen«, sagte Claire ihm.

Er sah hinüber zu den Ärzten und sah, dass einer von ihnen lächelte. Es war Dr. Will.

Abby stand direkt neben ihm.

»Josh, konzentrier dich jetzt einfach auf Claire, wenn du kannst«, sagte sie. »Sieh nicht hier rüber. Es gibt keinen, der dich auffangen kann, wenn du in Ohnmacht fällst«, warnte sie ihn.

Josh konzentrierte sich ganz auf das wunderschöne Gesicht seiner Frau.

»Ich dachte, wir wären uns einig, keine Geheimnisse vor dem anderen zu haben«, sagte er ihr.

»Das war ein *Nur für den Fall*-Geheimnis.« Claire lächelte zu ihm hoch. Auf ihrem Gesicht lag Ruhe, ein Frieden, der die Panik in ihm niederkämpfte. Sie würde es schaffen. Wenn sie es glaubte, musste es stimmen.

»Hat es etwas mit der Schachtel auf dem Schreibtisch zu tun?« Er hasste die Schachtel seit dem Augenblick, in dem er sie gesehen hatte. Er hatte genau gewusst, wofür sie da war, und die Tatsache, dass Claire sie zusammengestellt hatte, dass sie dachte, sie müsste es, machte ihn rasend.

»Ich habe eine Geschichte geschrieben«, sagte sie.

Josh beugte sich vor und küsste ihre Stirn. »Natürlich hast du das.« Bei all den Fristen für ihre Zeichnungen, ganz zu schweigen von ihren Büchern, hatte sie keine Zeit gehabt, eine Geschichte zu schreiben.

Es mussten die Medikamente sein, die aus ihr sprachen.

»Ich meine es ernst«, beharrte sie, und fast wollte er ihr glauben.

»Was für eine Geschichte?«

»Eine, die wir unserer Tochter jeden Abend vor dem Schlafengehen vorlesen werden. Sie handelt von unserer Reise nach Europa. Ich will, dass wir eines Tages mit ihr noch einmal dorthin reisen und alle Postkarten und kleinen schwarzen Schafe suchen, die wir an den Orten zurückgelassen haben, an denen wir uns aufgehalten haben.«

»Wir haben keine kleinen schwarzen Schafe zurückgelassen«, sagte er. Postkarten, ja. Als Claire ihm erzählt hatte, was sie da tat, hatte ihm die Idee sehr gefallen.

»Doch, haben wir. Oder ich zumindest. Weißt du noch, als ich diese kleinen Figürchen auf dem Markt in Venedig gefunden habe? Ich habe hier und da unterwegs ein paar zurückgelassen.« Bei der Erinnerung musste sie kichern, und jetzt war er sicher, dass die Medikamente wirkten.

»Es ist also sozusagen ein Abenteuer mit eingebauter Schnitzeljagd?«, fragte Josh. »Ist Jack auch dabei oder ist es nur das kleine Mädchen, das, über das du schreiben wolltest?«

Claire kicherte erneut.

»Sie trifft Jack, aber nicht unseren Jack. Sondern meinen.« Sie neckte ihn mit ihrem Wortspiel. »Oh, das fühlt sich seltsam an«, sagte sie lauter.

»Wir haben es fast geschafft, Claire«, sagte Abby hinter dem Vorhang.

»Rosa Team, bereithalten«, rief Kathryn.

Nur Minuten später, auch wenn Josh hätte schwören können, dass es Stunden dauerte, war ein kleines Schreien zu hören. Josh versuchte, ihre Tochter zu sehen, aber das rosa Team war schnell. Sie brachten sie zur Seite und wickelten sie in eine Decke. Josh konnte nicht sehen, was vor sich ging.

»Geht es ihr gut? Haben wir lange genug gewartet? Hätten wir länger warten sollen?« Mit jeder neuen Frage wurde Claires Stimme lauter.

»Deine Tochter ist wunderschön, Claire.« Abby trat auf die andere Seite von Claire und zog ihre Maske herunter. »Sie hat alle Finger und Zehen. Alles ist okay. Vertrau mir. Sie ist wunderschön und lebendig und gesund.«

»Können wir sie sehen?«, fragte Josh.

Abby sah zum Team hinüber. »Lass mich mal nachschauen gehen, wie sie sich macht, während du zusammengenäht wirst, okay? Ich bin gleich wieder da.«

»Es geht ihr gut.« Claire lächelte hoch zu Josh, und sie strahlte Erleichterung aus, als sie ihm in die Augen sah.

»Ich liebe dich«, flüsterte Josh. Er beugte sich zu ihr und küsste sie. Ihre Lippen fühlten sich etwas kalt an, und als er wieder aufstand, fiel ihm auf, dass ihre Haut sehr blass war. Er sah hinüber zum Arzt, aber der war zu sehr auf die Monitore konzentriert, um Joshs Blick zu bemerken.

»Abigail.« Dr. Will rief Abby zu sich.

Josh hätte dem keine Aufmerksamkeit geschenkt, wäre ihm nicht die leichte Nervosität in Dr. Wills Stimme aufgefallen.

Abby schien das auch gemerkt zu haben, denn sie eilte herüber und dann konnte Josh wegen dieses verfluchten Vorhangs nichts mehr sehen.

Was ging da vor?

»Josh? Können wir sie sehen? Bitte? Ich muss sie sehen«, drängte Claire.

Er drehte sich zu Schwester Kathryn um, aber die war auf Abby und Dr. Will konzentriert.

»Abby? Können wir das Baby sehen?«, fragte er lauter.

Kathryn reagierte sofort und ging hinüber zum rosa Team. Sie kam mit ihrem kleinen Mädchen im Arm zurück.

»Da ist sie.« Kathryn schluckte.

Sie hielt ihre Tochter nach unten vor Claires Brust, damit sie sie sehen konnte.

Sie war wunderschön. Von ihrer kleinen Stupsnase bis hin zu den zarten geschwungenen Lippen war sein wunderschönes kleines Mädchen perfekt.

Sie war ein Wunder.

»Hallo Zwerg«, flüsterte Claire. »Ich bin so froh, dich endlich kennenzulernen. Du bist alles, von dem ich je geträumt habe.« Die Augen seiner Frau füllten sich mit Tränen, als sie von ihrem Baby zu ihm sah.

»Wie willst du sie nennen?« Plötzlich stand Abby neben ihnen, und ihre Worte klangen gehetzt, während sie versuchte, die Fassung zu wahren.

Claire lächelte. Sie hielt den Blick noch immer auf ihre Tochter gerichtet.

»Sie ist unser wunderschönes Wunderbaby. Deinetwegen haben wir es so weit geschafft. Ich will sie Abby nennen.« Claires Lider flatterten kurz.

Joshs Kehle verengte sich. Abby. Das passte haargenau.

»Abigail …«, rief Dr. Will.

Abby beugte sich vor und küsste Claire auf die Stirn. »Sei stark, Süße«, hörte Josh sie flüstern.

Was meinte sie damit?

Auf der anderen Seite des Vorhangs war hektisches Murmeln zu hören.

»Abby, was ist los?«, rief Josh.

»Tut mir leid«, sagte Kathryn. »Ich muss sie zurückbringen.«

Bevor Josh merkte, wie ihm geschah, war seine Tochter Abby wieder beim rosa Team.

Er blickte nach unten zu seiner Frau und strich ihr übers Haar.

»Sie ist unser Engel, Claire …«

Irgendetwas stimmte nicht. Ihre Haut war bleich und ihre Augen schlossen sich, als wäre sie eingeschlafen.

»Claire?«, rief er. »Claire, rede mit mir.«

»Josh, kommen Sie mit, wir müssen den Ärzten Platz lassen.« Die Schwester stand wieder neben ihm und versuchte, ihn von seiner Frau wegzuziehen.

Er würde sie nicht verlassen.

»Claire? Claire!«

34
JOSH

Achtzehn Monate später

»Na gut, Zwerg.« Josh hob seine Tochter hoch und schwang sie herum. »Zeit fürs Bett.«

Er konnte Abby den ganzen Tag beim Lachen zuhören. Er liebte es, wie lebendig es klang, wie es in ihrem ganzen Körper widerhallte, bis sie manchmal selbst von der Energie vibrierte. Was das anging, kam sie ganz nach ihrer Mutter.

Er hatte auch Claire immer den ganzen Tag beim Lachen zuhören können. So seltsam das klang, für ihn lag Frieden in diesem Lachen, als hätte er sein Zuhause in ihrem Herzen gefunden.

Abby reichte ihm das Plüschtier und die Decke, die sie durchs Haus geschleppt hatte, und stieg langsam die Treppe nach oben. Mit einer Hand hielt sie sich am Geländer fest, während sie darum kämpfte, das Beinchen für jede Stufe zu heben. Josh hielt ihre andere Hand fest und versuchte sein Bestes, um es ihr leicht zu machen.

Das war neu. Vorher war sie die Treppe einfach immer auf allen vieren hochgeklettert und heruntergerutscht.

Nach der Hälfte hob Josh Abby einfach hoch und trug sie wie einen Football für den Rest des Wegs. Abby kicherte nur.

Sie gingen die gesamte Bettgehroutine durch – Hände waschen, Zähne putzen, darum kämpfen, ihren Schlafanzug anzuziehen –, während Abby darauf bestand, ihr kleines schwarzes Schaf in dessen eigener kleinen Krippe schlafen zu legen, die Josh aus einer Schachtel gebastelt hatte.

Die Idee dahinter war: Wenn das Schäfchen allein in einem Bett schlafen konnte, dann auch Abby.

Abby sah das aber anders.

Abby war mittlerweile zu groß für ihre Krippe, daher hatte Josh diese kürzlich gegen ein Einzelbett ausgetauscht. Und bisher hatte Abby sich geweigert, darin zu schlafen. Vielleicht sah es zu sehr wie das Bett aus, das sie im Krankenhaus gehabt hatte. Sie war mit schwachem Herz und schwacher Lunge geboren worden, und das Krankenhaus SickKids in Toronto war praktisch ihr zweites Zuhause geworden.

Außer heute Abend. Heute war ihr erster Abend zurück in ihrem echten Zuhause, nach zwei Wochen Kampf gegen eine Lungenentzündung.

»Na komm, Herzchen. Du bist doch jetzt schon ein großes Mädchen, weißt du nicht mehr? Und große Mädchen schlafen in großen Betten.«

Bei der Art, wie ihre Lippen zitterten, setzte sein Herz einen Schlag aus, und dann sah er die Krokodilstränen in ihren Augen.

Wenn seine Tochter eins konnte, dann weinen.

»Es gibt keine Geschichte, bis du in deinem Bett für große Mädchen liegst«, warnte Josh. Er hasste es, ihr ein Ultimatum zu stellen, aber manchmal war das das Einzige, was funktionierte.

Besonders, wenn es ums Vorlesen ging.

Er setzte sich auf den Bettrand und wartete darauf, dass sie erkannte, wie ernst er es meinte.

Es dauerte ein paar Minuten, aber schließlich begann sie ihr abendliches Ritual, bei dem sie all ihren Plüschtieren Gute Nacht sagte – den Tigern und Löwen, die Robyn aus Neuseeland geschickt hatte, zusammen mit ein paar wunderschön gerahmten Drucken von Tigerbabys, die im Flur vor Abbys Zimmer hingen. Alle paar Monate kam ein kleines Paket mit einem Geschenk von Robyn, und immer, wenn Josh ihr eine E-Mail schickte, um sich dafür zu bedanken, dass sie Abby so verwöhnte, wiederholte sie das Angebot, das sie damals auf dem Kreuzfahrtschiff gemacht hatte: dass sie kommen und in ihrem Gästehaus wohnen sollten.

Er versicherte ihr, sobald Abby ein kleines bisschen älter war, würden sie mit wehenden Fahnen kommen.

»Gute Nacht, Tiger.« Abby hielt das Plüschtier fest im Arm, gab ihm einen Kuss und setzte es dann wieder ab. Dann stieg sie ganz allein ins Bett.

»Das war doch gar nicht so schwer, oder?« Er kitzelte sie leicht und zog die Decke hoch.

Sie sah ihn nur stirnrunzelnd an. Diese Sturheit hatte sie von ihrer Mutter.

»Willst du heute noch eine Geschichte hören?«, fragte er.

Sie nickte.

»Wer soll sie vorlesen, Mommy oder Daddy?« Er tippte mit dem Finger auf ihre Nasenspitze, und endlich erschien das Lächeln, auf das er gehofft hatte.

»Mommy!«, rief sie aus.

Josh beugte sich vor und küsste sie auf die Stirn.

»Dann wird es Mommy.«

Er stand auf, schaltete die Lampe neben ihrem Bett an und ging durch das Zimmer, um die Deckenlampe auszuschalten.

Abby hatte sich das Buch von ihrer Kommode genommen und hielt es im Schoß.

Das kuschlige schwarze Lamm auf dem Einband des Buches brachte ihn immer zum Lächeln. Seine Frau hatte es nicht nur geschrieben, sondern auch die Bilder dazu gezeichnet. Und es war perfekt. Unglaublich, dass sie das getan hatte, ohne dass er davon wusste.

»Soll wirklich Mommy vorlesen? Dein alter Daddy ist wohl nicht gut genug, hm?«, neckte er sie.

»Mommy!«, rief sein kleines Mädchen wieder.

Josh nahm das Tablet von der kleinen Kommode und schaltete es an. Er tippte ein Video an, lehnte sich zurück und zog seine Tochter an seine Seite.

»Sag Mommy Hallo, Zwerg«, sagte er.

»Hi Mommy. Hier ist Abby.«

»So, mein Schatz«, sagte das Bild seiner Frau auf dem Bildschirm. *»Bist du bereit für deine Gutenachtgeschichte?«*

»Bereit«, sagte Abby. Sie kuschelte sich enger an Josh und er öffnete das Buch auf der ersten Seite.

Fast jeden Abend spielte er das Video vor, in dem Claire die Geschichte vorlas, die sie für Abby geschrieben hatte. Es war eins der vielen Videos, die Josh während des Tages abspielte.

Monatelang hatte Josh sich vor dem Gedanken gefürchtet, dass die Tumore seine Frau umbringen könnten, bevor das Baby geboren war. Stattdessen war Claire auf dem Entbindungstisch an einer Lungenembolie gestorben, die einen Herzstillstand ausgelöst hatte.

Sie mochte ja an dem Tag gestorben sein, an dem Abby geboren wurde, aber er war entschlossen, sie für seine Tochter am Leben zu erhalten. Selbst wenn das bedeutete, Videos von Claire anzusehen, während sie ihre Geschichten vorlas, und die Aufnahmen anzuhören, die sie erstellt hatte.

Wenn Abby älter war, würde er ihr die Briefe vorlesen. Irgendwann.

»Daddy.« Abby stupste das Buch an. Josh konzentrierte sich wieder und merkte, dass er umblättern musste.

»Das hier ist ein ganz besonderes Buch, nur für dich, und es ist vor allem deshalb besonders, weil …«

Danksagung

Keine Geschichte wird nur von einem Autor geschrieben, und das trifft auf diese Geschichte ganz besonders zu. Ich habe fantastische Freunde, die mir geholfen haben, wenn ich Ermutigung brauchte. Dara, Elena und Trish: Ihr seid »meine Mädels« im wahrsten Sinne des Wortes.

Ein ganz besonderer Dank geht an Marlene Roberts Engel. Die kleine Sami wurde im Gedenken an deine eigene Samantha geschaffen, die im Alter von dreizehn an Krebs gestorben ist. Danke, dass du ihre Persönlichkeit mit mir geteilt hast. Es war eine Ehre, ein kleines bisschen von der, die sie war, in die Figur einzubetten, die ich erfunden habe.

Dr. Jaime Blackwood, danke für all deine Hilfe bei meinen kinderärztlichen Fragen. Du bist ganz zweifellos ein Segen für deine Patienten und deren Familien. Wer hätte damals gedacht, als wir zusammen in der Schule waren, dass du mir mal bei einer Geschichte helfen würdest?

Garrity Beales, ich bewundere deine Stärke. Danke für deinen Mut, die Geschichte über den Verlust deines Sohnes mit mir zu teilen, und mich durch verschiedene Szenarien zu führen.

Angela Jack, danke, dass du all meine medizinischen Fragen in letzter Minute beantwortet hast – du bist eine wirklich tolle Cousine!

An alle in Steena's Secret Society, danke für all eure Hilfe bei den Namen, für eure Vorschläge und dafür, dass ihr an meine Geschichten glaubt. Ich hoffe, ihr entdeckt all die kleinen Dinge, die nur ihr über mich in der Geschichte entdecken könnt. Eine spezielle Danksagung geht an Amy Coates und Patricia Viviano, die mir bei der Charaktererstellung geholfen haben – ohne euch wären Kathryn und die Schwestern in der Sweet Bites Bakery nicht dieselben.

Und, zuletzt, Dank an meine Familie, nah und fern, für eure Liebe, Unterstützung und Ermutigung während der Zeit, als ich Claires und Joshs Geschichte geschrieben habe. Eure Hilfe ist nicht unbemerkt geblieben, glaubt mir!